魅丽文化

我愿春风款款来

时白/著

百花洲文艺出版社
BAIHUAZHOU LITERATURE AND ART PUBLISHING HOUSE

图书在版编目（CIP）数据

我愿春风款款来 / 时白著. -- 南昌 : 百花洲文艺出版社，2020.9
ISBN 978-7-5500-3786-1

Ⅰ. ①我… Ⅱ. ①时… Ⅲ. ①长篇小说－中国－当代 Ⅳ. ① I247.5

中国版本图书馆 CIP 数据核字（2020）第 131598 号

我愿春风款款来
Wo Yuan Chunfeng Kuankuanlai
时白 著

责任编辑　郝玮刚　程慧敏
特约编辑　喻　戎　苏　婷
封面设计　安柒然
出版发行　百花洲文艺出版社
社　　址　南昌市红谷滩新区世贸路 898 号博能中心 A 座 20 楼
邮　　编　330038
经　　销　全国新华书店
印　　刷　湖南凌宇纸品有限公司
开　　本　880×1230 毫米　1/32
印　　张　9.5
版　　次　2020 年 11 月第 1 版第 1 次印刷
字　　数　241 千字
书　　号　ISBN 978-7-5500-3786-1
定　　价　39.80 元

赣版权登字　05-2020-105

网　　址　http://www.bhzwy.com

目录

CONTENTS

第一章
很高兴认识你

顾若光前几天看新闻联播的时候，播报员说这两天里昂的温度会出现明显的回温现象，届时天空也会放晴。她在看天气预报的时候，她的室友克拉拉在旁边说，这里的天气预报仅供参考。

这是顾若光在里昂度过的第一个冬天，她当时没弄懂室友话里的意思，等到连续下了几天的大雪，她因为衣服穿得少被冻感冒之后，就明白了，确实仅供参考。

顾若光今天出门前穿了件长款的羽绒大衣，围了围巾，戴了顶毛线帽，临走前还抓了副手套戴上，全副武装后才敢打开寝室的门，就在昨天，教授她们绘画的老师心血来潮给她们安排了一次室外写生，地点就在礼堂旁边。

这个天气，冷得手都是僵硬的。

克拉拉在得知了这个消息之后，就一直吐槽，直到今早出门前还在抱怨。

“Eve（伊芙），在你们国家，形容一个人脑子有问题怎么说？”路上，克拉拉突然这么问她。

顾若光腾出一只手将围巾扯下来一点，她想了会儿，用中文说：“脑子被驴踢了。”

克拉拉没听懂。

顾若光用英文跟她解释了一遍，她瞬间有了兴致，跟顾若光学了一路这句中文。

等她们去到礼堂时，大部分同学已经到了，老师也在，克拉拉径直走到老师跟前，用蹩脚的中文说："脑师，你老子被驴踢了。"

顾若光："……"

老师听完后一脸疑惑，克拉拉得意扬扬地转身走回顾若光身边。

"Eve，我刚才那句中文说得标准吗？"克拉拉一脸求表扬的神情看着她。

顾若光心想：幸好班里没有中国人。

老师简短说了几句话后，让他们自己找角度和位置，目光所及之处想画什么画什么，顾若光就在礼堂附近找了个位置，克拉拉跟她一起。

顾若光拿着铅笔在纸上勾勒建筑轮廓，等画到一半的时候，她笔尖一顿，看到跃然纸上的阳光，整个人愣了一下。

出太阳了。

里昂已经有一整个冬天没有出过太阳了，顾若光抬起头来，被破开云层的日光刺了下眼睛。

她出生在南边的城市，在她居住的地方冬天不下雪，常年艳阳高照，没想到来了这边之后，一到冬天，天空时常被大片白茫茫的云团笼罩，连出太阳都成了奢侈。

顾若光摘掉一只手套，她伸手想感受下阳光的温度，身旁突然传来了一阵骚动。

克拉拉激动地抓着她的手臂说道："Eve，你看那边！"

克拉拉让她看往礼堂的方向，有一行人正从里面出来，克拉拉说："你还记得我跟你说过的学生会主席吗？走在最后的那个男生就是！"

顾若光顺着她的视线，看向走在最后的人，那是个长得很高的男生，比身旁的人都高出半个头，他穿着件修身的风衣，戴着白色卫衣的帽子，低着头在看手机，帽子压住头发，挡住了眼睛。顾若光离得较远，看不清对方的长相，只依稀从轮廓辨别出来是个很帅气的男生。

这是顾若光来学校这么长时间第一次见到祁言，之前一直都是只闻其名不见其人，关于他的事情，大多数都是听克拉拉讲的。

祁言是中美混血儿，一直在国外生活，家里似乎很有钱，有人曾经见过他开着兰博基尼进出校园，据说不知道在郊外还是哪里有一整栋的法式别墅。其次就是他人缘很好，在入学第二年就被同学评选为国际学生会首席执行主席。

“看，是不是很帅！？”克拉拉在她耳边道。

顾若光眯了眯眼，支吾了一声：“看不清……”

话落，克拉拉回头看了眼，发现老师在指导其他同学，她立马丢下画笔，拉着顾若光狂奔过去。

顾若光讶异地瞪大了眼，被她拉着踉跄地往前跑：“等一下，克拉拉，你做什么？”

克拉拉力气很大，拖着她几乎是一路狂奔：“难得能见到言，当然要上去要个联系方式呀！”

这位学生会主席平时除了上课之外很少出现在校园里，难得能在这里遇到，克拉拉当然不会放过这个机会。

祁言正看着手机，突然从前方冲过来了两个女生，他顿了一下，停住脚步。

克拉拉扶了下自己被风吹歪的帽子，看着近在咫尺的男生，后知后觉地感到羞涩：“嗨，言。”

祁言将手机收进上衣口袋里。他看着面前的女生，挑眉：“你认识我？”

“我知道你。”克拉拉说。

“有事吗？”

克拉拉正想着要怎么开口要联系方式，就听到他这么问了一句，她灵机一动，拉了把顾若光：“是这样的，我和我朋友想要了解一下怎么才能加入学生会。”

顾若光没有丝毫防备，被她一扯，整个人往前跌了一下就站在了祁言跟前。她一抬头，就对上了一双蓝色的眼睛。

好干净的一双眼睛。

这是顾若光脑海里闪过的第一个念头。

像她曾经看过的一张关于洪都拉斯蓝洞的照片，纯粹，神秘又美丽。

她在看他的同时，祁言也在打量着她。他从小生活在国外，见过的中国女孩不多，难得看到一副东方面孔，他觉得新奇，不由得多看了两眼。

一个瘦瘦高高的女孩子，穿着长款的黑色羽绒大衣，脖子上围着一圈毛茸茸的围巾，半张脸缩在围巾里，显得脸庞格外小巧，她的眉毛细长，眼睛大大的，瞳仁是与他截然不同的颜色，漆黑明亮，很好看。

这是他见过的长得最漂亮的中国女孩。

顾若光反应过来，连忙后退一步，有些懊恼地捏了下克拉拉的手。

“你们是哪个学院的？”祁言收回视线，开口道。

克拉拉连忙答道：“我们是艺术学院的。”

祁言将手酷酷地放进裤袋里，“唔”了一声：“过两天会去你们学院招新，具体等通知吧。”

克拉拉激动得不得了，在祁言离开后，她还紧紧地抓着顾若光的手。

“人走了。”顾若光提醒了句。

克拉拉松开手：“抱歉，Eve，我太开心了！”

“有什么好开心的？”联系方式还没要到手，顾若光不知道她开心什么。

“Eve，这你就不懂了，不是谁都有机会近距离跟言说话的，这是莫大的荣幸！”

顾若光："……"

少女，你"中毒"太深了。

祁言说学生会过两天会去她们学院招新，没想到今天下午这个消息就被公布出来，克拉拉知道后，开心地在寝室里大呼小叫。

招新当天，克拉拉特意化了个妆，换了身新衣服，提前了半小时拉着顾若光直奔招新地点。

"Eve，你看看我这个口红跟我今天的妆搭不搭？"在外面排队等面试的时候，克拉拉问道。

顾若光点头，夸她："很好看。"

说完，看向前面排成的一条长龙，她对学生会招新没有任何兴趣，今天没课，她本来想待在寝室里画画，结果就被兴致昂扬的克拉拉拽出来了。

排了半个多小时的队，终于轮到她们了，顾若光让克拉拉先进去，她在外面大约等了十分钟，克拉拉就出来了。

克拉拉一出来就眉飞色舞地跟她说："Eve，我感觉有戏，你加油！"

顾若光进去了。

她们面试的地方在一间教室里，中间整齐地摆放着三张桌子，祁言坐在最中间，其余两张桌子前分别坐着一个人，顾若光进去后就坐在了桌子对面的椅子上。

"这位同学，先自我介绍一下吧。"最左边的男生说。

她进来后，祁言就换了个坐姿，他放下撑着脸颊的手，随手从桌上拿了支笔，在指尖轻轻旋转着，看向面前的女孩子，一副饶有兴致的模样。

"大家好，我叫Eve，艺术学院一年级新生，平时的兴趣爱好是画画、看书。"

顾若光说完后，教室里安静了几秒，左边的男生笑了下，问："没了？"

顾若光不知道还要说什么，她停顿了会儿。

“你为什么想要加入学生会？”男生问。

第一个问题就把顾若光问住了，她抬了抬头，就看到坐在中间的祁言正盯着她看，眼里含笑。

她心里忽地一虚，随口道：“嗯……来，学习知识，提高自己各方面的能力……”

男生接着问：“还有呢？除了来学东西，学生会还有什么吸引你的吗？”

顾若光本来想随便胡诌，但实在编不出什么了，她没说话。

“其实今天来面试的大部分人都是冲着我们主席来的。”男生笑眯眯地看着她，“你如果也是的话，实话告诉我们没关系的。”

顾若光确实是陪着克拉拉冲着祁言来的，听完他说的话，她没办法反驳，只好继续保持沉默。

见她不说话，祁言微微勾起唇，几秒后，忽然念了下她的名字：“Eve。”

顾若光看着他。

祁言：“中国人？”

“嗯。”

祁言说：“我的故乡也在中国。”

顾若光不知道他怎么突然说这个。

祁言动了动眉，从唇里艰难地吐出几个中文：“你的……中文……名字？”

他虽然是混血儿，但顾若光听克拉拉说他们这位主席对中文一知半解，所以她听到后有些讶异，但随即想到他身上有一半中国血统，会讲一些中文也不奇怪。

她沉默了会儿，说了自己的中文名：“顾若光，照顾的顾，若是的若，光芒的光。”

“顾、若、光。”祁言微微歪了点脑袋，一字一顿地念她的名字。

他的口音挺纯正的，有点像鹦鹉学话似的，一字一字说得很缓慢。

顾若光低头一笑。

然后就听他继续用中文道："我是……祁言……很高兴……认识……你。"

顾若光入选了。

三天后，学生会发布了通知，这次在艺术学院一共招收了四名学生，她和克拉拉都在名单里。

顾若光看到自己的名字之后，有点怀疑这届学生会主席团选人的眼光，她那天面试表现那么差，也能入选？

克拉拉得知自己即将是学生会的一员，并且有可能每天都能看到祁言，这位小妞兴奋得一下课就拉着顾若光要去吃法国大餐庆祝一下。

去学生会报到的第一天，克拉拉跟那天面试一样打扮得光鲜亮丽，可是并没有在迎新会议上看到祁言，散会后她拉住一个高年级的学长询问，人家告诉她："我们只是属于文化部的成员，一般每个部门自己独立召开会议，或者没什么重大的事情，主席是不会来参加的。"

白忙活了这么久，进到学生会之后也看不到祁言。顾若光看到克拉拉垂头丧气地回来，安慰她："没事，只是不来参加会议而已，但重大活动的时候他肯定是在场的。"

克拉拉抬起头来，重新振奋起来："Eve，学长说每个星期部长之间的会议言都会来参加，那我只要努力当上部长，就能每个星期都见到他了！"

顾若光："……"

两人加入学生会后领到的第一项任务就是绘制会议中心活动墙的插画，这天下午放学后，顾若光和克拉拉收拾好画具就赶往会议中心，当看到活动墙的面积时，克拉拉没忍住用法语骂了句脏话。

这面墙长六米，高三米，测量完尺寸之后，克拉拉有点崩溃：“Eve，就给我们两个星期时间，我们两个人怎么画？”

时间很紧，确实很有难度，顾若光沉吟了会儿：“先确定画面内容吧。”

下个月就是圣诞了，上面安排她们这次绘画的主题是圣诞节。顾若光把自己的几个构思跟克拉拉表述了一下，两人确定了方向之后就在活动墙上各自分了区域，开始画草稿。

她们放学后就过来画活动墙，连续几天过去，已经快完成一半了，顾若光跨坐在活动梯上，画最顶上的部分，时间不知不觉过去，顾若光画完这部分想下去重新调个颜色，一低头就看见克拉拉边画边打哈欠。

她昨天跟人出去玩，晚上熬了一个通宵，今天早上才回来，上课的时候顾若光有好几次看她都快要睡过去了，见她精神状态不好，顾若光说：“克拉拉，你先回去吧。”

克拉拉：“快要完成了。”

“今天剩下的部分我帮你画，你回去休息吧。”顾若光说。

克拉拉真的快撑不住了，她丢下画笔，上前给了顾若光一个拥抱：“Eve，辛苦你了，我明天帮你买早餐。”

她走了之后就剩下顾若光一个人，她调好颜色后继续画自己这部分的内容，等到这部分内容完成，她坐在梯子上伸了个懒腰，转头就看见远方的落日已经完全隐没在古老肃穆的教学楼背后，只剩下一点余晖。

她已经在这里待了快三个小时了。

祁言从楼上下来，经过拐角的时候发现活动墙边上站着个人，他脚步停滞了一下，往后退了一步，微微眯起眼仔细看着那里的人，很快就认出来那人是谁了。

顾若光拿着画笔专注地绘画，连身边什么时候有人走近都不知道，直到听到有人说话。

“又见面了。”

顾若光停下画笔，循着声音看去，祁言斜着身子倚在墙面上，双手插在裤袋里，那双蓝色的眼睛微带笑意望着她。

看到他，顾若光愣了一下，随即朝他点了下头，浅浅一笑。

“这些都是你画的？”祁言转头看了眼活动墙上的插画。

“嗯，我跟我室友一起，这边是我画的。”顾若光说。

“画得很好看。”祁言一笑，称赞道，“很厉害。”

他笑起来的时候两边的眼角会浅浅弯起一道弧度，让他原本俊气的面容瞬间变得明朗生动起来。

顾若光看了眼就别开视线：“谢谢。”

“吃饭了吗？”祁言问她。

“还没。”

“我也没有。”祁言说，“要一起吗？”

闻言，顾若光看向他，目光迟疑了会儿，反问：“我们？”

在她看来，他们之间的关系还没熟到可以一起吃饭。

祁言点头：“有什么问题吗？”

“没……没有，我……”顾若光在他的注视下声音卡顿了几秒，不知怎的突然蹦出了句，“我的荣幸。”

她一定是中了克拉拉的毒！

祁言闻声笑了，下一秒，他右脚往后撤了一小步，右手放到身前，左手背到身后，朝她弯下腰，做了个非常绅士的鞠躬，他直起身，看着她的眼睛，一笑：“也是我的荣幸。”

顾若光一怔，仿佛世间的所有都失去了声音，她只听到自己剧烈震动的心跳声。

这是她第一次体会到心动的感觉。

里昂的街道灯火璀璨，路灯温暖静谧地笼罩着整条街道，古老的哥德式建筑矗立在街道两旁，在漫长的时间里沉淀着，静默地注视着每一个行人。

祁言和顾若光走在街上，路上行人不多，整条街道很安静。

"你的家乡在哪里？"祁言问。

"江南苏城。"顾若光答道。

祁言的眼睛亮了亮，笑了，他用中文道："苏城……也是……我的家乡。"

闻言，顾若光有点讶异地看着他，没想到他跟自己竟然还是老乡。

祁言说："我很喜欢那个地方，可是我已经有十多年没有回去过了。"

顾若光转头看了他一眼："为什么？"

祁言看着她，眨了下眼睛，笑说："以后有机会说给你听。"

顾若光看着他唇边的笑容，心跳忽地有些快，她很快就收回视线。

"我们到了。"祁言停在一家餐馆前。

顾若光抬起头来，面前是一家中餐厅，她的眼睛不由得看向他，祁言拉开了餐厅的门，做了个请的手势，示意她先进去。

顾若光进去之后，祁言也跟了进来，他们两靠得有些近，顾若光还没来得及往前走，身后的人就低了点脑袋在她耳边道："这是我最近发现的味道最正宗的中餐厅。"

外面很冷，顾若光的耳朵被冻得冰凉，他说话时温热的呼吸拂过耳畔，她的耳朵像是突然蹿过了一丝细微的电流，变得又痒又麻。

她不自在地往前一步，悄悄摸了下耳朵，等压下心底那丝异样，她才打量起这家餐厅来。

这是一家具有国风特色的餐厅，餐厅的正门放着两张太师椅和大花瓶，墙上挂着梅兰竹菊的水墨画，还有几张绣着青山松鹤的落地屏风，往里走就有穿着典型中式服装的服务员上前迎客。

这是顾若光来法国这几个月第一次吃中餐。落座后，祁言把菜单递给她："女士优先。"

顾若光看着菜单上满满的熟悉的菜式，产生了一股强烈的怀念情绪。

祁言点了一道普洱茶，服务员很快就送来了两包茶叶，顾若光看着他像模像样地摆弄着桌面上的茶具，问道：“你会泡茶？”

祁言点头，弯唇一笑：“跟我外公学过。”

说着，他拿起茶盘上的茶杯，用开水烫壶，修长白皙的手执起茶匙，将茶叶放入壶中，再把热水倒入茶盅，进行温杯。

茶水从壶口簌簌而下，落在光洁的茶杯中，发出清润的声音。

他把茶杯推到她面前：“请。”

顾若光看着他一系列标准的泡茶动作，如果不是因为他的容貌和说不连贯的中文，她都要以为他是个地地道道的中国人了。

菜陆陆续续被服务员端上桌，顾若光吃着这些熟悉正宗的菜肴，有那么一刹那以为自己还在家里，这种感觉让她觉得很放松，也很愉悦。

“你喜欢吃中国菜？”顾若光抬头问对面的人，见他点头，她一笑，“比起西餐呢？”

“比起西餐，我更喜欢吃中国菜。”祁言边说边放下手里的筷子，将手边的热毛巾叠好递给她，顾若光疑惑地看着他，祁言微笑着指了指自己的嘴角。

顾若光后知后觉地反应过来，接过毛巾擦了擦自己的嘴角，她刚才吃鱼的时候不小心沾上了酱汁，她神情一窘：“谢谢。”

“没关系。”

跟他吃完这顿饭，顾若光终于能理解克拉拉为什么说他人缘好了，他是她见过的最温和绅士的男生，他说的每句话，做的每个动作都让人感到非常舒心和惬意，即使他们两人并不算熟悉，他也不会让她感觉到有半分不自在。

顾若光站在门口，在等里面的人出来，脚边不知道什么时候出现了一只泰迪犬，咖啡色的，穿着红色的小袄，很小的一只，它走到她脚边，低头嗅着她的鞋子。

顾若光看到它脖子上戴着个小铃铛，心想可能是某户人家养的，她蹲下轻轻摸了下小狗的脑袋。

“你也喜欢狗？”祁言从餐厅里出来，就看到她蹲在一边，神情温柔地抚摸着一只泰迪犬。

顾若光回头看见祁言出现在身后：“嗯，它好可爱。”

祁言走到她身边蹲下，伸出修长的手揉了揉泰迪犬的脑袋，看着她说：“我也有一只差不多的，下次有机会带来给你看看。”

“下次？”顾若光念了一句。

祁言嘴角缓慢地现出一抹笑意：“嗯，下次。”

顾若光回到寝室，克拉拉刚洗好澡从浴室出来，见她回来了，克拉拉看了眼时间，已经快十一点了：“怎么这么晚才回来？”

顾若光跟祁言吃完饭回来之后又去会议中心赶了会儿工，所以回来晚了点。

克拉拉又问：“Eve，你该不会从我走了之后一直画到现在吧？”

顾若光关上门，她解开围巾放到椅子上：“没……”她停顿了几秒，“我中间出去吃了个饭。”

“你自己一个人？”

“嗯……”顾若光犹豫了会儿，还是实话实说，“跟祁言。”

克拉拉怀疑自己听错了，她睁大了眼睛：“你刚才说什么？！”

顾若光把事情的经过都跟她说了一遍，克拉拉捂着自己的心脏，瞬间心痛到无法呼吸，表情像是受到了十分严重的打击，嘴里一直反复念叨着：“Oh my god（我的天）！Oh my god……”

顾若光笑了笑，把外套脱掉，从衣柜里拿了自己的睡衣就进浴室洗澡了。洗完澡出来，她从桌上拿起了自己的笔记本电脑，坐在床上，给妈妈发去视频电话。

她今天约好了要跟自己的母亲视频通话。

视频接通后，顾若光看着出现在屏幕里容貌明艳的优雅女人，她张口：“唐小姐……”

唐蓝眼角斜过来瞄了她一眼，放在桌上的手机就响了，她做了个打断的手势："等着，我接个电话。"

顾若光下半句话卡在喉咙里。

唐蓝在那头接电话，顾若光安静地看着她，距离她们上次视频通话好像才不到半个月，她看着视频里化着精致妆容的女人，发现这才不到两个礼拜，唐蓝好像又变漂亮了些。

她一直觉得"岁月不饶人"这句话在唐蓝身上好像并没有起到什么作用，有些人还没上年纪就老态毕现，可有些人是随着年龄的增长容貌越有韵味，唐蓝显然是属于后者。

唐蓝跟电话里的人说了几句就结束通话了，顾若光适时开口："唐总，我可以汇报自己的生活状况了吗？"

唐蓝轻轻颔首："说吧。"

顾若光笑了，跟她说了些自己近期的情况，唐蓝坐在办公室里处理工作，听完她的话，抬头看了她一眼，问："你是不是最近没吃好？"

顾若光顿了一下："你怎么知道？"

唐蓝说："看你脸上没有一点血色，好像还有点蜡黄，一看就知道营养不均衡。"

顾若光："那是光线问题。"

"我给你买的那些护肤品用了吗？"唐蓝问。

顾若光瞄了眼柜子上摆放得整整齐齐还没拆封的瓶瓶罐罐，面不改色道："嗯，用了。"

唐蓝一看她的微表情就知道她在撒谎："呵，还没用吧。"

顾若光不想继续围绕这个话题，她看了眼唐蓝今天的穿着，询问："你晚上要去参加活动？"

唐蓝"嗯"了一声："晚上去参加一场慈善晚会。"

"哦，还是跟上次那位段先生？"

唐蓝停了一下，看了她一眼："不是，我自己一个人。"

顾若光从旁边抓了个抱枕搂在怀里，小声说了句："我觉得段先生人挺好的。"

唐蓝停下手中的动作，看着她温柔地笑了笑：“今天我们隔壁的王阿姨又去人民公园的相亲角逛了一圈，回来问我你们家若光找到对象了没有呀。”

顾若光：“让我们结束这个话题吧。”

唐蓝收起脸上的笑容，轻哼了一声。

唐蓝接下来要去参加活动，顾若光跟她说了几句，刚准备结束通话的时候，克拉拉走过来跟她说：“Eve，我越想越觉得不太对劲，我之前听别人说，言是不会随随便便跟关系不熟的女生一起吃饭的，他今晚主动约你，你说他是不是对你有意思啊？”

顾若光神情凝滞了一秒，她默默地低头看着视频里的人。

唐蓝看着她，笑问：“这个言，是谁？”

“一个普通同学。”顾若光干巴巴地笑了下，“唐小姐，时间不早了，我要睡了，晚安。”

说完，立马就结束了通话，盖上电脑。

顾若光从床上下来，克拉拉跟在她身后，满脸八卦的神情：“Eve，你说是不是呀？”

“你别乱说。”

克拉拉越想越觉得自己的想法是对的，见顾若光否认，她问：“那你说他为什么约你吃饭？”

顾若光想了一下，歪头说：“可能因为我是他的同胞？”

克拉拉：“……”

克拉拉相信自己的直觉和猜想是正确的，她跟顾若光说，依照她多年的经验，祁言如果对顾若光有意思的话，过不了多久肯定还会来找顾若光的。

可直到她们画完会议中心这面活动墙的画，祁言都没再出现过，克拉拉有点失望，顾若光跟克拉拉说祁言那天就是偶然路过，约她吃饭只是出于礼貌，并不是克拉拉想的那样。

克拉拉不信，她坚持己见，说再等一段时间。

这天周五放学，文化部召开例会，顾若光和克拉拉已经参加过几次会议了，每次的会议内容都很无聊，这次有了经验，克拉拉拖着顾若光坐在最后排，方便等会玩手机。

顾若光拿出自己随身携带的小本子，翻到空白的一页，拿出铅笔准备画画，她刚起笔，就听到前面传来了不小的动静，她抬起头来，看到祁言和另外两个学生会干部从门外走进来。

克拉拉也看到了，她在旁边撞了撞顾若光的胳膊，一副料事如神的表情："Eve，Eve！看到了没有，我就知道言肯定会来找你的！"

顾若光看到祁言出现愣了一下，听完克拉拉的话，她有些无奈地轻叹一声："他过来应该是有事吧……"

克拉拉朝她眨了下眼睛："等着瞧。"

顾若光看着她一脸压制不住的兴奋，觉得困惑："你不是很喜欢祁言吗？他如果喜欢别人，你怎么一点都不伤心？"

克拉拉说："那不一样，如果言喜欢的人是你，我绝对没有任何意见，但换作其他人就不一定了。"

祁言来这里确实是有事，马上就要到圣诞节了，他们要筹备关于圣诞的活动和晚会，所以来找文化部商量一下相关的事宜和活动策划。

会议结束后，顾若光和克拉拉等前面的人都离开了之后才往外走，她刚离开会议室，就听到身后有人在喊她。

"顾、若、光。"

在这里，顾若光只能从一个人的口中听到自己的中文名，她回头，就看见祁言站在身后，见她看过来，他那双蓝色的眼睛转瞬盈满了笑意。

顾若光听到自己的心跳漏了一拍。

克拉拉悄悄碰了下顾若光的手臂，轻声道："我先回去啦，等你的好消息。"

说完，她就非常识相地溜走了。

祁言跟顾若光一起走下台阶，他问："圣诞节有什么安排吗？"

顾若光摇头："没有。"

"我也没有。"祁言微微笑了。

他说："你去过富维耶圣母院吗？"

顾若光知道这是里昂非常著名的旅游景点，但她还没去过。

祁言说："平安夜那天，富维耶圣母院会举办一场大型的圣诞活动，你想去看看吗？"

顾若光看着他，笑了一下："你是在邀请我吗？"

祁言挑了下眉，随后弯起唇角，笑了一声，他自然大方地点头："是的。"

"好。"

她回答得太快，祁言愣了下才反应过来，他低头一笑，半晌后抬眸看着她，他的眼睛清澈明亮，像高原上纯净的湖泊，眼中的笑意让人莫名地心情舒朗，同时，也让人心动。

克拉拉知道祁言约顾若光平安夜那天去富维耶圣母院，比她本人还要激动，隔天就拉着她去商城里，要给她好好打扮一番。

圣诞节期间，购物中心很多品牌的门店都在进行各种促销活动，克拉拉带她去挑选衣服，试了几套之后最终敲定了一件粉色的中长款外套和一件卡其色的格纹毛衣。

买完衣服，克拉拉就带着顾若光到处逛，走到一家手表专卖店前，顾若光随意看了眼，就看中了橱窗里展示的一只男士手表，这款表的设计独特，表盘是蓝色的，金属质感的齿轮，在灯光的映照下表面的光影非常漂亮。

顾若光看了眼这只手表的价钱，默默地捂住了自己的包。

克拉拉看穿了她的意图："Eve，你要买这款表吗？"

顾若光想到自己还没给祁言买圣诞礼物，刚才逛了一圈也没看到什么心仪的东西，她思想挣扎了一会儿，走进店里："买！"

刷完卡，顾若光当天晚上就接到了唐蓝的电话："今天花了一笔钱？”

顾若光今天用的是唐蓝给她的卡，她一花钱，唐蓝那边就能收到短信。

“嗯……”

“买什么东西了？”唐蓝漫不经心地问。

“一只手表。”顾若光不敢隐瞒。

“自己戴？”

“送人。”

“男的女的？”

顾若光没回答。

她就算不说，唐蓝也知道对方是男是女，她笑了：“顾若光你出息了呀，都会用我的钱去包养野男人了。”

顾若光：“……”

很快就到了平安夜那天。

顾若光在克拉拉的监督下换好衣服，化了淡妆，出门前，克拉拉跟她做了个“加油”的手势，同时说：“约会愉快，今晚不回来也没关系。”

顾若光：“……”

她下楼的时候，祁言已经在楼下等着了，他今天穿了件黑色的夹克长外套，头上倒扣着一顶同色的帽子，年轻帅气的模样吸引了很多行人的注目，顾若光远远看见他站在一盏路灯底下，身形挺拔。

祁言双手插进衣兜里，他似有所觉，抬头就看见顾若光正朝他走来，他眼睛一亮。

顾若光看着他那双眼睛就像清晨时阳光照射在蓝湖里，波光粼粼，很明亮，很耀眼。

“等很久了？”顾若光问。

祁言微微歪了点头，朝她眨了下眼：“一小会儿。”

说完，他自然而然地接过她手里的包："走吧。"

顾若光跟着他往前走，祁言带她去路口乘车，他们一路坐到富维耶山下，在山脚的一家餐厅吃了晚饭，才换乘缆车上山，今天上山的人有点多，祁言和顾若光并排坐在缆车里，坐在他们对面的是一对老夫妇。

顾若光来了里昂之后一直都在学校里，除了平时跟克拉拉去外面吃饭和逛街之外，她都没有去过什么景点，更没有看过里昂的夜景，随着缆车缓慢上升，这座城市的夜景就出现在眼前。

里昂是一座拥有悠久历史的城市，它古老而神秘，夜晚的时候并不像其他城市那样繁荣璀璨，喧嚣不止，在这里更多能体会到的是安宁和沉静。

这是一座会让人安静、放松下来的城市。

顾若光看着山脚下的夜景，觉得心情恬静，对面的老夫妇用法语小声地在交流些什么，身边的人倒是很安静，缆车的空间狭小，顾若光和祁言挨得很近，一转头就闻到了他身上一阵清淡好闻的香气，她抬起头就对上了祁言的视线。

他正看着她。

顾若光被他看得脸颊发热，她放在膝盖上的手微微蜷缩起来。

然后就听见他说："你今天很漂亮。"

顾若光心里一紧："谢谢。"

祁言一笑，他的视线越过她，看向外面，他指着底下的房子向她介绍："这里是里昂的老城，这一条是索恩河，在里昂的传说中，它和另一条罗纳河是一对恋人，这两条河交汇的地方就是里昂的市中心，当地人都说是这两条河流共同孕育了里昂这座小城。"

顾若光回头看他，突然问道："你在这里生活很久了？"

"我从六岁开始就生活在这里了。"

不知道是不是她的错觉，顾若光从他的语气里听出了一丝落寞，她沉默了一会儿，问他："知道我为什么选择来里昂念书吗？"

祁言低头看着她。

顾若光伸出手，似乎在轻轻触碰着外面变得很小的城市：“里昂是一座很迷人的城市，它吸引我来这里。”

祁言缓缓笑了，眼角微弯：“是，它也同样吸引着我。”

缆车到达山顶，车门打开，他们让那对老夫妇先下车，然后祁言才下去，他站在平地上，朝顾若光伸出手来，她犹豫了一秒，道了声谢，把手放在他的掌心里，借力下了缆车。

顾若光原本想着下来之后他就会松开手，可没想到他握住她的手之后就不放了，牵着她往前走。

顾若光有些羞赧，但没抗拒，跟在他身后，任由他牵着自己的手。

富维耶圣母院在富维耶山的最高处，他们到达的时候门口已经聚集了不少群众，往里走，富丽堂皇的内部大厅空间狭长，两侧和头顶都是各种壁画和神像，还有漂亮的彩色玻璃和镶嵌画。

祁言带着她在其中一排位置上坐下，等大厅都坐满人之后，神父才出来主持。

神父主持时用的语言是当地的法语，跟顾若光学习的法语不太相同，再加上说的是些祝福词，她有些听不太懂，祁言就在她耳边小声地翻译给她听。

他先是用法语翻译了一遍，再用英语转诉，他的声音低低的，两种语言很娴熟地来回切换，字正腔圆，每种发音都很纯正，冗长的祝福词从他的口中说出来，顾若光觉得动听得跟诗歌一样。

圣诞活动很快开始了，一群穿着袍子的小孩子上了台，开始合唱圣诞歌曲。

祁言跟她说：“我小时候也被逼着像这样在台上唱圣诞歌。”

顾若光看着他，突然就能想到他像台上那群孩子一样穿着红袍子唱歌的画面，她笑了：“有录像吗？”

“有，被我发现之后就丢掉了。”祁言耸了耸肩膀。

“留着做纪念多好。”顾若光有点惋惜。

“太傻了。”

和他相处的时间越长，顾若光渐渐发现他有很多面，有时候像绅士一样优雅温和，有时候又像个大男孩一样调皮有趣，就像现在。

在这之前，顾若光从未遇到一个像他一样的人，不知道为什么，这一刻她突然有种想法，自己从今往后可能再也遇不到一个像他一样绅士有趣的人了。

圣诞表演结束之后，趁其他人还在祈福的时候，祁言带着顾若光偷偷从后门溜了出去。

到外面之后，祁言就带她在这里慢慢逛。

晚上山顶温度低，风刮过来脸颊都是痛的，祁言带她进了一家咖啡馆里，找了个观景位置极佳的空位让她坐下，然后自己去收银台给她点了杯热牛奶。

“晚上九点，里昂市中心会放烟花，这个位置刚好可以看到。”祁言回来之后坐在她对面，他拿出手机看了眼时间，现在是八点五十分。

店家很快把一杯牛奶和美式端上桌了，顾若光问：“怎么我这杯是牛奶？”

祁言：“怕你晚上喝咖啡回去后睡不着。”

顾若光笑了，他的贴心让她很受用：“你不担心睡不着？”

祁言也笑：“我习惯了。”

说话间，外面很远的地方传来很细微的一声“咻”的声响，顾若光察觉到了，转头看向窗外，果然看见远方的天空绽放了几束烟花。

接着又有好几束形状各异的烟花升腾至空中盛放，夜色深浓的天幕，转瞬就多了道绚丽多彩的风景，这些烟花比起以往的烟花花样更繁多，升到天空有变成一朵花的，也有变成圣诞树或圣诞老人的，还有一些文字。

“Je t’aime.（法语：我爱你。）”

咖啡馆里很安静，对面的人忽然轻声开口。

顾若光一怔，随即就反应过来他指的是刚才那束烟花在空中绽放后的形状，她也看到了。

这场烟火持续了半个小时，结束后他们就准备下山了。

回程的路上，顾若光有些困倦，不小心在车里睡着了，她醒来的时候已经到学校了。

“抱歉，我睡着了……”顾若光有些不好意思。

“没关系。”祁言下车帮她开车门，顾若光起身出去的时候，抬起手就发现她右手手腕上多了一串手链，她愣了一下，看了眼就认出来了，是Cartier（卡地亚，法国一珠宝品牌）最新款的Love（爱）系列手链。

克拉拉看中这款手链很久了，一直没忍痛买下来，顾若光看到后突然庆幸自己买了那块表。

她站在他面前，祁言对她说：“圣诞快乐，顾，若光。”

他看着她，眼里有光，也有温暖的笑容，顾若光心里一动。

她从包里取出一个礼物盒，递给他，莞尔道：“谢谢，也祝你圣诞快乐，祁言。”

祁言送她到宿舍楼下，顾若光和他打了声招呼之后准备上楼，他突然伸出手来握住了她的手臂。

顾若光回头看他。

祁言一笑：“我还没有你的联系方式。”

顾若光把自己的手机号码报给了他。

祁言拿出手机把号码存进去，他打通了她的电话，举起手机朝她晃了晃，眨眼道：“这是我的，记得存好。”

顾若光低头看着手机上显示的号码，她一笑：“好。”

转身上楼，顾若光爬到三楼的时候，在拐角处的平台往下望，发现祁言还保持着刚才的姿势站在原地，他抬头看见她，笑了笑，将手里拿着的帽子扣在头顶，朝她挥了下手就转身走了。

顾若光上楼梯的时候想到，这应该是她来里昂后度过的最愉快的一天。

克拉拉最近有了段新恋情，对方是一个澳洲男生，比她们高一届，是法学院的学生，名字叫吉恩，他们两是在平安夜那天认识的。

顾若光跟祁言出去的那天，克拉拉不甘寂寞，自己在好友圈里组了个局去喝酒，她和吉恩就是在酒吧里认识的，据说两人是一见钟情，互相看上眼之后就约出来见了几次面，最近正式确立了关系。

寝室里，克拉拉躺在床上，拿着手机正在和她的澳洲小伙聊天，她怕打扰顾若光，尽量压低了说话的声音，可在安静的室内，她的声音还是能听得一清二楚，顾若光还时不时听到从她嘴里蹦出来的几句澳洲当地的方言。

顾若光坐在椅子上，蜷缩着双腿，将速写本放在膝盖上，她手里抓着一支铅笔，在纸上无意识地勾勾画画，没过一会儿，一个初步的人形轮廓就在纸上呈现了，她看着自己画出来的线条，手忽地顿住，过了一会儿，就画出了那人完整的面容。

克拉拉不知道什么时候打完了电话，来到她身后，看到她的画时，在她耳边笑了两声："画得真好看，是送给言的画像吗？"

顾若光被她吓了一跳："打完电话了？"

克拉拉点了点头："我等会要和吉恩出去，Eve，你有没有什么安排？"

顾若光："中午我会去学校附近写生。"

克拉拉："对了，你和言现在发展到哪一步了？"

顾若光嘀咕了句："什么发展到哪一步了……"

"他跟你告白了吗？"

"没有，你想多了。"

"Eve，你要知道言在学校里有多抢手，你赶紧找准机会把他拿下！"克拉拉有点不争气地看着她，"穆罕默德教主曾经给我们做过亲身示范，山不来就我我去就山，你要学会主动出击！"

顾若光："……"

这段时间学校放假，顾若光没事的时候就抱着速写本在校园里停停走走，到处写生。这些经典的哥德式建筑承载了历史，融合了庄严和典雅两种元素，是与她从小生活的城市截然不同的风格，她虽然不是学建筑的，但每次路过的时候她总是惊叹于这些建筑之美。

克拉拉走了之后，顾若光自己一个人抱着画板出去了，她去了学校内部的喷泉广场，坐在一侧长椅上，对着广场中心的雕塑提笔构图。

她刚开始动笔，就接到了祁言的电话。

"顾若光。"

顾若光听到他的声音就笑了，他最近已经能用中文连贯地说出她的名字了。

她应了一声，然后就听见他问："在忙吗？"

"不忙。"她答道。

"你在外面？"

顾若光讶异："你怎么知道？"

祁言说："我听到了喷泉的声音。"

顾若光看着面前隔着一段距离的喷水池，心想：他是顺风耳吗？这他都能听到。

祁言："你在圣格斯广场？"

"对。"

"我可以来找你吗？"他的声音里带着些许笑意。

顾若光看着地面，发现自己的心情好像在接到他电话这一瞬间就变得愉悦起来。

"你来吧。"

她刚挂断电话，就发现似乎有什么东西在拱她的脚。

顾若光低头一看，发现有一只个头小巧的泰迪犬蹲在她脚边，一双乌溜溜的眼睛正盯着她看。

“你是从哪里来的？”顾若光被它可爱到了，伸手摸了摸它的脑袋，温柔地笑了。

面前很快就有个人走近了，顾若光抬起头来，祁言在她跟前蹲下，伸手把泰迪抱起来。

电话才挂断了没两分钟，他就出现了，顾若光恍然过来：“你刚才就在附近？”

祁言看着她一笑：“我刚好路过，就看到你了。”

顾若光看着被他抱着扭来扭去不安分的小狗，笑了，想起上次在中餐厅的时候他说自己也有一只差不多的泰迪犬，她问：“这只泰迪是你的？”

祁言勾唇：“对，可爱吗？”

顾若光把画板放到旁边，接过他怀里的小狗：“可爱，它多大了？”

祁言坐到她身旁：“三个月。”

顾若光问：“它有名字吗？”

祁言“唔”了一声，用中文道：“毛线，它叫，毛线。”

顾若光看着毛发卷卷的小泰迪，这个名字取得很形象，她温和一笑：“你自己取的？”

祁言点头。

这个年纪的泰迪很好动，祁言往顾若光这边微微倾过了身，修长的手伸过来轻轻抚摸着毛线的背。

顾若光在他靠过来的时候手上的动作就停住了，她清晰地感受到了他身上属于男性的气息。

很陌生，但她发现自己并不排斥。

顾若光没动，空气一下子变得安静。

她低头就看到他的手腕上戴着她送给他的那块表。

祁言：“你在画画？”

顾若光像是刚被上了发条似的，她“嗯”了一声。

“你等会有空吗？”祁言问。

顾若光点头。

“你想去里昂老城吗？”祁言看着她，唇边溢出笑容，“索恩河畔的风景很漂亮，你可以在那里写生。”

顾若光被他的笑容感染，眉眼微弯：“你要带我去吗？”

祁言从椅子上站起来，朝她伸出手做了个邀请的手势，他的面容清俊帅气，眼睛里的笑容明朗：“这位美丽的小姐，愿意把你接下来的时间交给我吗？”

顾若光看着他，心跳有些加速，她把手放进他的掌心里：“当然。”

祁言带她去了里昂的老城，这里是法国的文化遗产，也是文艺复兴的街区，位于索恩河的右岸。

这里的房屋历史也挺悠久，橙红的色调，古典式的房屋相连在一起，非常具有特色。

祁言带她先去了一家当地有名的Bouchon（小酒馆），他跟这家酒馆的老板认识，一进门两人就友好地手握着手，撞了下对方的一侧肩膀：“Hey，guys！（嗨，朋友！）”

他们打招呼的时候，顾若光环顾着这间面积不大的小酒馆，这里的家具和装潢都很老式，有点像电影里主角通常会去到的那种名不见经传的酒馆。

酒馆老板是个四十来岁的中年大汉，他看了眼顾若光，对祁言道：“女朋友？”

老板说的是当地方言，顾若光听不懂，只能朝对方友善一笑。

祁言没否认，他挑眉一笑：“漂亮吧？”

老板拍了拍他的肩膀：“你小子眼光不错。”

祁言带着顾若光在空位上落座，他向她介绍：“这里是当地的特色酒馆，想吃里昂最纯正地道的美食就来这里。”

顾若光觉得他就像地头蛇一样，好像把里昂每个街道每个角落都混熟了，就没有他不知道的事情，她把这个比喻跟他说了，祁言顿时笑了，他说：“这个比喻很形象。”

这里的主菜都以肉食为主，老板先给他们上了一份小牛肉香肠和油炸鱼肉丸子，还有一道最经典的法式乳酪，祁言切了一小块牛肉，放到她面前："这牛肉的口感很好，尝尝看。"

"谢谢。"

祁言跟老板要了瓶牛奶，他倒在碗里，放到小泰迪跟前，看着它一点点喝完。

在酒馆里用完餐，祁言就带她去索恩河畔了，这里的环境确实像他说的一样很美，从河边可以看到对岸连成一片的老房子，河岸边还停留着许多只白鸽，有调皮的小孩故意跑过去吓它们，白鸽扑腾着翅膀飞上天，也是一道极美的风景。

顾若光坐在长椅上拿出自己的画板，将眼前的景致都描绘下来，等她画完一张索恩河畔的风景，她转头就看到身旁人垂着脑袋似乎睡着了。

毛线乖巧地蹲在他的身旁，见顾若光看过来，它黑亮的眼睛看着她，微微歪了脑袋。

顾若光看着这一人一犬，忽然灵机一动，她起身走到了河边，找了个角度坐下，用铅笔丈量了下坐在长椅上的人，然后就开始起笔。

祁言醒来的时候就看到顾若光盘腿坐在对面的一棵老树底下，正专注地在本子上画画。

"别动。"顾若光抬头就见他醒了，他刚要动，她立马出声喊住他。

祁言微微挑起眉梢："你在画我？"

顾若光一笑，告诉他："保持这个姿势别动。"

祁言问她："当模特是不是需要收费？"

顾若光没说话，一会儿后，她从地上站起来，然后把画撕下来递给他："这张画送给你，就用这个抵吧。"

祁言接过画，看了一眼，她的画工很传神，他一笑："你应该送张自己的自画像给我。”

顾若光微微一笑：“想得美。”

她收拾好自己的东西，沿着索恩河畔慢悠悠地往前走，祁言牵着毛线跟在她身后。

黄昏很快就降临了，顾若光坐在长椅上，看着被晚霞染红的天幕，对面那排老房子的颜色被夕阳渲染得更加鲜明。

她看着风景，祁言看着她。

他的目光太热烈，让顾若光想忽视都忽视不了，她抿唇一笑，转头看他：“有话对我说？”

祁言收回视线，把手放在脑后，整个人靠在椅背上。

“我接下来会有点忙，可能没办法跟你见面了。”

还以为他要说什么。

顾若光别开视线，“哦”了一声。

“22号晚上我在市中心的雅克西餐厅订了位置。”

顾若光闻声一顿，回头看他。

祁言注视着她，蓝眼睛在日暮余晖中璀璨升光，他垂眸，嘴边弯起一丝温柔的笑意。

“若光，那天我有很重要的话要跟你说。”

顾若光回去翻了日历才知道，22号那天是国内的除夕，他选择在这天约她出来，一看就别有用心，但尽管如此，她还是欣然应允了。

再过几天就要开学了，新学期一开始，大家都变得忙碌起来，克拉拉和她的澳洲男朋友正处于热恋期，每天都早出晚归，寝室里多半时间就只剩下她一个人。

克拉拉忙着经营自己的爱情之余，还不忘操心顾若光的感情问题，见她新学年开始后每天都待在寝室里，她为此感到诧异：“言没有约你出去吗？”

顾若光说：“他最近有点忙。”

克拉拉："他难道没想着要约你出去见面？"

顾若光摸了摸鼻子，说："有……他约了我 22 号在雅克西餐厅见面……"

"雅克西餐厅？"克拉拉愣了一下，她惊讶道，"是不是市中心那一家？"

"应该是，怎么了？"

"我就知道，言家里肯定超有钱！"克拉拉双眼放光，抓着顾若光的胳膊，按捺不住自己激动的情绪，对她说，"Eve，你知道吗？雅克西餐厅在里昂当地很出名，它是家百年老店，也是法国非常著名的五星级餐厅，普通人根本预订不到这里的位置，除非你有一定的身份地位或者是他们餐厅的会员才可以，还有最关键的，在里面吃一顿饭简直贵到你无法想象。"

顾若光听完她的话也有些诧异，她原本以为只是一家普通的西餐厅而已。

克拉拉笑嘻嘻地看着她："Eve，他约你在那里见面，肯定是想向你告白！好浪漫哦。"

顾若光轻轻推开她，笑说："别乱说。"

尽管她嘴上这样说，心里却止不住地期待起来。

时间一晃而过，20 号晚上，农历二十八那天顾若光给唐蓝打了个视频电话。

这是顾若光第一次自己在国外过春节，也是第一个没有唐蓝陪在身边的春节。

她从小到大都没有出过远门，这是她头一回对家里产生如此强烈的思念情绪。

"唐小姐，你买春联和灯笼了吗？"

"我让助理买了。"

"买年桔了吗？"

"买了。"

"哦，记得让阿姨定期浇点水，不要又放到烂了。"

唐蓝瞥了她一眼：“顾若光，你今天怎么那么啰唆？”

顾若光坐在床上，她搂着抱枕，看着视频里的人，声音温温淡淡的：“唐总，要不我请假回来陪你过年吧？”

唐蓝：“我那几天订了机票飞别的城市玩，你回来也见不到我。”

顾若光：“这么快就定好了行程？”

“难得你不在，我当然要趁着假期好好享受一下一个人的世界了。”

顾若光：“……”

唐蓝挑了下眉：“怎么，你想回来？”

顾若光：“没有……我只是随便问问。”

说着，她又道：“对了，唐小姐，你度假的时候别忘了要给我发红包。”

唐蓝看了看自己新做的指甲，漫不经心道：“可以呀，顾若光，前段时间刚花了我一大笔钱，这会儿还想着要讨红包呢？”

顾若光：“我会把钱还给你的。”

她现在已经在兼职给人画肖像赚钱了。

唐蓝：“哦，那等你还上再说吧。”

顾若光：“……”

隔天早上，顾若光出了宿舍楼准备去上课的时候，在楼下被一个男生拦住了。

那人自称是祁言的同学，介绍完自己，他就拿了个信封给她：“这是言让我给你的。”

顾若光去到教室之后才把信封拆开，从里面拿出来一个红包，翻过来正面是他写的几行字，分别是英文“To Eve（给伊芙）”，和中文“顾若光亲启”。

他写的英文字很漂亮，相反中文字体就有些歪歪扭扭的。

顾若光没忍住笑了，然后把红包拆开，里面整整齐齐放着几张人民币，她算了一下，总共有五张一百元，还有一张二十元的人民币。

520。

还有一张小纸条。

上面的文字跟封面上的中文一样歪七扭八的，可是却能看出书写的人一笔一画写得很认真仔细。

“祝：身体健康，心想事成。”

简短的一行小字，最后还写了：“别忘了明晚的约会。”

顾若光脸上顿时浮现了笑容，她没有想到会以这种独特的方式收到他的祝福，这样难能可贵的心思，让她心底涌起阵阵难以言喻的温暖和感动。

顾若光将红包握在掌心里，她看着纸条上的文字，眉目间充盈着温柔和喜悦。

三十号晚上，顾若光比约定时间提前了半个多小时到达了里昂市中心的雅克西餐厅。她一进门，就有西装革履的侍者前来招待她：“晚上好，小姐，请问您有预订位置吗？”

顾若光跟侍者报上了祁言的名字。

“好的，请随我来。”侍者带她走进餐厅里，一直走到靠窗的位置前，拉开椅子让她坐下。

“谢谢。”

祁言还没来，餐厅里人也不是很多，顾若光坐在位置上，环顾起四周来。

这座餐厅的装潢设计参考了欧洲中世纪的宫廷风格，整体色调是偏奢华古典的，天花板是拱顶形状，描绘了许多文艺复兴时期的壁画，四周的柱子上也雕刻着繁复的花纹和图像，顾若光惊喜地发现周围的墙壁上还挂着许多名画。

身处在这里，仿佛回到了中世纪，顾若光觉得自己像是在一家艺术馆里。

没过一会儿，侍者拿着瓶香槟过来，倒在顾若光面前的杯子里。

“你好，小姐，请问需要先点单吗？”

顾若光说：“稍等一会，我的同伴还没到。”

侍者走了之后，顾若光看了会儿时间，离他们约定的时间还有二十分钟，她放下手机，看向自己放在一旁的画筒，祁言那天开玩笑说让她送一幅自己的自画像给他，顾若光前两天赶工画完了，打算今天给他一个惊喜。

餐厅中央坐着几位穿着黑色燕尾服的男士，正对着乐谱拉小提琴，优雅的古典音乐在整间餐厅里回荡。

这个时间点，国内新年的钟声正要敲响，顾若光想，她永远不会忘记这一天，这个她在异国他乡度过的第一个春节，也将会是她这一生中非常独特的日子。

顾若光看着窗外的夜景，想着祁言等会儿会出现在门外，可能会给她一个惊喜，想到这，她不由得弯起眼睛，很庆幸自己在最好的时间里遇到了自己喜欢的人。

第二章
我希望能和她再次见面

祁言站在餐厅门口，他今天穿了一套正式的西装，侍者从他手里接过外套，他一抬头就看见自己喜欢的女孩坐在靠窗的位置，他突然感到有一丝紧张，站在门边整理了一下自己的领结。

他轻呼了一口气，缓解了情绪才走进去，他走到正在演奏的乐手跟前，跟小提琴手商量了几句，说自己想为喜欢的女孩子演奏一曲，对方大方地把自己的小提琴借给了他。

祁言看着望着窗外对这边毫无察觉的人，垂眸一笑，将小提琴放在肩上，另一只手拿着琴弓，搭在琴弦上，随着悠扬轻快的乐声，他一步一步往她的位置走去。

等快要走近了，她才察觉到他的存在，祁言看着她略带惊喜的神情，浅浅勾起唇角，站在她面前，专心地演奏完这首曲子。

他修长的手拿着琴弓，拉完最后一个尾音，然后才看向她。

她从位置上站起来，朝他微笑着，祁言听见她说："你迟到了。"

祁言看了眼自己手表上的时间，确实迟到了十多分钟："抱歉，我路上有点事。"

她低头，又是一笑："没事，我原谅你了。"

祁言心里一动，他说："若光，我……"

这时，不知道从哪里突然窜出来一群人，上前拽着他的手强硬地拉着他离开这里，祁言怔了一下，他很快反应过来，挣扎着想要推开这些人，可他被这群人用力拽着，挣脱不开，甚至还来不及回头，他眼前就陷入了一片漆黑中。

再然后，他就醒了。

祁言睁开眼睛，他眼睛里有一丝茫然，刚才的梦境还停留在他的脑海里，让他有片刻的晃神，等看清周围的一切，清醒过来后，他眼中的神采渐渐沉了下去。

“祁先生。”陈柒的声音在他身旁响起。

祁言闻声，抬起头看向自己的随行助理。

“祁先生，还有五分钟就到登机时间了。”陈柒提醒他。

祁言挪开视线，看了眼手腕上的手表，应了一声：“好。”

陈柒不动声色地朝他身后的保镖王五使了个眼色，然后就先一步离开去打点登机事宜。

祁言捏了捏疲倦的眉心，拿起桌上的咖啡，美式从刚刚放到现在已经冷透了，口感很不好，他喝了一口就没再喝了。

登机时间到了，他从位置上站起来，拿好自己的外套就走出了贵宾休息室，王五跟在他身后。

机场广播员正在播报即将起飞的航班的消息，听到“里昂”这个地名时，祁言的脚步下意识地顿了一下。

“祁先生？”王五喊了他一声。

祁言停了一下就继续往前走。

“没事，走吧。”

里昂，圣埃克絮佩里机场。

今天是顾若光在里昂的最后一天，她即将要离开这个古老的国度，回到属于她的地方。

克拉拉和吉恩一起来机场送她，顾若光办好登机手续，准备过安检的时候克拉拉哭得稀里哗啦的，抱着她死活不肯松手。

“Eve，你一定要今天就走吗？不能再多留几天？”克拉拉很舍不得她。

“克拉拉，我们国家有一句话叫‘天下无不散之筵席’。”顾若光用法语给她解释了这句话，被克拉拉的情绪感染，她的眼眶也有些红了，“我一有时间就会飞回来找你的。”

“可是Eve，我舍不得你。”克拉拉紧紧地抱着她，眼泪完全止不住，说，“要不我也买张机票陪你回去好了。”

顾若光看了眼站在她身后一脸“拿她没办法”的吉恩，顾若光笑了，拍了拍她的肩膀：“你这样吉恩该找我麻烦了。”

克拉拉松开她，抹了下眼泪，往后瞪了男友一眼：“他敢！”

吉恩拿了张纸巾帮她擦眼泪，动作温柔又小心，轻声哄她：“不敢，不敢。”

顾若光看着这对欢喜冤家，她也算是他们之间的爱情见证人，看着他们这几年一路相处过来，有甜蜜，有辛酸，也有很多时候他们会吵架，会冷战……但值得庆幸的是，吉恩愿意一直守在克拉拉的身边，不离不弃，她很开心自己的好友找到了一个值得托付终身的人。

顾若光微微一笑：“吉恩，克拉拉就交给你了，她这个人的性子你也知道，你要好好照顾她。”

“我会的。”吉恩点头，他笑说，“谢谢你，Eve，保重。”

“你们也保重。”

过安检前，克拉拉最后上来抱了她一下：“Eve，你要好好的，我会想你的。”

顾若光一笑：“你也是。”

“你会遇到那个他的。”克拉拉松开她之前对她说了这样一句。

顾若光愣住了。

克拉拉和吉恩向她挥手告别。

顾若光过了安检，她在候机厅里等待，等时间一到，跟随其他乘客一起排队登机，她坐在飞机上，起飞的时候她透过舷窗最后看了眼这个她生活了五年的国度。

只有在一个人独处时，心里的不舍才被推至巅峰。

然后，顾若光突然想起了那个已经消失了五年的人，她已经有很长一段时间没有想起过他了，当年在雅克西餐厅里，她等了很久，等到餐厅营业时间结束都没有等到他，他像是突然人间蒸发了似的，没有人知道他的行踪。

这几年她走遍了里昂大大小小的每个角落，希望能在某个街角碰见他，可是并没有，那之后，她就把他当成了一场梦，梦醒以后，她就选择将他埋藏在心底最深处，不再回想了。

今天这一别，就要彻底跟这个地方说再见了。

那个人，她往后大概没有机会再见到了吧。

飞机落地之后，苏城当地时间是下午四点，唐蓝因为有事走不开，派了助理过来接她。

“下午来了个大客户，唐总要亲自接待，所以就派我来接你了。”助理小赵接到顾若光之后跟她说。

小赵大学毕业之后就跟在唐蓝身边当助理了，已经有很多年了。

顾若光之前回国的时候跟她接触过几次，跟她的关系还不错，顾若光帮她把行李一起放在后备厢里：“没事，就是麻烦你了。”

“分内事，没什么麻不麻烦的。”小赵笑说。

小赵坐进驾驶座上，跟她说：“若光，你累的话就休息一下，到了我叫你啊。”

顾若光刚坐了十二个小时的飞机，再加上时差还没倒过来，现在人有些疲乏，她应了一声就靠在椅背上休息了。

大概一个小时后，就到她和唐蓝的家了。

小赵帮她把行李搬上楼，然后就走了，顾若光自己一个人进屋，看到家具物品很多都打包好被唐蓝放进箱子里了，唐蓝之前跟她说过这两天会搬到新家去。

顾若光拖着行李箱到自己的卧室里，她从箱子里拿出睡衣，强撑着去浴室洗了个澡，回来之后倒在床上很快就睡着了。

半夜十二点的时候，顾若光醒了一次，觉得口渴，起来去厨房倒水喝，她路过唐蓝的房间时，里面的人正好出来。

“唐小姐。”顾若光揉着眼睛喊了一声。

“回来了。”唐蓝轻点了下头，“什么时候到的？”

“下午五点多到家的。”顾若光回来之后睡了几个小时，人还是困倦。

看着她这副模样，唐蓝说：“在飞机上没睡？”

顾若光：“睡不着。”

她去厨房接了水，回来后跟唐蓝打了声招呼准备继续休息。

唐蓝：“明天早点起，我约了搬家公司的人过来。”

顾若光反应了一下，才“哦”了一声。

隔天，顾若光还在睡梦中就被一阵敲门声吵醒了，唐蓝来敲她的房门：“顾若光，起床收拾东西了，等会搬家公司的人就过来了。”

顾若光被吵醒，挣扎着从床上起来，家里请的钟点工阿姨已经在准备早餐了，她洗漱完坐在桌前，无精打采地看着正在翻阅时尚杂志的人：“唐小姐，不能过两天再搬吗……我这才刚回来，时差还没调整好……”

唐蓝翻了一页杂志：“我翻了皇历，今天宜搬迁。”

说完，唐蓝瞥了她一眼，道：“要不是你要回来，这间公寓不够大，我才懒得搬，你去法国那几年我一个人住多省事。”

顾若光无力反驳。

唐蓝说：“对了，有件事跟你说一下，搬家之后，这边的阿姨没办法跟着一起过去，所以在找到新的钟点工之前，我们的一日三餐都由你来负责，唔……还有一些家务活。”

顾若光沉吟了几秒，抬起头认真地看着她：“唐小姐，不如我们来商量下分居吧。”

唐蓝瞄了她一眼，不轻不重地“呵”了一声。

受到了嘲笑的顾若光：“……”

十点钟，搬家公司的人准时上门，她们的东西不多，唐蓝前段时间重新去给新房子买了家具，所以很多大件的家具都不需要搬，剩下的一些零散的物品工人搬几趟就搬完了。

顾若光锁好门，跟唐蓝一起等电梯的时候，遇到了住她们隔壁的王阿姨。

“呀！若光回来了呀！”王阿姨刚买完菜回来，电梯门一开，就看到了许久没见的顾若光。

“王阿姨，好久不见。”顾若光笑着打招呼。

“哎，是好久不见咯。”王阿姨见到她，欢喜得合不拢嘴，“小唐，你家这闺女好哇，这么久没见，越来越漂亮了，还这么有出息，像你！”

唐蓝也笑了：“出息不出息倒不知道，像我一样漂亮这点倒是真的。”

顾若光：“……”

“真好，都长成大姑娘了。”王阿姨满脸慈爱地看着她，然后问，“若光呀，在外面待了那么多年，有没有心仪的对象呀？”

顾若光心里“咯噔”了一下，她摇头笑道：“还没有。”

王阿姨：“还没有呀，不过也是，那些外国人哪有咱们中国人好，处对象还是得找国内的，别担心啊，你王阿姨资源广泛，回头就帮你找一个，包你满意！”

顾若光听到“资源广泛”这四个字，心里打了个颤，她对王阿姨笑了一下，没有说话。

“小唐，我听你说今天是要搬家是吧，那我不打扰你们了啊，改天有空再上家里来坐坐。”

唐蓝一笑：“好。”

因为要跟车前往新住址，等到工人们将箱子全部装进货车后，她们就启程出发了。

新家地址在碧海茗居，是前几年新建的高档别墅小区，唐蓝在那里买了一套复式型的公寓。

前面路口转红灯，唐蓝停下车，她转头看了眼副驾驶上的人，开口问："你毕业那年我让你回来你不肯，现在回来又是怎么一回事，被人炒鱿鱼了？"

顾若光闻言，无奈笑了："我们工作室最近在和正擎集团的子公司谈合作，派我回来跟进。"

"正擎集团？"

"怎么了？"

唐蓝说："这几年这家企业出了个很传奇的人物。"

顾若光看了她一眼："什么传奇人物？"

"你到时候就知道了。"唐蓝问，"还回去吗？"

"不回了，那边需要我在国内常驻。"

"哦。"唐蓝说，"我还以为你是在那边混不下去了。"

顾若光看着她，莞尔一笑，半真半假道："还有一个很重要的原因就是，我很想你。"

信号灯转绿灯了，唐蓝看了她两眼，转回头看向前面，她踩下油门，精致的红唇微微一勾："油嘴滑舌。"

她们的新家有两层，上面一层是房间，底下一层是大厅，房子的装修风格是唐蓝请人设计的，简约典雅的现代化风格。一些电器都已经提前安装好了，家具也摆好了，她们只需要把自己的个人物品搬进去就好了。

顾若光当了回苦力，把自己和唐蓝的几个行李箱搬上楼，然后才去到自己的房间里。她的卧室很大，连着一个衣帽间，还有独卫，这个房间当初设计的时候她也给了些参考意见，她特意让设计师划分了一些独立的空间出来做她的画室。

顾若光坐在地毯上收拾行李，她把衣服都拿出来放到衣帽间的柜子里，然后再整理她的画具，她把这几年的作品都带回来了，一幅都没有落下，顾若光找了个柜子专门放这些画作。

她边整理边回看自己以前的作品，整理到最后，箱子里剩下几个装画的画筒，顾若光随手拿了一个打开，纸张已经微微泛黄发旧了，她把画纸展开，就看到了自己的肖像，这是很久以前她给自己画的一幅肖像画，原本是要送人的，可最终也没送出去。

顾若光盯着这幅画看了几秒，半晌，她把画卷起来重新塞进画筒，然后抱着整个箱子放进了最底下的那层柜子里。

傍晚的时候，屋子总算整理得差不多了，顾若光去厨房看了眼，炉具是崭新的，其他一些基本的用具还算齐全，只有冰箱里什么东西也没有。

顾若光走到外面，看着从楼上下来的人："唐小姐，我去买点东西吧。"

唐蓝边下楼边说："行，开我的车去吧。"

入夜后外面有点冷，顾若光回房间拿了件休闲外套披上，随手拿了条皮筋把头发扎在脑后，然后拿着唐蓝的车钥匙就出门了。

顾若光去车库取了车，按照导航的提示驾驶，去了离这里最近的一家生活超市。

超市距离她们住的小区只有五公里远，驾车很快就到了，顾若光在地下车库里停好车，就乘电梯去了一楼，现在家里什么吃的都没有，她进了超市之后就直接推着手推车去往生鲜区。

这个时间点，超市已经没什么新鲜的蔬菜和肉类了，顾若光只好随便买了点食材，用来应付今晚这顿和明天的早餐，她买完了这些，去烘焙坊买了袋吐司，接着就推车去了调料区，她站在货架前找唐蓝最喜欢的一款瑞士进口的蓝莓果酱。

另一边，在她对面的货架前，祁言正看着来自不同地区各个品种的咖啡豆，他穿着件灰色休闲卫衣，连衣帽戴在头顶，双手插在衣兜里，眼睛看着货架。

王五沉默地站在他身后。

祁言在货架前站了许久，终于看中了一款咖啡豆，他伸手准备去拿的时候，有另一只手比他更快地拿起了这袋咖啡豆。

货架空了，已经是最后一袋了。

“啊，不好意思。”祁言旁边站着个年轻女生，她看到自己手里的咖啡豆是仅有的一袋，连忙开口道歉，“先生，这袋给你吧。”

祁言转过头来，女生在看清他的面容之后眼睛里闪过一丝惊艳。

祁言看着她递来的咖啡豆，没有接，他道了声谢，只说了句：“这袋给你吧。”

听到他流利的中文，女生愣了一下，随即，像是察觉到自己的失礼，她道：“这样，你把这袋咖啡豆让给我，为了表达谢意，我给你介绍别的好喝的种类吧。”

“不用了，谢谢。”祁言朝这个陌生女孩轻点了下头，然后就转身走了。

“哎！先生……”女生还想追上去，王五上前拦了她一下。

女生一抬头就看见面前站着个高大魁梧的男人，对方面无表情地盯着她，她心里突地打了个颤。

今天是周末，不用去公司，祁言在家里待了一天，傍晚的时候心血来潮想出去逛一下，就让王五带他去了附近的超市。

结果来了之后，发现并没有什么想买的东西，逛了一圈觉得无聊，最后什么都没买，他跟王五说：“回去吧。”

地下车库里，顾若光把买来的东西放进后备厢里，随后坐进驾驶座，发动了车子。

这个超市的地下车库占地面积很广，路也比较绕，她往前开了一段，在距出口还有些距离的时候，右前方的道路上突然有一辆奔驰横着开了过来，车速很快，顾若光注意到了，及时踩了刹车，可那辆车的车主没控制好车速，车头径直蹭到了她的车。

一个体型剽悍的男人从奔驰车上下来，顾若光皱了皱眉头，解开安全带，也跟着推开车门下了车。

男人绕到车头看了眼自己被刮花的车，等顾若光下车之后，他不分青红皂白地指着她就开始破口大骂："你开车有没有长眼睛！老子新买的车就这么给你撞了！"

顾若光听着他颠倒是非黑白的话，觉得有些可笑："先生，麻烦你搞清楚一下状况，首先，停车场是不允许开快车的，其次，在你的车开过来之前我已经踩了刹车了。"

男人冷笑了一下，他叉着腰，语气嚣张："谁告诉你停车场不许开快车的，你看看这里哪里挂着限速标志，还有你说你踩了刹车，呵……老子可没看到，老子可是亲眼看着你的车撞上来的！"

他们争执的这一小会儿，已经陆陆续续堵了好几辆车了，顾若光刚想说些什么的时候，就听见了鸣笛声，有些不耐烦的车主摁响了喇叭。

祁言坐在车里，他看了眼被堵住的道路，隐约看见前面站着一男一女，两人似乎在对峙，他沉吟了会儿，跟驾驶座上的王五说："王五，你去前面看看。"

"祁先生，这……"王五犹豫了一会儿，他的职责是在外面寸步不离地跟着祁言。

"没事，你去吧。"祁言说。

"好了，老子赶时间也不跟你废话了，直接赔钱吧。"男人的目光在顾若光身上打量了下，然后看了眼她开的车是奥迪 R8，他说，"我这车是新买的，你蹭的这一下，少说也要赔我十万块。"

顾若光见他存心想要讹钱，也不想跟他多说什么，她拿出手机，直接道："既然这样，那报警吧。"

男人一看到她拿出手机要报警，顿时有点慌了，他上前想要抢她的手机："你干什么？报什么警？"

顾若光见他要来抢自己的手机，她往后退躲了一下，冷笑了一声："不是说我撞了你的车吗？我报警让警察来处理，你慌什么？"

"你这臭婆娘！"男人扑了个空，他大骂道，然后上前作势要抓她，结果手被人挡了一下，他还没反应过来，肚子就挨了一拳，他顿时惨叫了一声，下一秒，双手就被人反剪过来压在身后。

“靠！你又是谁！”

王五把人控制住，他朝顾若光点了下头：“这位小姐，报警吧。”

顾若光看到突然蹿出来的人也愣了一下，回过神来，她立马拿出手机报警。

见状，男人也㞞了，害怕自己担全责，他连忙道：“行了行了，报什么警啊？道个歉不就完了吗？搞那么麻烦。”

他挣扎了一下：“喂，你放开我。”

王五不动，他没松手。

“大哥，我错了，我给她道歉行吗？你可以松开我了吧？”男人求饶道。

王五看了他一眼，松开了手。

“算我倒霉！”男人嘴里骂骂咧咧地走回自己的车旁，坐上车走了。

顾若光放下手机，看着面前身材高大的男人，她轻轻点了下头致意：“谢谢你。”

王五也朝她点下了头，然后就往后走回车旁。

祁言坐在后座，他看到王五回来了，随即，他的视线往前方看去，当看到一道熟悉的身影时，他整个人愣怔了一下。

他不假思索地推开车门，从车里出来，他刚才看到的那道身影已经钻进车里，开车走了。

“祁先生，怎么了？”王五看到祁言从车里出来，他问了句。

祁言眼睛定定地望着前方，几秒后，他缓缓敛下眼眸：“没事。”

应该是他认错人了。

她怎么可能会出现在这里。

王五开车送祁言回家，他把车停进别墅的地下车库里，然后跟随祁言到通往别墅的电梯口。

“祁先生，明早我再来接你。”王五站在电梯外说。

祁言点了下头："辛苦你了，晚安。"

他摁了楼层，电梯门就关了。

电梯上到二楼，门就开了，别墅里的佣人迎了上来："祁先生，您回来了。"

"嗯。"祁言应了一声，在玄关换了拖鞋，然后径直往里走去。

听到动静，原本趴在壁炉边的几只咖啡色的泰迪犬站了起来。

祁言刚走到大厅，几只小狗跑到他跟前，摇着尾巴，都用自己乌溜溜的眼睛望着他。

祁言被它们可爱的模样逗笑了，他直接在地毯上坐下来，几只小狗立马往前扑到他身上，他揉了揉它们的脑袋。

祁言看着在他面前蹲下的毛线，跟它对视了几秒，他伸出手："毛线，来。"

"汪汪——"毛线叫了两声，它找了个空子爬到祁言身上，舔了舔他的脸颊。

祁言被它蹭得脸颊和脖子都很痒，他脸上的笑容更欢，跟泰迪们玩闹了一会儿，祁言跟佣人说了声让她帮忙把狗粮都拿过来。

佣人很快就把狗粮拿过来了："祁先生，我来喂它们吧。"

祁言说："我来吧。"

他盘腿坐在地毯上，把狗粮倒进盆里，几只泰迪犬就凑上来把脑袋埋进狗盆里。

作为长辈的毛线把进食的机会让给其他小狗，自己蹲在一旁默默看着，祁言摸了摸它的脑袋，手里拿着狗粮单独喂它。

毛线显然也是饿坏了，它吃得很急，等吃完手上的，祁言又给它喂了一把，他手肘撑在膝盖上，手背支着脸颊，歪着脑袋看着它，湖水一样的蓝色眼睛明亮又柔软，他忽然低声说了句："我今天看到了一个很像她的人。"

祁言用手蹭了蹭毛线头顶的毛发，自言自语道："毛线，你想她了吗？"

毛线像是听懂了他的话，它抬起脑袋，朝他叫了一声。

祁言一笑，他用手背抵住了唇。

许久，他轻声道："Si Dieu le permet, j'espè re la revoir.（法语：如果上帝允许，我希望能和她再次见面。）"

忽然，耳边传来一阵手机铃声，祁言从口袋里拿出手机。

是他的助理陈柒打来的电话。

"祁先生，林总监已经将ISD工作室那边拟好的合同整理好用邮件的形式发给您了，您看过之后如果没什么问题，我就安排人去跟ISD那边的负责人对接了。"

祁言："好，我晚点回复你。"

顾若光今天早上去了趟机场，她所在的ISD工作室的同事今天会到苏城来，她去接机，到了机场之后才发现他们这次合作的公司也派了专人过来接机。

正擎集团这边派过来的人自称是旗下KM科技副总的助理，过来接人去酒店办理入住手续，晚点再带他们去公司，顾若光跟他们的人见了一面。

因为跟正擎集团签订的是长期合作协议，所以工作室这次派遣了另外四个人跟她一起常驻在国内，其中一个是跟她关系很好的杰米。

杰米是个刚毕业的年轻小伙儿，去年才加入工作室的，原本这次的派遣名单里没有他，但是他自告奋勇，工作室的负责人权衡再三，才把他加上去的。

顾若光在一楼到达大厅没等多久，就看见杰米拖着行李箱和另外三个同事出来了。

杰米是顾若光带领的小组里唯一的法国人，为人非常热情，出了机场一看到她，就给她来了一个拥抱，贴了下她两侧的脸颊："Eve，好久不见，假期过得好吗？"

顾若光在回国之前向工作室申请了长达一个月的假期，她和克拉拉去了巴黎和普罗旺斯，然后沿着周边的几个城市逛了一圈，最后她比工作室的人早几天告别了里昂回了国。

这么算起来，他们确实有很长一段时间没有见面了，顾若光笑说："过得还不错。"

说着，她跟另外一个同事温蒂也打了声招呼，温蒂是英国人，性格也很好相处，她们拥抱了一下。

温蒂说："好久不见，Eve。"

顾若光微笑道："好久不见。"

她依次跟其他几个同事拥抱了一下。

他们几个人彼此寒暄了几句，然后就依次上了车，杰米和温蒂坐在顾若光的车上，另外两个人上了正擎集团的车，他们离开机场去往酒店。

路上，杰米坐在副驾驶座，他突然从口中憋出一句中文："Eve，很高兴，我们又能一起共事了。"

顾若光有些惊讶，看着他，笑了："你什么时候去学了中文？"

杰米挠了挠头："名单下来之后我就去学了，不过你们中文不愧是全世界最难学的语言之一，我学了很长一段时间，就只学会了几句简单的问候语。"

顾若光："你怎么突然想学中文？"

杰米一本正经道："要入乡随俗。"

温蒂在后座笑了一声，毫不留情地拆穿他："才不是，他就是想学了后在你面前显摆。"

正擎集团非常重视这次的合作，给他们在市中心的五星级酒店预订了房间，每人一间套房，顾若光作为ISD工作室这次项目的负责人，给她预留的是一间总统套房，可惜她在苏城已经有自己的家了，这间房她就让给了其他人，让他们自由决定谁进去住。

之后，正擎集团的人带他们去米其林五星餐厅用完餐，才带他们去了公司总部。

正擎集团位于苏城CBD（中央商务区）中心城区，是一栋独立的摩天大楼，助理带他们到了四十五楼的会议室，负责跟进这次合作事宜的责任人已经在这里等着了。

等他们进去后，副总助理依次跟顾若光一行人介绍在场的人。

“这是正擎集团市场与品牌推广部的总监，也是我们子公司KM科技的副总经理，林好。”助理介绍道。

林好从位置上起身迎接，她朝顾若光伸出手来，友好一笑：“你好，我是林好。”

顾若光握住她的手，自我介绍道：“你好，Eve，顾若光。”

在看到对方的责任人，听完助理介绍完她的头衔时，顾若光有点讶异，因为对方看上去很年轻，可能跟自己差不多的年纪，就已经成为一家公司的副总经理了。

林好邀请他们入座，顾若光就坐在她旁边的空位上，林好说：“在看到名单的时候，我看见贵工作室这次的项目负责人是个中国人，说实话，我有点惊讶，但也非常高兴。

“据我了解，ISD工作室在原画创作这块是全世界顶尖的，在里面就职的人不是经验丰富就是极具天赋，据说工作室成立那么多年，能面试成功的中国人微乎其微，所以，当看到这次的项目是由中国人来负责时，我心里替国人感到骄傲，也非常荣幸这次能与你和贵工作室合作。”

林好看着顾若光，微笑说：“很高兴认识你，也再次欢迎你们的到来。”

顾若光也笑：“我也很荣幸这次能与贵公司合作，希望以后多多指教。”

接下来的时间，林好跟他们介绍了这次合作的一些事宜，以及下个星期签约仪式的流程，介绍完之后，就带着顾若光和她的同事们参观了公司内部。

林好带他们去了三十楼的展区，这里汇集了他们这么多年创作的游戏项目和角色模型，还有正在研发的AI（人工智能）真实场景体验项目。

杰米参观了一圈下来，一直在顾若光的耳边疯狂地说一个英文单词：“Amazing！（太惊艳了！）”

顾若光由助理佩戴上VR（虚拟现实技术）眼镜，看到眼前出现了法国著名的里昂老街的街头，也感到了深深的震撼，因为眼前的场景实在是太逼真了，她晃了一下神，如果不是眼镜带来的厚重感，她真的以为自己现在就身处在里昂老街的某一处。

体验了一会儿，她摘下眼镜，林妤在旁边等着她：“体验如何？”

顾若光动了动唇，发现自己在这瞬间有点语塞，她莞尔一笑，最后只说了四个字：“非常震撼。”

林妤也笑了：“是的，我第一次体验时也是同样的感觉。”

顾若光把眼镜还给助理：“我有点好奇，能问一下为什么这个项目的场景要设置在里昂老街吗？”

林妤顿了一下，她红唇微微一弯，脸上的神情似温柔似无奈：“因为我们的CEO（首席执行官）对法国里昂有很深的情结。”

顾若光没想到正擎集团的CEO对里昂这个地方也有独特的情感，她回忆了一下刚刚看到的熟悉的场景，突然想起了在里昂生活的点滴，她说：“里昂是一座非常迷人的城市。”

林妤一愣，忽然想起那人在这个项目研发初期也说过同样的话。

她站在顾若光身旁，一笑说：“他也这么说过。”

唐蓝回家的时候，在玄关看到顾若光换下的鞋子，但在大厅里没看到人，去厨房看了眼，也没见到她，上了二楼，看到顾若光的房间门是半开着的。

唐蓝走过去，正想敲门的时候，看到里面的人盘腿坐在落地窗前，外面是黄昏日落，她把画本放在膝盖上，正低着头画图。

唐蓝无声地在原地看了一会儿，片刻后，她轻轻帮顾若光把门掩上，然后就走了。

顾若光画图的时候全然不知道时间的流逝，她画完之后抬起头来，才发现外面已经天黑了，她看了眼墙上的时间，已经快八点了。

顾若光从地上站起来，把刚画好的画架在书桌上靠墙放着，双手插进衣兜里，看着自己的画作，这是她第一次凭着自己的记忆画的里昂老街，很新鲜，也有种不一样的感觉，她看着熟悉的橙红色调的哥德式建筑，看着小酒馆，还有远方的富维耶山，心里突然升起了一丝想念。

她把画收起来，走出了房间。

唐蓝抱着笔记本坐在沙发上办公，听到动静，抬头就看到她从楼上下来了。

“画完了？”唐蓝把电脑放在面前的桌上。

“唔。”顾若光应了一声，“抱歉，唐小姐，我忘了时间，你吃过了吗？”

“还没。”唐蓝起身去厨房把菜给她端出来，她煎了两块牛排，还做了点蔬菜沙拉。

顾若光看着摆在餐桌上的食物，有点错愕：“唐小姐，这是你做的？”

这么多年她就没看过唐蓝自己做过菜。

“不然呢。”唐蓝睨了她一眼。

顾若光拉开椅子，轻声嘀咕了句：“我怎么不知道你会做菜？”

唐蓝傲娇的轻哼了一声：“我会做菜的时候，你还在我肚子里没生出来呢。”

顾若光：“哦。”

两人面对面坐着，顾若光边切着牛排边看着对面穿着一身居家服依旧优雅精致的唐蓝，犹豫了会儿，说：“唐总，可以帮我个忙吗？”

唐蓝没有抬头：“说。”

顾若光挠了挠脸颊：“下个星期我们和正擎集团有个签约仪式，然后晚上有个晚宴，需要穿晚礼服，我想嗯……问一下您的意见。”

唐蓝放下刀叉，正眼看她：“我的意见？”

顾若光点了点头："或者你有没有合适的，没穿过的……借我也行。"

唐蓝瞥了她一眼，轻呵了一声："这才是你想说的吧。"

被拆穿的顾若光："……"

"没钱了？"唐蓝问。

"还有一点钱。"顾若光在她的目光注视下有些莫名心虚，"嗯……就是上个月的工资还没发。"

唐蓝看着她，一脸"就你那点心思我还看不穿"的表情，她重新拿起刀叉，说："购物中心有家高级服装定制的店，明天下班带你去。"

顾若光有些感动："唐小姐，你真好。"

唐蓝勾唇看着她："自己给钱。"

顾若光："……"

她想收回刚才那句话。

与KM科技的签约仪式如期而至，依照双方的意见，大家都希望这次的仪式能够低调进行，所以现场没有太多的媒体记者。

这场签约仪式在MTU国际酒店举行，顾若光到达的时候工作室的其他人也同时抵达了酒店，杰米一看到她，整个人都呆住了，有人笑说："Eve，你这一身也太酷太美了吧。"

顾若光今天穿了身浅灰色的格纹西服套装，下身是同系列的及膝短裙，脚上是一双银色的高跟鞋，她把头发在脑后扎了个低马尾，白皙圆润的耳垂上分别挂着两个吊坠耳环。

有人打趣道："杰米，快收收你的口水，要掉下来了。"

杰米反应过来抹了下自己的嘴巴，才发现那人骗他，他冲上去给了那人一拳。

今天的场合很正式，顾若光没跟他们一起玩闹，她朝他们点了下头："进去吧。"

林妤已经到了现场，正在跟助理核对流程，然后有工作人员上来通知了一声，她转头看见顾若光一行人已经到了，于是放下手上的工作上前迎接。

彼此打了声招呼后，林妤让助理安排他们先入座。

开场前，现场的工作人员再次向林妤确认：“林总监，祁先生今天不到现场来吧？”

“是的。”祁言有很紧急的事情在帝都出差，没办法过来参加签约仪式，这点林妤已经向顾若光以及她的团队说明了。

下午两点，等嘉宾都到齐了之后，签约仪式正式开始，主持人上场介绍了出席这次仪式的领导以及重要嘉宾，接着简要介绍了一下他们这次签约合作的项目，然后就请正擎集团兼KM科技的负责人林妤上台发言。

林妤说明了这次合作项目的具体内容，并且表示对此次与国外知名工作室ISD的合作充满了期待。

正擎集团的代表发言完毕，主持人就介绍顾若光上台，底下的媒体记者看到ISD工作室的负责人是位中国人，纷纷表示了诧异。

顾若光拿着话筒，先自我介绍了一下：“大家好，我是ISD工作室的项目负责人，顾若光，英文名Eve。”她环顾了眼四周，笑了，“我看到很多人对我站在台上感到了惊讶，前两天我在跟林妤总监开会的时候，她说看到这次的项目是由中国人来负责的时候，她心里替国人感到骄傲，我很荣幸能得到这样的赞誉……”

“Eve真的太美了。”温蒂坐在台下，跟身旁的人小声说道，“好有气场。”

杰米有种与有荣焉的感觉，他抬了抬眉：“当然啦，Eve是我见过最漂亮的女人。”

顾若光发言结束，工作人员就搬了张长桌子上台，开始进行现场签约仪式。

签约仪式完成，双方正式达成合作协议，顾若光和林妤合影留念完，就有媒体在底下提问。

等到仪式结束已经五点了，林妤安排了人送他们回酒店，她亲自送顾若光到门口："期待晚上的会面。"

北京时间下午两点，祁言刚和人谈完公事坐进车里。

陈柒坐在副驾驶座上，跟他汇报晚上的行程："祁先生，晚上陈总在 Wilk 国际饭店设宴，邀请您去参加。"

"好。"祁言应道，他看着窗外，外面的天色灰蒙蒙的，他已经有将近两天没合过眼了，放松下来之后只觉得疲倦，他盯着外面出了会儿神。

陈柒从前排递了个 iPad（平板电脑）过来："祁先生，这是这次和 ISD 工作室签约仪式的直播现场，您要不要看一下？"

祁言从他手里接过 iPad，屏幕上是这次签约仪式的活动现场，他大致扫了一眼，然后把 iPad 递给陈柒："这次项目交给林妤我很放心……"

他话音刚落，就听见屏幕里的主持人说："让我们用热烈的掌声欢迎 ISD 工作室的代表，Eve，顾若光。"

祁言的动作猛地顿住。

陈柒想把 iPad 接过来，结果就见后座的人停住了，他喊了一声："祁先生？"

"等等。"祁言打断陈柒，把 iPad 重新拿回来，可是他已经错过了刚才介绍嘉宾的一幕，他说，"陈柒，我要 ISD 工作室负责人的履历，现在发给我。"

因为这段时间他在忙别的事情，所以这次跟 ISD 工作室合作的项目他全部交给了林妤，祁言只知道项目时间和具体内容，但他并不清楚对方来的人里有谁。

陈柒很快就把顾若光的履历发到他的手机里，祁言看到履历表上的名字和那张照片，他整个人怔了一下。

真的是她。

"祁先生，有什么问题吗？"陈柒问。

祁言看着手机上这张履历表沉默了许久，他微微敛起眼睛。

“现在订最近的航班，我们回苏城。”

晚宴和签约仪式在同一家酒店举行，顾若光回酒店换了晚礼服，七点整准时出现在会场里。

工作室的其他人都回去换了衣服，然后接连来到了现场。

顾若光晚上换了身深蓝色的露肩长裙，束腰的设计勾勒出她的身材曲线，让人不自觉地看向她，杰米和温蒂围着她转了一圈，对她这身裙子赞不绝口。

林妤也换了身衣服来到宴会厅，她一出现也吸引了不少人的眼球，她穿着件黑色的露背长裙，将头发挽在脑后，雪白精致的锁骨上戴着香奈儿新款的钻石项链，她的样貌给人一种古典女人的美感，加上这一身，整个人显得优雅又性感。

温蒂看得目不转睛，跟顾若光说：“哇，Eve，林总监也好漂亮。”

顾若光深有同感，她点头。

“对了，Eve，我听说正擎集团的CEO跟她是一对哦，据说CEO长得很帅，跟她很般配。”

顾若光想起那天在公司展厅的时候，林妤跟她提起公司CEO时的神情，听完温蒂这番话，她觉得并不出奇，只是……她笑问：“你又是从哪里听来的？”

温蒂说：“好多人都在说，下午签约仪式的时候我在后台听到的。”

说起打听八卦消息，顾若光觉得温蒂跟克拉拉有的一拼，闻言，她微微一笑，没说什么，毕竟这也是别人的私事。

晚宴开始，顾若光就坐在林妤的身边，到了要上台祝酒的环节，林妤邀请她一起到台上祝酒，之后就开始就餐。

大概八点多的时候，他们用餐用到一半，林妤正在和顾若光说话，她的助理就跑过来，弯腰凑到她耳边说了些什么，林妤讶异道：“他不是在帝都出差？”

助理说："不知道为什么临时回来了，现在祁先生正往这边来，大概十分钟之后到。"

话落，宴会厅的门就被人从外面打开了，林妤看着门外出现的人，看了眼她的助理，皱了下眉："不是说十分钟后到？"

助理也看到门口的人了："这……"

宴会厅的门被人推开，看到来人时，全场瞬间哗然一片。

顾若光的目光也被吸引了，她抬起头来，当看到往这边走来的人时，她顿时愣住了。

她看见了她以为从今往后再也见不到的人。

第三章 我唯一喜欢过的人，只有你

五年前在雅克西餐厅里的场景至今回忆起来还历历在目，她原本以为他到约定时间就会出现，可是她在那里等了十分钟，二十分钟，半个小时，一个小时……等到晚上十二点，餐厅结束营业，都等不到他，她给他打了无数个电话，一开始是提示无人接听，到后来是直接关机了。

顾若光最终离开了那家餐厅，她回到学校，找克拉拉帮忙打听祁言的室友或者他同学的联系方式，可是打听来的结果是他并不住在学校宿舍里，他的同学也不知道他去了哪里。

顾若光那天晚上等了他很久，也找了他很久，然后才发现自己其实对他一无所知，对他的住址一无所知，对他就读的学院一无所知，对他的家世背景一无所知……甚至对他整个人都一无所知。

那几天，顾若光非常担心他，因为一个活生生的人就这样突然人间蒸发了，她很害怕他遭遇了什么意外，所以她在之后的一个星期里不断地找人打听他，就在她准备去找当地的警察局报案的时候，她接到了他同学发来的消息，那人跟她说，祁言退学了。

学院老师也不肯透露原因，只隐约打听到来办理退学手续的不是他本人。

那天晚上，顾若光给他打了最后一个电话，电话里传来的提示音依旧是关机。

此后五年，她再也没有见过他，也再也没有听到过关于他的任何消息。

刚开始的时候，她曾为此感到难过，虽然并不了解他这个人，但她清楚地意识到自己对他的心意，一开始放不下，可等时间长了以后，她就渐渐把有关他的一切当成了一场梦，到后来，终于有很长一段时间没再想起过他了。

所以现在顾若光重新见到他，除了震惊和难以置信之外，还闪过一丝荒谬的感觉，觉得梦境又重组了。

祁言进了宴会厅之后直接走向主桌，林妤从位置上起身迎了上去。

“不是在帝都出差吗？怎么现在就回来了？”林妤走到他面前小声道。

祁言注视着前方，他扬唇一笑，蓝眼睛里有细碎的光彩：“回来见个人。”

林妤看清他眼中的神情，愣了一下，她低头，无奈道：“又胡闹。”

随即她道：“来吧，跟你介绍下，这是这次跟我们合作的 ISD 工作室的负责人。”

她带着祁言走到主桌，顾若光回过神来，从位置上站起来，林妤向她介绍：“Eve，这位就是我们正擎集团的 CEO 以及 KM 科技的总经理，祁言。”

然后转身向祁言介绍她：“祁言，这位是 ISD 工作室的负责人，Eve，顾若光。”

祁言看着她，直到此刻，那双漂亮动人的蓝眼睛里才逐渐升起一丝惊喜的笑意。

他伸出手来，动了动唇：“顾、若、光，好久不见。”

一字一顿地念她的名字，宛如初见。

顾若光心里很轻微地颤动了一下，抬眸看着眼前五年未见的人，他的面容跟以前没什么变化，依旧跟在里昂初见时一样让她感到惊艳，不同的是，他给人的感觉比以往多了几分沉稳贵气，气质也越发清隽出众。

他穿着一身剪裁得体的黑色西装，白衬衫的衣领上缀着一条精致的金色流苏链领针，没有系领带，他的穿着装扮显得贵气大方，像真正的欧洲中世纪宫廷里的优雅绅士。

顾若光朝他点头，伸手握住了他的手："好久不见。"

林妤诧异道："你们两个认识？"

祁言没作声，顾若光说："认识，我们在里昂读同一所大学。"

"那真是太巧了。"林妤说。

祁言的到来让这场晚宴有了一丝小插曲，温蒂坐在顾若光的旁边，她小声道："哇噻，Eve，原来你认识正擎集团的CEO！"

顾若光低声回道："我也是今天才知道。"

"他真的跟传闻里说的一样，长得好帅呀。"温蒂说。

顾若光没说话。

祁言来了，林妤把主位让给他，于是他就坐在了顾若光的身旁，宴席上，他们两个没怎么说话，反倒是林妤一直在跟他低语。

"你胃不好，这些东西你别吃了，我让人去通知厨房煮了点粥。"

祁言说："没事。"

顾若光坐在他们身边，心里有一丝想忽略却怎么也忽略不了的不自在，这点不自在让她在整场宴会过程中都异常沉默。

等到宴会结束，宾客们自行散场，林妤让助理给工作室的人安排了车，负责接送他们回酒店，她也给顾若光单独安排了一辆车。

杰米和温蒂他们跟她打了声招呼之后就上车走了，顾若光在酒店门口等着，入夜后气温下降，她披了件薄外套，可站在外面还是觉得冷。

下一秒，她就被人披了件外套，顾若光稍怔，回头就对上了一双温润干净的蓝眼睛。

她停滞了几秒。

突然听到身后有人喊他："祁言。"

林妤从酒店走出来，走近了才看到顾若光也在："咦，Eve，你还没走？"

顾若光点了下头："车还没到。"

"抱歉，我让助理问问。"林妤让助理去通知司机了。

然后她转头看向祁言："祁言，你现在回家还是回公司？"

顾若光把身上的男士外套取下来。

祁言说："都不回。"

林妤闻声，她的视线在他和顾若光身上来回看了一眼，应道："好，那我先走了。"

等林妤走后，顾若光把手里的外套还给他："谢谢，我不冷。"

祁言看着她，几秒后，才接过外套，他没有穿上，只是挽在手上。

"方便聊一会儿吗？"他问。

顾若光犹豫了一瞬，她点头："好。"

王五把车开到酒店门口，祁言拉开后座的门让她先上车。

顾若光坐进车里，就认出了驾驶座的人，她微愣了会儿，上次在超市地库里就是这个人帮了忙。

她看向坐进车里的祁言。

所以，他在这之前就遇到自己了？

王五目不斜视地望着前方，顾若光只好将心里的这一丝疑惑压下去。

"你家住在哪里？"祁言问她。

顾若光："碧海茗居。"

祁言闻言看向她。

顾若光："怎么了？"

祁言微微笑了，他垂眸："好巧，我也住在那里。"

说完，他让王五驾车去碧海茗居。

车内沉默了一阵，祁言转头看着身旁的人，她化了妆，皮肤像纯洁的玉，面容都跟五年前一样清丽漂亮，唯独气质上多了清雅婉约的韵味，比以前更成熟了。

“你过得好吗？”祁言开口道。

顾若光闻言，她抬了点头，看向他：“还可以，你呢？”

“我也还行。”

顾若光看着他疲惫的眉眼，他看上去好像挺累的，她微抿了下唇，询问：“你真的是正擎集团的CEO？”

祁言微顿，然后笑了一下：“不像吗？”

顾若光没说话。

祁言说：“我外祖父是正擎集团的董事长。”

顾若光心想：难怪。

“你毕业之后就去了ISD工作室？”祁言问她。

顾若光点头：“嗯。”

“我在里昂念书的时候就听说过这间世界顶尖的创作型工作室。”祁言看着她，眼里含着笑意，他说，“你很厉害。”

顾若光挪开视线，浅笑道：“运气好而已。”

车厢陷入了寂静，没人说话，车子往前开了一段路，祁言忽然喊了她一声：“顾若光。”

“嗯？”

“对不起。”

顾若光一怔，抬眸就对上他的视线，车内的光线很暗，他的眼睛深邃广阔得像夜晚的海平面，祁言敛了敛眸，他重复了一遍：“对不起，我……五年前失约了。”

顾若光放在膝盖上的手微微收紧，她别开视线，听见自己轻声说：“没关系，都过去了。”

祁言以前做梦的时候，也经常梦到她这么跟他说，但这一次，他知道眼前这个人不是梦。

顾若光沉默了会儿，她说：“我能问原因吗？”

祁言眼神稍稍一黯，他静了几秒，开口道：“我临时出了点事，要回国一趟。”

顾若光听出了他有所隐瞒，她转头看向他。

祁言背靠着座椅，半张脸埋在阴影里，他垂着眼眸，让人看不清他眼中的神情。

顾若光心里突地一紧，原本还想询问他为什么离开的时候不通知自己一声，可现在，想说的话反而说不出口了。

她在这瞬间突然想起自己在一本书上看到的话——在这个世界上，每个人都有自己的苦衷，有很多时候，这些苦衷并不能向他人倾诉。

她和他认识相处的时间虽然短暂，但她相信他并不是那种不信守承诺的人。

祁言他，是否也有自己不得已的苦衷呢？

可无论他是否有苦衷，这些都已经跟她没关系了，就像她自己说的，都已经过去了。

他们现在都有了各自的生活，再追寻过往已经没有什么意义了。

之后的这段路没人再开口说话，直到车停在了她家楼下。

祁言下车帮她开了车门，顾若光从车里出来跟他道了声谢。

“谢谢你送我回来，我先走了。”

她转身准备离开，却突然被人握住了手腕。

祁言看着她，路灯橙黄的光线落在他的眼里，他的目光明亮又温暖，见她回过头来，他才松开手：“我还有一句话没说。”

祁言在她疑惑的眼神中，后退一步，屈膝作半跪式，左手背到身后，用右手牵起她的手，他俯身轻吻了一下她的手背。

他抬起头来，眼睛里有光。

“顾若光，很高兴重新见到你。”

“什么？！你真的重新见到言了？”克拉拉在视频那端惊喜地尖叫，她捂着自己的脸，一副难以置信的模样，嘴里重复念着，“Oh my god！（我的天呐！）”

“Eve，这一定是上帝的安排！”克拉拉凑近了摄像头，眼睛晶莹发亮。

顾若光盘腿坐在房间的沙发上，怀里搂着抱枕，她盯着前方出了会儿神，忽然想起刚才分别时的场景，她到现在都觉得手背被他亲吻过的地方有些隐隐发烫。

“Eve，Eve？”克拉拉见她好像在发呆，喊了她好几声。

“嗯？”顾若光回神看向她。

“你怎么了？在想什么呢？”克拉拉问。

“没想什么。”顾若光说。

“你们既然重新见了面，那你有没有问言为什么五年前没来赴约呀？”说起这事，克拉拉心里很遗憾，作为顾若光多年的挚友，她非常希望她也能获得自己的幸福。

顾若光屈起双腿，她把下巴搁在抱枕上：“他说临时出了点事情，回了中国。”

“什么事啊？”

“他没说。”

克拉拉不满地撇嘴：“有什么事那么重要？连打电话通知你一声的时间都没有吗？”

她还记得祁言刚消失的那几天，里昂罕见地下了几天的大雪，顾若光撑着伞在学校里到处找人打听他的消息，来回奔波了几天，到最后撑不住生病了，半夜里发了高烧，第二天克拉拉发现后，将顾若光送去医院，人都已经烧得意识不清了。

“可能真的有非常紧急的事情吧。”顾若光为他辩解了一下，然后说，“不过也无所谓了，事情都已经过去那么久了。”

“Eve。”克拉拉犹豫了几秒，看着她说，“你说，言心里会不会还喜欢你呀？”

闻言，顾若光一愣，片刻后，她微微垂下眼眸，唇边弯起浅浅的弧度：“不会了，可能以前我们是互相喜欢，可是现在都已经过去五年了，克拉拉，五年可以改变很多事情，至少，我不认为他还会把喜欢我这件事情放在心上。”

他们的感情基础并不牢靠，而五年的时间里可以发生的事情太多，顾若光觉得他还能记得自己就很不错了。

说完这番话之后，顾若光就想到了林妤，想起了林妤和祁言两人在晚宴上亲密靠在一起耳语的情景，她说：“而且，他身边好像有其他人了。”

克拉拉：“Eve……”

“干吗这样看着我？”顾若光看着她有些担忧的神色，笑道。

“Eve，有个问题我想问你很久了。”克拉拉脸上罕见地露出认真的神情，她问，“你这么多年为什么一直不找男朋友呢？”

克拉拉这几年看她太孤单，只要有聚会，克拉拉都会拉着她去认识朋友，学校里也有很多男生跟她示好，可是顾若光总是无动于衷。

克拉拉：“我其实有想过你是不是在等言回来找你……”

顾若光沉默了一阵，回答道：“我只是，遇不到合适的。”

“Eve，没关系，你的那个他一定会来的，上帝迟早都会安排他到你的身边来。”

克拉拉在视频那端安慰她，顾若光莞尔一笑：“克拉拉，我已经看开了，感情这种事情可有可无，反正我一个人也能过得很好。”

结束了和克拉拉的视频通话，顾若光去浴室洗漱完就躺在了床上，她盖着被子，一闭眼就想起了晚上和祁言分别时的情景，她其实到现在都不太明白他最后那个动作还有那句话的意思。

顾若光翻了个身，想将心底那丝微妙的异样压下去，半晌后，她悄悄睁开了眼睛，心里陡然升出一丝沮丧和无力感。

签约仪式结束后，ISD 工作室正式和正擎集团旗下的子公司达成合作协议，顾若光带领的团队也以小组的形式加入 KM 科技的创意部门，今天是他们第一天上班。

顾若光很早就来到了公司总部，杰米他们随后也到了，林妤安排了一个助理带他们熟悉公司的环境，然后再带他们去了创意部认识以后要一起工作的同事。

助理把工作室的人安排在一个固定的办公区域，然后带着顾若光去了另外一间办公室。

“顾经理，这里就是您以后的办公室。”助理小木推开了办公室的门。

顾若光环顾这间宽敞明亮的办公室，办公用品很齐全，房间里还给她配备了一张按摩椅、一张沙发和一个小茶几，靠墙边放置着原木书架，架子上和角落还养着几盆植物。

这间办公室的视野很好，从玻璃窗望出去就是苏城 CBD 中心的高楼建筑。

小木对她说：“顾经理，这里的空间都由您自由安排，在这段时间里，我是您的私人助理，如果您想添置什么物品或者有什么需要都可以随时跟我说。”

“好的，谢谢你。”顾若光朝她友善一笑，“还有，你叫我 Eve 就好。”

小木一笑，从善如流道：“好的，Eve，另外还有件事情，林总监让我通知您十点钟去四十五楼的会议室开会。”

“好。”

小木走了之后，顾若光刚走到窗前远眺外面的风景，办公室的门就被人敲响了。

杰米和温蒂从外面闯进来，两人一进来，环顾了下环境，就“哇哦”的怪叫了一声，温蒂羡慕道：“Eve，你这间办公室空间好大，环境也很好。”

杰米说：“那当然，Eve 是我们的组长，正擎集团不重视点怎么行。”

顾若光看着他们两人，佯装严肃道：“这不是在自己的地盘，你们两个收敛点。”

杰米耸了耸肩：“知道啦，Eve，我们不会乱来的。”

顾若光看着他，忽然转移了话题："你最近中文学得怎么样？"

"啊？"杰米愣了一下，有些底气不足道："还……还行……"

顾若光眯起眼睛笑了："你准备一下，等会十点钟陪我上去开个会。"

九点五十分，顾若光带着杰米在等电梯，杰米站在她身旁，突然有些尿了，他开口道："Eve，其实我中文也不是很熟……要不，换个人陪你上去？"

顾若光抬头看着电梯楼层："别担心，我会给你翻译的。"

他们正说着话，耳边就传来高跟鞋的声音，顾若光转过头，看见右方走过来一个身材纤细高挑的女人，早上小木领着他们见过这人，是创意部项目A组的组长安婉，她带着自己的助理也来这边等电梯。

既然是认识的人，顾若光等她走到跟前，朝她点了下头致意，微笑道："你好。"

安婉用眼角扫了她一眼，没理她，转身面向电梯。安婉长得比顾若光高一些，因而这一眼就显得有些居高临下的感觉。

顾若光眉梢微扬，她早上就发现这个安婉似乎对他们这些新来的人有些不太友好。

顾若光没把她的态度放在心上，可有人却不太乐意了，杰米凑到她耳边用法语小声说："这个人好没礼貌。"

闻声，顾若光没说什么，刚好电梯到了，她转头跟杰米说："电梯来了，走吧。"

电梯门打开，顾若光刚准备进去的时候，安婉先她一步踩着高跟鞋进到电梯里，顾若光停了一下，她看了眼电梯里连正眼都不肯瞧她的人，然后才走进去。

电梯到达四十五楼，安婉带着助理先走了，杰米在她们身后做了个鬼脸，顾若光笑了，拍了下他的肩膀："别被人看见了。"

话音刚落，就在这时，他们身后"叮"的一声。

顾若光闻声回头，左边的电梯门往两侧徐徐展开，穿着深灰色格纹西装的祁言出现在面前，他身后跟着陈柒和王五两个人，祁言走出电梯门，就看到了站在前方的顾若光。

他眼睛微微一亮，在她面前停下，唇角微弯，笑道："又见面了。"

顾若光没想到这么快又跟他见面了，她停顿了一会儿，然后想到他现在的身份，她朝他微点了下头："祁总。"

这下换成祁言微愣了一小会儿，他随即弯起眼睛笑了："不需要这么称呼我，跟平常一样叫我祁言就好。"

顾若光没说话也没点头，她立在原地。

"不走吗？"祁言微挑了下眉。

"我等你先走。"顾若光说。

祁言："我也去会议室，一起吧。"

"好。"顾若光微垂下眼眸，跟在他身后去往会议室。

走到会议室门口，王五上前一步拉开会议室的门，祁言在门边停住脚步，顾若光和杰米也跟着停了下来。

顾若光抬头看他，祁言做了个"请"的手势，看着她说："女士优先。"

"谢谢。"顾若光迟疑了几秒，先走了进去。

不是女士的杰米默默地走在了最后。

会议室里，已经有很多人到了，林妤和她助理已经坐在位置上了，坐在林妤对面的是运营部经理，还有其他市场及项目组的主管和助手，靠近主位的座位已经坐满了。

祁言看了眼这些座位，对身旁的陈柒使了个眼色，陈柒领会后走到右边第一个座位，这个位置上坐的是运营部的经理。

顾若光进去之后原本想在最末的空位上坐下，就听到有人说："李经理，麻烦您往后面坐。"

李经理抬头一看，发现是祁言的助理，连忙应道："哦，好的、好的。"

位置空出来了，陈柒看向站在原地的顾若光，他朝她轻轻颔首："顾组长，坐这边吧。"

顾若光顿了一下，见会议室里的众人都低着头在看自己的电脑，没人注意这边，她点头："好。"

她走到陈柒拉开的椅子上坐下，杰米坐在她旁边。

祁言就坐在中间的主位上，离顾若光只有不到半米的距离，她稍微抬起头就瞧见他清俊的侧脸。

祁言似乎有所察觉，他转过头来。见他看过来，顾若光佯装无事地低下头看自己的电脑，她的余光瞥见他停顿了几秒，不知道是不是在看她，然后没多久他的视线就转回去了。

林妤是这场会议的主持者，她环顾了一圈，确认人都到齐了，她请示祁言："既然人都到齐了，祁总，那我们会议就开始吧？"

祁言点头。

林妤从位置上站起来："首先，坐在我对面的这位，大家应该都认识了，昨天在签约仪式上都有见过，我们新的合作伙伴，ISD项目组代表Eve，顾若光，还有她的组员杰米，让我们再次欢迎他们的加入。"

顾若光站起身，跟在座的人都点头致意。

"好，下面我们开始进入正题。"这次会议内容主要是讨论KM科技现有的项目发展和接下来的新项目开发，林妤说完之后，技术部门的负责人就向他们介绍了一些现有的项目和取得的成果。

顾若光边听边记录，她在来之前就将KM科技的公司背景和现有的项目都深入了解过，公司是这几年才开始进行游戏开发，不过因为宣传力度和资金技术各方面都投入得非常到位，已经有两三款游戏成为现在的大热门游戏了，虽然才开展了短短几年，但已经跻身这个行业前十了。

为了照顾不懂中文的杰米，大家开会都是说的英文，杰米听完这些项目后，在旁边连连赞叹。

技术部的负责人讲了一些自己对于新项目的想法，他演示完之后，祁言看向身旁认真倾听的顾若光，他忽然开口道："Eve。"

顾若光抬起头来，认识他以来，他好像一直都是用中文名称呼她，只有少有的几次会喊她的英文名，顾若光注意到他的发音跟别人都不太一样，他念她的名字时，最后的尾音会轻一些，就像在你耳边呢喃一样。

祁言看着她，眼睛里闪过一丝浅浅的笑意："我能听听你的想法吗？"

顾若光垂眸应道："好。"

她抱着电脑从位置上起身，走到大屏幕前，旁边有助理帮她把电脑投屏。

"在开始之前，我想先跟大家分享几个国外游戏制作的经典案例……"顾若光接过助理递来的翻页笔，她走到屏幕旁边，跟在座的人讲述这些游戏案例，演示的过程中，她用的语言很生动，就像在讲故事一样，有些人听到有趣的内容都忍不住笑了。

"以上，就是我想跟大家分享的内容。"顾若光朝众人微微弯腰鞠了个躬。

"好。"有人带头鼓掌。

顾若光回到自己的位置上，祁言一直注视着她，等她坐回身旁，他才朝她微笑道："这是我听过的最有趣的想法。"

他笑起来的时候，眼睛是明亮的，像日光照耀下的蓝色琉璃，顾若光心跳忽地漏了一拍，然后她就看见坐在对面的林妤将视线投了过来。

顾若光小声道了谢，很快就挪开了目光。

会议结束之后已经到饭点了，其他人都陆陆续续收拾着自己的东西离开会议室，杰米也在整理自己的东西，他跟顾若光说："Eve，听说这里的食堂做的东西比外面的餐馆还要好吃，我们等会叫上温蒂他们几个一起去食堂吃饭怎么样？"

顾若光笑了，打趣他："你来这里就惦记着这顿饭，刚才开会的时候，做了笔记没有。"

“我都记在电脑里了。”怕她不信，杰米还想打开电脑给她看，顾若光笑着制止了他。

他们走到外面，顾若光就看到站在走廊边上的祁言，他身旁跟着保镖王五，还有林妤。

祁言见她从会议室出来了，他眼睛一亮，走上前来：“中午一起吃饭吧？”

林妤也跟上来说：“附近有一家很好吃的西餐厅，你第一次来，我们做东，带你去品尝一下。”

祁言动了下眉，他看了林妤一眼，似乎想说什么，就听跟前的人说：“听说公司内部的食堂可以媲美外面的五星级餐厅，我们初来乍到，都想去试一下，谢谢你们的邀请。”

顾若光微笑着婉拒。

正擎集团这栋大楼里总共有三层员工食堂，包含了各个地方的知名美食，种类丰富多样，曾被外界誉为披着企业外皮的美食商城。

顾若光带着ISD的几位同事在中餐厅里用餐，他们几个人点了四五道菜，杰米坐在顾若光对面，等菜上桌的时间里，他忽然对她说道：“Eve，不知道是不是我的错觉，我总感觉祁总对你的态度有点让人难以捉摸。”

温蒂一听这话就来劲了，她眼睛微亮：“什么意思？”

杰米把今天早上开会前在电梯口遇到祁言还有散会后祁言邀请顾若光吃饭的事情一道说了，温蒂“哇”了一声，仿佛嗅到了八卦的味道，她看向身旁的顾若光：“Eve，祁总跟你之前不是认识吗？你还说你们在法国读同一所大学，那你们之间是不是发生过什么事情呀？”

顾若光非常佩服这两人的直觉，但她还是说：“什么也没有，你们想多了。”

“Eve，大家都是自己人，没什么不能说的，你告诉我们啦。”

温蒂撒娇道。

顾若光无奈地弯了眉眼，在他们的逼问下，只好道：“好吧，他是我喜欢的第一个男生。”

“我就知道有故事！”温蒂说，她追问道，“Eve，然后呢？然后呢？”

顾若光耸了耸肩：“然后就没有然后了。”

“没有然后是什么意思？”杰米不太懂。

他刚问完，菜就上桌了，顾若光不肯说了，温蒂在一旁兀自揣测道：“Eve，我猜你和祁总是不是互相喜欢，然后因为什么事情没能在一起，之后分别了很多年，直到昨天才重新见到对方？”

温蒂猜得八九不离十，顾若光讶异于她的推断，接着在她的询问下，她才点了下头。

温蒂：“Eve，那你还喜欢他吗？”

顾若光神情微顿，她微微低下眼眸，说：“那么多年，早就……没什么感觉了。”

这天下午五点左右，顾若光在办公室里做新项目的规划，小木敲响了她办公室的门，她说了声“请进”之后，门就被人推开了，小木在门外说：“Eve，陈特助来找你了。”

陈柒从门口进来，他微点了下头：“打扰了。”

顾若光知道他是祁言的助理，她从位置上站起来，跟对方打了声招呼，陈柒直奔主题道：“今天下午公司来了位很特殊的访客，祁先生想让你一起去见一面。”

“现在吗？”

陈柒点头：“是的。”

“好，麻烦你稍等我一下。”顾若光将电脑里的资料保存好，然后跟陈柒一起出去了。

他们乘坐电梯到达最顶层，祁言就在这里办公，王五守在其中一间办公室门外，陈柒过去跟他打了声招呼，就带着顾若光进去了。

这间办公室很大，装修也很简洁大气，陈柒带她往里走，顾若光看见会客区的沙发上坐着两个人，一个是祁言，另外一个人背对着她，头发有些花白，身上穿着中山装。

背影有点眼熟。

陈柒走到祁言身边，微微弯腰：“祁先生，人已经带到了。”

祁言抬起头来，顾若光正好低下头，就对上了他的眼睛，他一笑，放下手中的茶壶，跟坐在对面的老人家说：“良山先生，我想跟您介绍个人。”

听到“良山先生”这个名字，顾若光整个人愣了一下，随即就见背对着她的人回过头来。

祁言说：“这是我刚才跟您提过的，ISD 工作室的项目负责人，顾若光。”

叫“良山先生”的老人家回头看向身后站着的人，等看清来人之后，他神情里闪过一丝讶异：“Eve？”

顾若光回过神来，她朝老人点头微笑：“良山老师。”

良山先生站起身，舒展眉目道：“原来刚才祁言跟我说的人是你啊。”他大笑起来，随后感慨道，“真是缘分啊，在里昂一别之后，我们有两年多没有见面了吧。”

“是的。”顾若光也笑了，上前跟他握手，“很高兴再次见到您。”

“你们原来认识？”祁言在旁边见状，询问道。

良山先生在沙发上坐下，顾若光也走到祁言的身旁落座，老先生说：“我前两年带学生去里昂做交流的时候有见过，Eve 在那段时间里上过我两次课，我对她印象很深刻，这是个在绘画方面非常有灵气的孩子。”

顾若光被夸得有些脸红，她正想说话，身旁的祁言就附和道：“是的，我曾经也见识过，她很有天赋。”

顾若光看着他，祁言似有所觉，转头看向她，朝她眨了下眼，轻轻勾唇笑了。

“我先前还一直以为你会留在法国发展，还想着过段时间去里昂时，看看能不能联系上你。”良山先生笑说。

他这番话让顾若光有些受宠若惊，她也笑着说：“我家人都在这边，当时原本想毕了业就回国的，但因为有些事情耽误了。”

他们很长时间没有见面了，彼此寒暄了几句，祁言在一旁安静地听着他们说话，手里没闲着，他执着茶壶给他们沏茶，良山先生端起茶杯，喝了一口，他称赞道：“我去了那么多地方，喝过很多人泡的茶，还是你泡的茶最合我心意。”

祁言笑说：“您过奖了。”

顾若光被他手上的动作吸引，她的眼睛不自觉地看着他温杯、冲茶一系列的动作，她在很多年前就见识过他的茶艺，当时她还惊叹于他一个从小在国外长大的人，竟然对国内的茶艺这么精通，这一套泡茶的动作行云流水，他的手又生得好看，指骨分明，像白玉一般，让人挪不开视线。

祁言停下手中的动作，回过头来，顾若光对上他的蓝眼睛，神情滞了几秒。

恰好此时良山先生转过头去跟助理说话，祁言趁着这个空隙往她这边倾了下身，他低头在她耳边说：“我在跟良山先生谈新项目合作的事情。”

他的呼吸温热，拂过耳畔，顾若光觉得耳朵热热的，也有点痒，祁言说完这句话后就直起身子，和她恢复了正常距离，他看着她，眼睛和声音里都多了丝笑意：“愿意帮我吗？”

良山先生早些年是国内著名的画家，知名度很高，现在就任国内设计委员会的专家顾问，想要与他合作的企业数不胜数，而他本人也是比较特立独行的一个人，做事全凭喜好，推拒了很多企业递来的橄榄枝。

所以这次跟良山先生谈合作的事情很有难度。

顾若光自己本身很崇敬这位老先生，如果有机会一起合作的话，当然求之不得。

良山先生跟助理说完话，就对他们说："今晚内子在家里设了家宴，你们两个也一起来吧？"

祁言跟顾若光对视了一眼，他笑说："那我们就打扰了。"

良山先生自己有车，他带着助理先下楼了，祁言和顾若光同乘一辆电梯。

祁言问她："自己开车来的？"

顾若光："是的。"

祁言单手插在裤袋里，他看着眼前的电梯镜面反射的人影，沉吟道："等会坐我的车吧，晚点我再送你回去。"说完，见她没有回应，祁言扭头看了她一眼，他想了想说，"关于跟先生合作的项目，我在车上大概跟你说一下。"

涉及跟良山先生合作的事情，顾若光拒绝不了，她点头："好。"

这已经是顾若光第二次坐他的车了，开车的司机还是王五，她和祁言坐在后座，一上车，祁言就提醒她："安全带。"

车子驶出公司大楼的车库，外面的天色已经有些暗了，晚霞遍布在远方的天际，像幅色彩浓郁的油画。

祁言把外套放在一旁，他打开随身携带的笔记本电脑，向顾若光展示他的初步想法："我做了些调查，现在是国潮刚兴起的时候，我想在新项目里融入一些中国元素……"

顾若光听完他的构想，微皱了下眉："现在已经有很多企业在开发游戏的时候融入了中国历史和国内特有的场景元素……"

她想，现在才起步会不会有点晚。

祁言："是的。"他唇角一弯，看着她笑道，"所以我想用AI虚拟现实技术打造一个最大规模的古代王朝。"

顾若光看着他熠熠生辉的眼睛，神情一怔。

祁言说："这是个长期项目，但我想做这样一件事情。"

他刚才只是铺垫，现在才进入正题，他跟顾若光继续演示整个项目的搭建。

不知道什么时候，顾若光和他靠得很近，她的周身萦绕的都是属于他的气息，车厢里有些闷热，祁言抬起手解开了衬衫最上方的两三颗纽扣，顾若光的余光被他吸引，抬头看向他。

他身上穿着件简洁干净的白衬衫，修长的手指还搭在领口上，纽扣被解开了，他放下手之后，沿着他平滑流畅的脖颈线条，隐约可以看到他白皙精致的锁骨。

顾若光看了一眼就别开视线，突然有点后悔上这辆车了，不管她怎么想，心里都无法不承认这是个言行举止都极具魅力的男人，五年前她就意识到了这点，所以才会被他吸引，到了现在，他身上那些美好的特质不变，气质里多了几分沉稳内敛，一言一行更加蛊惑人了。

“顾若光。”

听到有人喊她，顾若光才回过神来。

祁言看着她一笑：“到了。”

良山先生的家在苏城郊外，是一栋具有江南特色的宅院，院门外站着个跟良山先生差不多年纪的老太太，是他的妻子，也是国内有名的书法家，勒兰女士。

祁言和顾若光跟她打了声招呼，老人家就带他们进屋了，进到屋内，良山先生换了身衣服从楼上下来：“来吧，带你们参观一下。”

这间宅院分为前院、天井、正屋和后院，空间很大，环境清幽雅致，屋内也是以简洁的中式风格为主，良山先生爱好收集古董，大厅里有个专门的架子用来放置这些古董，祁言今天来的时候也准备了一件礼物，他让王五带过来了，是以前流传下来的文书和墨宝。

“哟，你这套东西来头不小啊。”良山先生看着他带来的礼物，意味深长地笑了，“这份礼物老头子我可受不起。”

祁言笑道：“我偶然得来的，放我那里浪费了。”

良山先生笑了笑，最后还是让人把礼物收起来了。

餐桌上，祁言和顾若光并排坐着，对面是良山先生和他的妻子，菜上桌之前，勒兰太太帮忙把围布系在自己的丈夫衣领前，饭菜被佣人端上来之后，他们两人也是互相给对方夹菜。

饭后，顾若光和勒兰太太一起在厨房里煮茶，她说："勒兰老师，您和良山老师的感情真好。"

勒兰女士和良山先生是大家公认的神仙眷侣，从年少时相识、相恋，一直走到今天，他们曾经落魄过，也辉煌过，但无论哪个时期，他们都没有离弃对方，相依相伴到现在。

勒兰太太笑了："小丫头羡慕了？"

顾若光笑着点头："当然。"有谁不羡慕这样一对神仙眷侣。

"你也可以。"勒兰太太朝她眨了下眼，调皮道，"外面那小伙子可比良山年轻的时候强一百倍。"

顾若光愣了一下，她道："老师，您误会了。"

勒兰太太一笑，没说什么。

煮好茶后，顾若光端着茶盘走到外面，祁言和良山先生正在下西洋棋。

顾若光把茶杯分别递到两人手边，然后就在旁边坐下，看他们下棋。顾若光在国外也看人玩过，懂规则，所以也能看出些门路来。

良山先生见她在一旁看得认真，询问道："会玩吗？"

顾若光答道："会一点。"

良山先生朝她招了下手："你来下吧。"

"我？"顾若光惊讶。

祁言也抬起头来。

良山先生看着祁言，笑道："既然刚才我收了你的礼物，理应也要给你点回礼，这样吧，Eve代替我下这一局，如果她赢了，我就答应你一个条件，怎么样？"

顾若光：“老师……”这不是在为难她吗？

“这样才有意思。”良山先生哈哈大笑，他接着对祁言道，“我有个前提，不准藏拙，不准让子啊。”

祁言看向身旁面露难色的顾若光，她察觉到他的目光也看过来，两人四目相对，祁言垂眸笑了，应道：“好。”

顾若光只好硬着头皮坐在良山先生的位置上，她看着棋盘，突然感到了莫名的压力。

“没关系，输赢皆可，不要有太大负担。”

顾若光闻声抬起头来，对面的祁言换了个舒服的姿势坐着，他一只手的手肘撑在桌面上，手撑着脸庞，他微微歪了点脑袋看着她，眉目俊秀的模样，他笑了：“就当陪我玩一局。”

顾若光心里一动，她低头错开视线，半晌，才“嗯”了一声。

开局后，顾若光就把注意力都放在棋盘上，祁言下了一子后，就轮到她了，顾若光盯着棋盘斟酌了一下，把自己的棋子往前进了一步，然后她抬头看向对面的人。

祁言依旧是那副闲散的姿态，也移动了棋子，随即，眉目带着笑意看向她。

他很放松，似乎也很愉悦，顾若光看着眼前的人突然就晃了会儿神，好像看到了五年前在里昂的小酒馆里他笑容明媚的模样。

这个才是最真实的他，顾若光想。

不知道是不是因为身份地位的转变，或者是她的错觉，顾若光重新见到他，就察觉到他身上有种让人难以形容的感觉，就像是有人给他上了道无形的枷锁，让他整个人都变得压抑沉寂起来。

她走了神，祁言喊了她一声：“顾若光？”

顾若光抬起头，沉默了半晌，抿唇道：“输了不能怪我。”

祁言神情一顿，他舒展眉目笑了：“好，不怪你。”

顾若光也笑了，她低头专注地看着棋盘上的局势，祁言确实没有藏拙，也没有要让她的意思，他的棋子已经渐渐逼近了她的地盘。

顾若光接下来没有再说话，每走一步，她都要斟酌一番，然后就看着自己的兵一步步靠近对方的王，到了最后一步，她顿了一下，抬头看向对面的人：“我……赢了？”

祁言挑了挑眉，他点头一笑：“赢了。”

在一旁观棋的良山先生默默地看了他一眼，没说什么，他叹息了一声：“行了，愿赌服输，你们两个跟我来吧。”

顾若光心情有些雀跃，她不自觉地跟祁言对视了一眼，他朝她展露笑颜，她心里“咯噔”一下，匆忙别开了视线。

他们去了良山先生的书房，在他的书房里待了很久，离开之前，他们已经达成了合作协议，走的时候，良山先生和他的妻子送他们到门口。

走在前院的小道上，良山先生拍了拍祁言的肩膀：“你小子今天运气好。”

祁言看着走在前方的清丽身影，唇角微弯，笑了：“确实，我今天带了位幸运女神过来。”

坐在车里，祁言对顾若光说：“今天多亏你。”

顾若光看着他说：“我也没帮什么忙。”

其实最主要的是他的项目好，让良山先生产生了很大的兴趣。

祁言说：“这个项目成立之后，我会把你也安排进来，你专门负责一个组。”

顾若光微愣，原本以为自己只是给良山先生打下手，没想到他还让她负责一个组，她笑了，打趣道：“好，一定不让祁总失望。”

祁言刚想说些什么，他的电话就响了。

“林好。”

顾若光听到他喊了电话那端的人的名字，她转头看了他一眼，车内光线暗，外面偶尔漏进来的夜色和灯光将他的脸庞轮廓打磨得很柔和。

顾若光收回视线看向窗外，耳边是他的声音：“嗯，在回家路上。”

这段路再往前就是苏城著名的景点，晚上人多，所以路上有点堵，顾若光看着外面的桥，外面有好多小情侣手牵手从桥上经过。

“在看什么？”

闻声，顾若光回过头来，祁言已经打完电话了，正看着她。

“没什么。”她说。

祁言越过她看向车窗外，才发现到了苏城的景点，现在有点堵车，他问：“要下去走走吗？”

顾若光想也没想地摇头。

通过了堵车的路段，顾若光在之后的路程中都没开口说话，祁言有几次想开口，但看见她一直盯着窗外，他到嘴边的话又停住了。

一路畅通，半个小时后就到碧海茗居的小区门口了，顾若光说：“谢谢，就在这里放我下吧。”

王五把车靠边停下，顾若光跟身旁人道别之后就推开车门下了车。

祁言也跟着下车了。

“我送你吧。”祁言走到她身边说。

“不用了，我自己回去就好了。”

“没关系，我也住在……”

“祁言，就到这里吧。”顾若光打断他的话，她看着他，祁言也看着她，眼神澄净，莫名透着些许无辜。

顾若光压下心底那丝微妙的、不知从何而来的烦躁，她抿了下唇说：“对不起，我的意思是……林总监还在等你。”

祁言面露疑惑：“你说林妤？”

顾若光：“抱歉，我刚才听到了你跟她的对话内容，她好像在家里等你。”

祁言被她说得愣了愣，片刻后低眸笑了：“你是不是误会了什么？”

顾若光不解：“我误会了什么？”

祁言微挑起眉梢，笑望着她。

顾若光心里闪过一丝迟疑：“林妤是你的女朋友？”

祁言停顿了几秒，他双手插进裤袋里，脸上的神情闪过一丝无奈，他笑问：“谁告诉你的？”

顾若光没说是谁说的，闻言，她微微皱了皱眉：“难道不是？”

“不是。”祁言说。

“我没有女朋友，也没有未婚妻。”祁言走上前，他伸手将她被风吹到脸颊上的头发撩到耳后，手停留在她的发间，动作很轻地揉了揉她的发丝，他低头看着她，眼睛笑起来像有流动的星河。

“若光，这几年我唯一喜欢过的人，只有你。”

第四章 你跟别人不一样

苏城郊外有一栋独立的疗养院，这里背山环湖，空气清新，环境也十分静谧宜人。

祁言带着陈柒和王五很早就来了，现在就在顶层的一间房里，他坐在靠窗的沙发上，手里拿着水果刀正在削苹果。

床上有位白发苍苍的老人靠在床头，手里拿着份报纸正在阅读，他戴着眼镜，眯着眼睛看完了一页的内容，翻到下一页之前抬起头睨了眼沙发上的人。

他沉吟了会儿，开口道：“我听林妤说，你上个星期在帝都出差，然后提前回来了？”

祁言找佣人拿了个盘子，他把削完皮的苹果切成小块放进盘中，他点头说：“事情办完了，就提前回来了。”

说完，他备好叉子，端着盘子坐到床边：“外公，吃苹果。”

“事情是办完了，陈总的晚宴你没去。”祁苍透过眼镜看了他一眼，将手里的报纸放下，他状似无意地问，“林妤说你回来见个人，什么人那么重要，连陈总的晚宴都给推了？”

祁言将盘子放在一旁，他抽了点纸巾擦了擦手，笑道：“她连这个都跟您说了？”

祁苍："别转移话题。"

祁言挑眉："您不是都知道了，还问我？"

祁苍竖起眉毛，斜了他一眼，训斥道："不知分寸。"

"下次不许再发生这种情况了。"

祁言"唔"了一声："下次再说吧。"

祁苍转头看向他，皱了皱眉："你这小子是不是皮痒了欠收拾？"

祁言弯唇笑了，没说话。

祁苍"哼"了一声："臭小子。"

祁苍重新拿起报纸，接着道："那个人最近又有动作了。"

祁言闻声唇边的笑意一敛。

"不过暂时没对我们造成什么影响。"祁苍看着他说，"所以，你别以为现在情况变好了，没出什么事就放松警惕，你要知道那个人一直躲在暗地里盯着呢，你要是稍微放松一下，他就会像头疯狗一样上来狠狠咬你一口。"

祁言眼中的情绪微淡，他垂下眼眸，整个人变得沉默起来。

祁苍见他不说话，抬起手拍了拍他的肩膀，紧皱的眉头松开："阿言，这几年过来，你从来不在外公面前喊一个累字，但我能感觉到你很厌倦这些事情，可是，你要始终牢记着你现在肩负的责任，你别忘了那个人五年前对你做过的事情，还有你的母亲！"

说着，因为情绪高涨，祁苍没忍住咳了两声。

祁言起身顺了顺老人家的后背，他的眼神静默："我没忘，外公，我一直记得。"

"你没忘就好。"祁苍想起过往的事情，眼神骤然一厉，"那个疯子，老子迟早有一天要跟他做个了断。"

祁言眼中没什么情绪，他说："外公，您既然把所有事情就交给我了，就安心歇着吧，他做的这些事情，我迟早会让他付出代价的。"

祁苍平复了情绪，回头看了他一眼："好，不愧是我祁苍的孙子，你有这个觉悟我就放心了。"

祁言临走之前，祁苍喊住他："医生说我走不了太长的路，下个礼拜就是你母亲的忌日了，记得帮我跟她问声好。”

祁言闻声沉默，半晌后敛眸道：“好。”

今天是周日，顾若光宅在家里，她吃完阿姨做的早餐之后就待在房间里，她拿着手机开了蓝牙音响放音乐，然后就抱着自己的画板坐在窗前画画。

这是她回国这几个星期里唯一的休闲娱乐，她不爱煲剧，也不喜欢刷手机，闲下来的时候就喜欢抱着自己的画板，拿着铅笔，看到什么画什么，杰米和温蒂他们约了她好几次，都被她拒绝了，有时候拗不过他们也会答应，但这样的次数很少。

她整天除了去公司上班，就是宅在家里，唐蓝看不过眼说了她几次，但顾若光每次都当成耳边风，听过就算了，今天还是相同的情况，唐蓝从外面晨跑完回来，就听煮饭阿姨说人又进房间去了。

唐蓝回到自己的卧室洗了澡，换了身衣服，就去敲顾若光的房门，敲了一会儿，里面没人应，唐蓝就兀自开门进去了。

进去之后果然看见顾若光又坐在窗边画画，唐蓝走进去把蓝牙音响关掉，那沉迷在自己世界里的人才抬起头来。

“唐小姐，你回来了？”顾若光喊了她一声。

“顾若光，你除了整天宅在家里画画就没有别的休闲娱乐了吗？”唐蓝看着她，“让你去健身房锻炼身体你不去，让你约人出去玩也不去，你整天待在家里，再不动动，我看人迟早得废了。”

顾若光小声说：“没那么严重吧。”

唐蓝的目光斜过来，顾若光缩了缩脖子，不吭声了。

“我晚上要去邻城参加一场慈善晚宴，既然你整天闲着没事做，就跟我一起去吧。”唐蓝说。

顾若光趴在椅子上，一脸认真地看着她道：“唐小姐，我突然想到下午约了杰米他们去逛古城，可能没办法陪你去了。”

唐蓝冷笑了一声：“呵，你昨天打电话回绝别人的时候，我就在旁边。”

顾若光心虚了，弱弱地问了一句：“我可以申请不去吗？”

“你觉得呢？”唐蓝笑问，下一秒，她收起笑容，正色道，“收拾一下，准备走了。”

顾若光简单地收拾了下自己，换了身衣服，不情不愿地上了唐蓝的车。

车里，唐蓝看着身旁愁眉苦脸的人说：“这次晚宴会来很多跟你年纪相仿的青年才俊，正好带你出去认识认识男人，别整天待在家里，都多大岁数了，一场恋爱都没谈过，也不怕别人笑话。”

顾若光：“唐小姐，我跟你说实话，其实我是不打算嫁人的，我只想待在您身边侍奉您一辈子。”

唐蓝弯起红唇笑了：“嗯，继续住我的房子，吃我的饭，花我的钱，你想得倒是挺美的。”

顾若光无力反驳。

慈善晚宴是晚上六点开始，在邻城的五星级国际酒店里举行，唐蓝是作为《FE》时尚杂志的创始人被邀请前来参加的，她开车带着顾若光先去了跟杂志社合作的一家国内顶尖的造型店。

顾若光被人带进里间，折腾了一个下午才出来，唐蓝已经换好衣服、做完造型在外面等她了。

等顾若光出来之后，唐蓝打量了她几眼，才满意地点头：“这样走出去才有人相信你是我唐蓝的女儿。”

六点钟，她们准时抵达了国际大酒店，顾若光随着唐蓝一起下了车，就看到门口铺着一条红毯，两边有很多媒体记者举着相机正在拍照。

唐蓝已经参加过无数次这种宴会活动，仪态举止很大方从容。顾若光跟在她身边，也不慌不忙，很多媒体看到她漂亮精致的面容还被惊艳了一下，举着相机疯狂拍照。

虽然被唐蓝带来参加晚宴，顾若光心里不太情愿，但既来之则安之，陪唐蓝走完这节红地毯之后就由工作人员领进了宴会厅。

举办这场慈善晚宴的是名法国人，据说从小就喜爱歌舞，也喜欢参加各式各样的舞会，所以那人特意把西方舞会融入进了这场晚宴中，一进场，顾若光就看到金碧辉煌的大厅里，很多男女都在舞池中央随着乐曲跳起了优雅的交际舞。

顾若光跟着唐蓝先去见了主办这场宴会的主办方，结果还没走近，她就见到了一个很眼熟的人。

祁言站在主办方身旁，他穿着一身黑色的西装，西装的领口缀着亮片，里面穿着件白衬衫，领口上系着一个黑色领结，他把头发梳上去了，露出光洁白皙的额头，看上去更加俊秀帅气。

他生得很好看，明眸红唇，卓尔出众，让人第一眼就能从人群中看见他。

唐蓝也发现他了，她转头看向顾若光，调侃道："哟，遇到老板了。"

顾若光也没想到会在这里遇见他，她愣了一下，还以为自己看错了，可定睛一瞧，真的是他。

唐蓝带着她走过去，主办方和祁言都察觉到有人过来了，分别抬起头来。

"史密斯先生，晚上好。"唐蓝跟主办方打了声招呼，然后看向祁言，她点了下头，"祁总。"

祁言也朝她颔首微笑："唐总。"

顾若光听到他跟唐蓝打招呼，感到有些诧异，这两人什么时候认识的？

"这位是小女，Eve。"唐蓝向史密斯介绍她。

顾若光用法语跟对方问好。

史密斯"哇"了一声，惊叹道："你的法语说得真好。"

顾若光微微一笑，解释道："我曾经在法国待过一段时间。"

"好巧，言也在法国待过一段时间。"史密斯看向身旁的男人说。

祁言看着顾若光一笑。

唐蓝跟史密斯先生寒暄了几句，然后就带着顾若光去别的地方了。

“唐小姐，你怎么会认识祁言？”顾若光好奇地问。

“之前参加宴会的时候有见过几次，一来二去就认识了。”唐蓝问她，“你还记得之前我跟你说过的正擎集团有位传奇人物吗？”

顾若光点头。

唐蓝：“我说的人，就是他。”

顾若光微微瞪大了眼睛，讶异道：“怎么说？”

唐蓝：“你进入这家公司时，应该有了解到五年前正擎集团面临的一次很严重的危机吧，那次危机险些让他们公司的股票跌停，很多企业都在那个时候要跟正擎集团终止合作，但就在这个时候，突然出现了一个人，那个人在短短半年的时间里就让整个集团脱离了困局。”

“这个凭空出现的人，就是正擎集团董事长祁苍的外孙，祁言。”

听完唐蓝这番话，顾若光陷入了沉默。

她突然想起祁言之前跟她说因为发生了一些事情，所以五年前没能来赴约，他说的那件事，应该跟这场危机有关联吧。

只是……她很难将这个人跟祁言联系在一起。

“那当时新闻媒体怎么没有报道这个人是谁？”顾若光问。

唐蓝从侍者手中拿过一杯香槟，在手里轻轻摇晃：“他不肯露面，很多媒体都想挖出这个人，但不知为什么，没有人能挖到他的信息。”

“我也是这几年受邀参加各种晚宴的时候才知道这个人。”唐蓝说，“怎么，你进入正擎集团没听说过这件事吗？”

顾若光摇头：“没人提起过。”

唐蓝耸了耸肩：“那估计就是消息被封锁了。”

这里是公众场合，唐蓝没跟她聊太久，说完这事后，唐蓝就跟顾若光说：“你自己在这里随便逛逛吧，我去跟几个熟人打声招呼。”

说完，她就撇下顾若光走到别的地方去了。

唐蓝走了之后，会场上就有几名男士陆续前来邀请顾若光到舞池中央去跳舞，都被她一一婉拒了，拒绝完这些人，为了防止有人再凑上来，顾若光自己找了个不那么起眼的角落待着。

在角落里站着，她环顾着整个宴会厅，来参加晚宴的至少有两三百人，要从这几百人里找到自己认识的人还真不是易事，顾若光找了一圈，并没有发现祁言的身影。

在这里站了一会儿，顾若光就察觉到有人走了过来，她转头看去，就跟一双笑意盈盈的蓝眼睛对视上了，祁言带着王五往她这边走来。

“原来你在这里。”祁言走到她面前，眼睛里有丝惊喜闪过。

“你在找我？”顾若光看着他。

祁言眼底浮现一抹笑意：“我在找一位美丽的小姐，想要邀请她一起跳舞。”他朝她弯腰伸出一只手来，做了个邀请的手势，他注视着她，“不知道是否有这个荣幸？”

顾若光看着他清俊如玉的面容，静了几秒，说：“我刚才拒绝了很多人的邀请。”

祁言抬了抬眉：“所以，你也要拒绝我吗？”

顾若光没说话，半晌，她伸出手来放在他的掌心里。

祁言握住她的手，眼睛里的笑意加深，他带着她走到舞池。

舞池里的灯光有些明亮刺眼，顾若光微微眯起眼睛，然后就感觉到他的手放在她的后腰上，她心里蓦地一紧，低着头没看他，心跳骤然加速，她轻声道：“我不太会跳舞。”

“没关系，你跟着我的节奏来。”祁言微笑道。

顾若光还从没跟一个男性这么近距离接触过，而且对象还是他，她心里忽地有些紧张。

“《FE》时尚杂志的唐总是你的母亲？”祁言在这时忽然开口。

顾若光闻声抬起头看向他，他的脸庞在灯光下像蒙了一层光圈，她点头“嗯”了一声。

祁言有些惋惜道：“早知道她是你母亲，我之前就不拒绝她的采访了。”

顾若光没听唐蓝说起过：“她之前想要采访你？”

祁言点头：“两年前的时候，《FE》杂志主编找到我的助理，说想要为我写篇专访，被我回绝了。”

他敛眸一笑，自言自语道：“不知道会不会留下了不好的印象。”

“什么？”顾若光没听清他说的话。

祁言看着她，张唇想说些什么，最后还是道：“没什么。”

顾若光被他的节奏带着在原地旋转了一圈，她今晚穿着一袭水蓝色的露背长裙，肩膀上垂着一缕轻纱，半遮掩着她雪白的肌肤，收腰的设计让她的细腰看起来盈盈一握，裙摆轻轻飘逸起来，她在灯光下，整个人气质优雅又仙气十足。

“你今晚很漂亮。”祁言重新搂住她的腰，将她带进怀里，他眼睛含笑望着她。

顾若光和他离得很近，她看着他眼里浮现的光，脸颊一红，就这会儿工夫，她错过了一个节拍，脚步乱了，不小心踩到了他的脚：“抱歉。”

祁言帮她重新调整节奏：“没事。”

顾若光看着他，有句话没经过脑海突然就蹦了出来：“你对每个人都这么好吗？”

祁言神情微顿，他眼中的笑意不减，只是道：“你不一样。”

顾若光听完沉默了，她没问哪里不一样。

一曲结束后，他们停了下来，顾若光从他的掌心里抽回自己的手。

祁言低头看了她一眼，这时，王五从旁边走上来，凑到他耳边说了句什么。

祁言点了下头，就让他先出去了。

祁言将自己身上的西装外套脱下来，展开披在她的身上，顾若光一怔，她抬起头看着他。

祁言俯下身，双手握住自己的西装微微收紧，将她往前带了一步，他低头看着她有些怔忡的神情，眼睛里闪过一丝促狭的笑意：“这次不要再把外套还给我了。”

顾若光看着他近在咫尺的面容，还没说话，祁言就在她的耳边说：“我有事先走了，”他停了一秒，声音里隐隐带着笑意，“下次别再穿这样的裙子了，后背有点露。”

他的呼吸温热，顾若光感觉耳朵像被什么烫了一下。

祁言退开一步，朝她眨了下眼睛，然后就转身走了。

他很快就消失在视野里，顾若光还停留在原地，身旁陆陆续续地有人在跳舞，意识到自己挡住别人的路了，她才从舞池退开。

祁言走了之后，顾若光就去找唐蓝了，找到她的时候，她正在跟自己的友人聊天。

唐蓝见她过来了，才结束了跟对方的聊天。

远远地，唐蓝就看见她身上披着一件男士西装。

顾若光走近了，就发现唐小姐正一脸审视地打量着自己，她有些古怪地蹙了下眉：“干吗这样看着我？”

唐蓝扬了扬眉，打趣道：“这西装有点眼熟呀，哪来的？”

顾若光低头看了眼自己身上的西服，他的衣服上沾染的都是他的气息，被这件衣服包裹着，她起初有点不自在，到现在适应之后就只剩下了温暖和安心。

她还没回答，唐蓝就说：“可以呀！顾若光，我才刚离开了一会儿，这就又是跳舞，又是把西装外套留给你的……他是不是对你有意思？”

顾若光微顿了会儿，不答反问：“你都看到了？”

“就在我眼皮子底下，能不看到吗？”说着，唐蓝轻哼了一声，“这小子挺大胆的啊，明知道我在现场，还敢这么光明正大地撩拨你。”

顾若光脸红了一下。

宴席还没结束，唐蓝带着顾若光跟主办方史密斯先生说了一声就先离场了。

回程的路上，因为唐蓝喝了点酒，所以换成顾若光来开车。

唐蓝靠在椅背上休息，她的手撑着车窗揉着自己的太阳穴。

等红灯的时候，顾若光转头看着她，有些担忧道："是不是头又疼了？"

顾若光都差点忘了唐蓝一喝酒就会头痛的事情，早知道刚才就不让她喝了。

顾若光从中控台的小格里翻出一瓶清凉油递给她："抹一下额头。"

唐蓝接过来："没事。"

顾若光说："不舒服就闭上眼睛歇一会儿，到了我叫你。"

"嗯。"唐蓝应了一声，闭上眼睛休息。

车子往前开了一段路，唐蓝忽然睁开眼睛，喊了她一声："顾若光。"

"嗯？"

唐蓝扭头看她："你没谈过恋爱没什么经验，人别太单纯了，有男人跟你示好的时候，自己先掂量掂量，别因为人家长得好看，一冲动就答应了。"

顾若光听完失笑，刚想说她看上去是这种人吗，就听见唐蓝轻声说了句："别跟你妈一样，头脑发热就嫁了，然后就成了现在这个样子……"

顾若光一怔，脸上的笑容逐渐敛起。她很少听过唐蓝提起她的父亲，这个对她而言已经非常遥远的人。

她的父亲顾升是个画家，年少成名，和唐蓝是在读大学期间认识的，两个人互相有好感，很快就在一起了，婚后也过得很幸福，可是父亲在她七岁那年被确诊患了癌症，发现的时候已经是晚期了，为了不让她和唐蓝担心，自己找了个借口跑到偏远的地方，一个人度过生命里最后的时光。

唐蓝意识到不对劲，托人找到他的时候，他已经没剩多少日子了。

顾若光那时候还不知情，以为是父亲抛弃了她们，曾经一度还恨过他，后来长大之后唐蓝才告诉她真相。

她知道唐蓝因为这件事一直对她的父亲有些怨恨。

顾若光沉默了半晌，抽空转头看了眼身旁的人，唐蓝看着窗外的夜色，不知道在想什么。

她挪回视线看向前方，心里忽而涌起了一丝酸涩，她弯了弯唇："唐小姐，你放心，我如果找了男朋友，一定带回来让你替我把关。"

车厢里静默了片刻，唐蓝回头瞄了她一眼，勾唇笑了："那你听好了，在我这里，第一关，长得不好看的不要带回来见我。"

顾若光："你刚还跟我说别因为别人长得好看就轻易答应了。"

唐蓝："哦，但我没让你找不好看的。"

说着，她又道："最起码不能拉低我们家整体颜值。"

顾若光："……"

周一创意部开会的时候，顾若光带着自己的团队在会议室里等了很久，一直没等到其他人进来，新项目已经商议下来了，可以准备开展，上面让顾若光的团队跟A组的人一起合作完成这个项目。

顾若光被任命为这个项目美术组这一板块的总负责人，她需要对项目进行分工。

今天是项目正式开展的第一天，顾若光一来到公司就让小木帮忙通知A组的人早上十点在会议室开会，可现在已经过了快半个小时了，人影都没见着。

杰米不满地道："Eve，他们这是要闹哪样啊？"

顾若光看着其他人的神色隐约流露出不悦，她看向小木："小木，麻烦你再去帮我看看好吗？"

刚才十点十分的时候，顾若光已经让小木去外面喊人了，可得到的答复是他们A组的人现在在另外一间会议室里开会，暂时没空过来。

小木很快就回来了，她神色有些为难："Eve，安婉组长说他们会议还没结束……如果我们等不了的话，就改个时间再开会。"

听完这番话，杰米怒道："Eve，他们就是故意的！"

“就是啊，哪有这样的？明明都通知好了十点开会，现在都几点了，他们摆明就是针对我们。”温蒂也有些生气了。

其他两人也表示出了不满。

顾若光沉吟了会儿：“小木，你去回复安婉，就说我会等他们过来。”

“好的。”

小木离开之后，她跟其他人说：“我们先开会吧，我跟大家说一下这个项目的内容，还有每个人的具体分工。”

他们小组负责的这一部分讲解完之后，顾若光问他们还有没有什么问题，大家都摇头表示没问题，接下来等分工结束后，顾若光就让他们先出去工作了。

杰米临走之前见顾若光没有要离开的意思，他问：“Eve，你要在这里等A组的人吗？”

顾若光点头：“我等他们过来。”

杰米他们离开之后，大概过了十几分钟，会议室的门被人推开了，安婉带头从外面走了进来，顾若光正对着笔记本电脑打字，听到动静，她停下手中的动作，抬起头来。

安婉连个眼神都没递给她，推开会议室的门后就径直走到第一个位置坐下，A组的其他组员陆陆续续跟在她身后进来。

顾若光抬头，从他们每个人脸上扫过，有几个人跟她对视了一眼，很快就挪开了目光，眼神有些心虚。

顾若光低头看了眼电脑上显示的时间，已经十一点四十五分了。

“人都到齐了吗？”顾若光看向一脸冷漠傲然的安婉。

安婉双手环在胸前，没有看她，只是淡淡地“嗯”了一声。

顾若光：“好，那我们就进入正题吧。”

她直奔主题，跟A组的成员讲新项目的构成内容和理念等，她才刚说了一会儿，就有人打断她的话。

“安姐，这已经到休息时间了……”已经过了十二点了，有人小声说了句。

安婉看了眼手腕上的手表，她掀起眼看向顾若光："顾经理，已经到饭点了，为了不耽误大家时间，请你挑重点说好吗？"

顾若光停了下来，她看向安婉，淡淡笑了："我想请问一下安组长，我从刚才说到现在的哪一部分不是重点呢？"

安婉被噎了一下，她皱了下眉。

顾若光环视了一圈众人，她合上面前的电脑："既然这样，那我就先来说说大家开会迟到的事情好了。我来公司的第一天，小木就给我发了份员工守则的文件，上面有提到一点，凡是开会迟到者，这个月的绩效关于考勤这一部分的分数全扣。"

她语气平静，对安婉说："组长及主管以上级别，当月绩效清零。"

顾若光微笑道："我记得没错吧，安婉组长？"

安婉笑了一声，语气冷傲："昨天下班前我通知了他们今天早上要开会讨论另外一个项目的事情，这个项目的节点就在下周，比较紧急，顾经理，你觉得有什么问题吗？"

顾若光敛起笑容，她正色道："项目紧急我能理解，但是你没有第一时间跟我报备，这严重影响了我们整个项目开展工作的进程和效率，这就是问题。"她眼中的神色冷淡下来，"你来公司的时间比我长，连这点最基本的事情都不知道吗？"

安婉闻声怒了，她看了眼顾若光，冷笑一声，兀自从位置上起身打开会议室的门出去了。

门"砰"的一声被人甩上，顾若光沉默了片刻，看向在座的人，大家都面面相觑，有些坐立难安的模样。她沉吟了会儿，说："新项目公司很看重，希望大家能够认真对待，如果这次项目做得好的话，我会帮大家申请双倍奖金。"

听到有双倍奖金，大家的眼睛都亮了，有人问："真的吗？"

顾若光点头："前提是大家都必须全力以赴。"她接着道，"如果有人不想参加这个项目的话，可以现在提出来，我让人安排你们去跟进别的项目。"

大家彼此对望了一眼，没有人说话。

顾若光等了一会儿，见没人开口说话，她道：“那我就当大家默认了，没什么问题的话，我也不耽误大家吃饭的时间，下午两点半我们再继续开会，我会跟你们说下各自的分工。”

从会议室出来之后，杰米他们就凑上来：“Eve，我刚看到Ann很生气地从会议室出来，你们发生什么事了？”

他说的Ann指的就是安婉，顾若光敛了敛眸：“没事，先去吃饭吧。”

午休时间，吃完饭回到办公室，顾若光开了电脑准备继续工作的时候，就瞥见放在一旁洗干净装好的男士西装，她犹豫了一会儿，还是提起西装出去了。

她乘坐电梯去到顶层，跟坐在外面的小助理说了一声自己想找祁言，对方帮她拨通了内线电话，过了会儿就告诉她：“祁总让您直接进去。”

“好，谢谢。”

祁言的办公室外，一个身材高大魁梧的男人立在门前，顾若光知道他是跟在祁言身边的人，她迟疑了一瞬，刚想着要不要将手里的西装交给他，让他代为转交，可她刚一走近，对方什么话都没说，直接就给她开了门，顾若光只好进去了。

祁言坐在办公桌后，陈柒站在一旁正在汇报接下来的工作行程，接近尾声的时候，就听到外面有人进来，他抬起头，就看见顾若光往这边走来。

“祁先生，那我先出去了。”陈柒说。

祁言点头，得到允许，陈柒转身朝顾若光微微颔首，就出去了。

“我打扰你了吗？”顾若光站在他办公桌前。

“没有。”祁言弯眼一笑，从位置上站起来，走到她面前。

顾若光把手里的外套递给他，说明来意：“我来还你西装。”她停了一下，“昨天……谢谢。”

祁言浅浅勾唇笑了一下，接过她手里的袋子放在一旁："跟我来。"

顾若光跟他走到会客厅的沙发前，才发现桌子上已经摆了清粥小菜。

祁言问她："你吃饭了吗？"

顾若光点头："吃过了。"

"还要再吃一点吗？"祁言笑问。

顾若光摇头，她扫了眼桌面上寡淡的青菜，并没有看到任何肉类："你怎么吃得这么素？"

祁言："医生说我胃不好，只能吃些清淡的粥和蔬菜。"

顾若光跟着他在沙发上坐下："以前好像没听你说过。"

祁言唇角含笑道："我是回国之后胃才开始有毛病的。"

顾若光听着他轻松的语气，但仔细一想就明白了，她的心脏像被什么扯了一下，有了一丝微妙的异样，她低头沉默起来。

让她看着自己吃饭有些不太礼貌，祁言让助理送了盘水果进来。

顾若光坐在他对面，忽然感到一丝困意，她捂着嘴小小打了个哈欠。

"困了吗？"

"有一点点。"顾若光说，她今天早上起得比较早，刚想说自己回去午睡一下。

祁言就放下筷子，看着她笑道："我有个午休的好地方。"

他说完就站起身，往办公室另一侧走去，走了两步，回头见她还愣着，祁言朝她招了下手："来。"

顾若光迟疑了一会儿，跟着他过去了。

祁言带她走到角落的一扇门前，他打开门，这是一间三十多平方米的房间，看起来像卧室，里面有一张床，一张沙发，书桌和一个衣柜，地上还铺着白色的羊绒地毯，室内风格简约温馨，乍一看还以为是谁的卧室。

顾若光看到这个房间后有点讶异，没想到他办公室里还有一个这样的地方。

“你……是住在公司吗？”顾若光愣道。

祁言一笑，跟她解释道：“我平时加班就在这里休息。”

房间里靠近门口的地方还放置着一个鞋柜，祁言弯腰在柜子里帮她找了双拖鞋：“你可以在这里午休。”

他走进房间里，帮她把窗帘放下来。

顾若光在门口没进来，她婉拒道：“谢谢，但……我还是回去吧。”

她心想，这有些不太好，毕竟这里是别人休息的地方，而且又是在公司内部……

祁言拉好窗帘，他转身抬起手腕看了眼时间，微眯起一只眼：“唔，你只剩半个小时的时间休息。”他边走过来边兀自道，“这里的隔音效果很好，不用担心被打扰。”

祁言在她面前站定，他低头朝她浅浅弯起唇，眼睛含笑：“时间到了我就来叫你，午安。”

顾若光见他兀自决定了这件事，有一丝无奈，她开口喊住他：“祁言……”

原本是想谢绝他的好意，可她刚抬起头来，脸颊就被人轻轻捏了一下，她愣住了。

祁言看着她，眼神温柔，像冬日融化冰川的日光，他放下手，低声一笑：“听话。”

他离开之后，顾若光还有些回不过神来，她伸手抚摸着自己的脸颊，觉得脸颊有些滚烫。

拗不过他，顾若光在原地叹息一声，把鞋子换了走进室内，地毯毛茸茸的，走在上面很舒服。

她看了一圈，这里的环境干净整洁，床褥也铺得平整，看来是有人定期过来清洁。

顾若光最后也没到床上去休息，她坐在一旁的沙发上，打算小憩一会儿。

闭上眼养了会儿神，顾若光看时间差不多了，她就起身出去了。

外面的办公室里多了一个人，顾若光从房间走出去后，就看见林妤坐在祁言的对面。

他们面前摆着份文件，似乎在谈工作，顾若光脚步一停，就在这时，坐在沙发上的人抬起头来，发现了她的存在。

“Eve？”林妤抬起头，看到突然出现的顾若光愣了一下，“你怎么会在这里？”

这样的场面有些尴尬，顾若光正想着要怎么回答，祁言就开口了：“Eve有事上来找我，我就让她在房间里休息一下。”

祁言起身走到她身边，将桌上倒好的温水顺手递给她，他问：“睡得好吗？”

顾若光接过他递来的杯子：“谢谢。”她想了想，说，“房间很舒服。”

祁言扬了扬眉：“以后想午休的话可以随时上来，我不在的话，你就找外面的助理帮忙开门。”

顾若光还没回应这话，林妤就从位置上站起来走到他们跟前，她笑着打趣祁言：“挺大方的啊，以前我想用这房间的时候怎么没见你答应？”

祁言微垂下眼眸，几秒后，他转头看向林妤，淡淡笑了：“是吗？我不记得了。”

顾若光看了他一眼，等祁言看过来，她说：“快上班了，我先回去了。”

“好。”

顾若光朝林妤点了下头，然后就往外走了。

她在外面等电梯，就听到旁边有人喊她的名字。

“Eve。”

顾若光转过头，看见林妤走了过来。

“我有点事情想跟你说一下。”林妤说，“早上你和安婉的事情我听说了，你别介意啊，她这个人打小就是这个性子，又任性又傲慢，谁都不放在眼里的。”

顾若光听她说完这番话，她眉目微动：“你和安婉是？”

林妤：“她是我表妹。”

顾若光没说话了。

林妤说：“早上这事确实是她不对在先，但也情有可原，Eve，希望你能多担待些。”

顾若光静默了片刻，对她道：“林总监，你刚才那番话应该跟安婉说，我们初来乍到，与你们还处于熟悉的阶段，我希望大家能够互相配合，这样我们可以更好地开展工作，这对整个项目是否能良好运作也有很大的影响。”

林妤沉吟了会儿，说：“我明白了，谢谢你 Eve，我会好好跟她沟通的。”

顾若光一笑，也道：“谢谢你理解。”

说完这件事情，林妤问她：“对了，Eve，我插句题外话，不知道你介不介意。”

顾若光摇头：“你说。”

“之前你说过你和祁言是大学同学，那……你们以前很熟吗？”

顾若光其实知道林妤会问关于她和祁言的事，她沉默了一会儿，说：“我们接触过一段时间。”

“这样。”林妤微笑说，“我在他身边待了五年，还是第一次看到他对一个女孩子这么好。”

顾若光听完她这话，没有作声，刚好电梯来了，“叮”的一声，打破了沉寂。

顾若光朝她点点头，浅笑道：“电梯来了，没什么事的话那我先走了。”

“好，再见。”

下午开会的时候，顾若光走进会议室，发现 A 组的同事已经在位置上坐好了，她数了下人数，一个都不差。

她走进来之后，有人见到她，连忙出声喊道：“顾经理好。”

其他人反应过来，也喊了一声。

顾若光早上树立的形象太过严肃，导致众人见到她都不由自主地局促和紧张起来，她微微弯起眼笑了一下：“大家不用这么拘谨，叫我 Eve 就好。”

她落座之后，就继续说上午没有说完的事情，她讲到一半，会议室的门就被人推开了，安婉踩着高跟鞋从外面走了进来，她目中无人，径直走到第一个位置，坐在这个位置的同事见到自己的上司来了，连忙起身给她让位。

安婉坐在位置上跷着二郎腿，她双手环胸，对顾若光抬了点下巴：“继续吧。”

顾若光收回视线，看向自己的电脑，她整理了一下自己刚才被打断的思路，然后才继续说话。

“好了，大致分工就是这样，大家有什么问题吗？”

会议室里一阵安静，安婉突然开口：“我很好奇，顾经理负责的内容是什么？”

顾若光的工作除了搭建整个项目的框架之外，还负责绘制这款游戏的主要人物。

安婉听完之后，她说：“顾经理一个人包揽了所有主角的创作，啧啧，这个工作量不是一般地大呢。”

顾若光只负责创作一部分的角色，其他人物她都已经分配下去了。她听完安婉这番话，不知道安婉想说些什么，所以保持沉默。

安婉翻了翻自己面前的文件，故意为难她：“顾经理，你给我分配的这些任务我并不是很感兴趣，相反，你的工作我更喜欢，怎么办呢？”

顾若光安静了片刻，看着她说：“出两份稿子吧，你跟我创作相同的角色，按照各自的风格，然后再交由林好总监决定，她选中的人就来负责这些工作内容。”

安婉勾了勾唇：“好呀。”

顾若光：“大家如果有什么想法和建议都可以随时来找我沟通，没什么问题的话就散会吧。”

闻声，大家都纷纷起身离开，顾若光忽然开口道：“安婉，你留一下。”

安婉停在原地，她回过头：“怎么，顾经理有何赐教呀？”

顾若光合上自己的电脑，从座位上站起来：“早上的事情，我说话的语气有点重，我在这里跟你道个歉。”

安婉没想到她会说这个，愣了一下。

顾若光接着道：“我不太清楚你是出于什么而对我有些不满，但我希望大家都不要把情绪带入工作，如果你真的对我的安排感到不满意，你可以提出来没关系，或者你对我的工作更感兴趣，我也可以交给你，但前提是，你是真心想做好这件事情。”

安婉冷笑了一声，语气更加不屑：“呵，你以为你是谁，你有资格对我进行说教吗？”

顾若光见她听不进去，也不想多说什么了，她最后道：“这些话我只说一次，要怎么想随你。”

顾若光跟唐蓝说了今晚要留在公司加班，杰米和温蒂他们晚上点了外卖大家一起吃，吃完之后就各自回到自己的工位上工作。

顾若光在办公室里，她坐在矮桌前，桌面上铺满了画纸以及各种款式和颜色的笔。

她拿了张垫子直接坐在地板上，找了个让自己舒服的姿势，拿着铅笔在纸上画草稿。

十点多的时候，杰米来敲她办公室的门：“Eve，你忙完了吗？要一起去吃夜宵吗？”

顾若光今晚没什么灵感，画了好几版草稿都不太满意，听完杰米的话，她想了会儿，点头。

她从地上站起来，简单收拾了一下桌面：“大家都辛苦了，夜宵我请客吧。”

杰米闻声，兴奋地冲到外面去，大喊道：“太好了，Eve说夜宵她请客！”

听到外面传来的欢呼声，顾若光愣了愣，她好笑地摇了摇头。

收拾好东西，顾若光和ISD工作室的几个同事一起去外面等电梯。

杰米和温蒂他们几个人最近这段时间已经彻底爱上了中国美食，现在正缠着顾若光，让她推荐去哪里才能吃到苏城地道正宗的小吃。

电梯显示已经到楼层了，电梯门打开，里面站着两个人。

顾若光一抬头就看见祁言和王五站在电梯里，大家挨个走进去，跟祁言问好：“祁总好。”

祁言朝他们点了头，他看向最后进来的顾若光，眼底浮现了一丝浅笑：“加班吗？”

顾若光站在他跟前，她点头道：“是的。”

“你也这么晚才走？”顾若光问了一句。

祁言：“今晚有点事情。”

“祁总，Eve要请我们吃夜宵，你要不要一起去？”杰米在旁边忽然问道。

祁言微顿，看向顾若光：“夜宵？”

“呃……是的。”顾若光悄悄瞪了杰米一眼，这个杰米老是不按套路出牌。

温蒂闻声，偷偷背过手捏了一下杰米的胳膊。

杰米吃痛，揉着自己的胳膊委屈地看向她，温蒂凑到他耳边小声说了些什么。

祁言将他们之间的小动作尽收眼底，笑道：“谢谢邀请，我……”

这会儿电梯刚好到达一楼，温蒂忽然对顾若光说：“Eve，我们突然想起有些事，可能去不了了，你跟祁总去吃吧，再见。”

说完，也不等顾若光有所反应，她兀自拉着杰米和工作室的另外两个人飞快地出了电梯。

顾若光：“……”

一楼大厅，温蒂拉着他们出了电梯后就开始佩服起自己的机智，她跟其他人说："还好我反应快，要不然让杰米这傻子害得我们差点成了电灯泡。"

被当成傻子的杰米："温蒂，你把话说清楚？"

温蒂不理他，她双手合十，自顾自地期待道："希望 Eve 能好好把握这个机会，和祁总度过一个愉快的晚上。"

杰米奇怪地看着她："你干吗这样？Eve 不是都说了对他没什么感觉了吗？"

温蒂瞪了他一眼："你懂什么？女孩子的话都要反着来听。"

电梯门合上之后，顾若光和身后的人面面相觑，祁言微微歪了点脑袋，他眨了眨眼睛，唇角忍不住溢出一丝笑："那么……你要和我去吗？"

顾若光在心底轻叹了口气，心想着回头要把这笔账好好跟他们几个算一下。

闻言，她问："你等会有空吗？"

刚才听他的意思是想拒绝的。

祁言垂眸一笑："跟你一起的话，就算没时间也要去。"

顾若光微愣，直视着他像极地冰川一样纯净的蓝眼睛，心里突地一动。

她"哦"了一声，随即弯唇笑了："那我带你去个地方。"

顾若光去地下车库里取车，带他去了苏城庙街一家出名的粥店，这间粥店的面积很小，大约能容纳二十人。

粥店的老板是一对老夫妇，在这里经营这家店已经有二十余年了，不管周围的环境怎么变，这家店始终屹立不倒，价格也没怎么涨过。

粥店就靠卖粥营生，想吃什么粥这里都有。

顾若光在庙街门口找了个停车位，带着祁言往这家店走去，王五默不作声地跟在他们身后。

路上，顾若光边跟祁言介绍这家店边往前走，他们直行了一小段路，就到了。

店里环境很干净温馨，头顶的灯光是橘黄色的，光线明亮温暖，他们去的时候已经接近打烊时间了，店里没什么客人。

老板跟他们说，已经准备收摊了，他们是今天最后一桌客人。

老板说的是当地的方言吴语，顾若光听完老板的话，就看见对面的祁言一脸茫然的模样。

顾若光问："你听不懂江南话？"

祁言说："以前很小的时候听我母亲说过，现在已经没什么印象了。"

顾若光微微一笑，向他解释道："老板刚才说我们是今天最后一桌客人。"

祁言眼里的眸光闪了闪，声音含笑："那我们很幸运。"

顾若光跟他说："以前我上初中的时候就住在这附近，每天早上都会来这里喝一碗热腾腾的粥再去上学。"她接着道，"但后来搬走了，就没怎么来了。"

这还是她回国之后第一次来。

祁言手撑着下巴听她说这番话，闻言他微眯起眼睛笑了："你是照顾我所以才来这里的吗？"

顾若光顿了一下，看着他眼里显而易见的笑意，她微微弯起眼，一笑："我只是不想吃别的东西，容易长胖。"

祁言看着她脸上闪过的狡黠笑容，微愣了几秒，他用手背轻轻抵住唇角，唇角抑制不住地扬起，眼睛在温暖的灯光下璀璨夺目。

他一笑，俊秀的眉目都变得生动明媚起来，吸引了顾若光的视线，相处越久越发觉得他这个人有种独特的魔力，一颦一笑都能牵动人的心神，让人只想沉浸在他的喜悦和笑容里。

点单的时候，顾若光看着独自坐在他们身后的王五，询问祁言："他没关系吗？需不需要跟我们坐在一起？"

祁言：“没关系，让他坐在那里就好。”

“他是你的保镖？”顾若光问。

“可以这么说。”祁言道。

“你现在出门都要带保镖？”顾若光说完之后就觉得自己问得有些多余了，她想到他现在的身份比较特殊，已经不同以往了。

祁言点头，眼里闪过一丝无奈，他坦诚道：“这是我外公的意思，怕我会遇到意外或者危险，派个人跟着我。”

顾若光知道一些身份地位尊贵的企业家和政客出门都会带着保镖，她隐约能知道这其间涉及了很多复杂的事情，这些不是她能够触及的，她也没多问。

他们点的东西很快就上桌了，这次是老板娘亲自过来送粥，她一见到顾若光就有些惊喜道：“咦，你是不是以前那个穿着校服经常过来喝粥的小姑娘？”

顾若光很意外老板娘竟然还记得自己，那已经是很久以前的事情了，而且自己的样貌也随着年龄增长发生了变化。

她讶异道：“您还记得我？”

老板娘笑容纯朴：“我就记得有个长得好看的小姑娘经常早上过来喝粥，每天都不重样，快把我老婆子煮的粥都喝个遍咯。”

顾若光也回忆起往事，她笑着点头：“是的。”

“你好长时间没来了，我记得你以前才这么一点点，现在都长这么大了。”老板娘亲切道，“坐在你对面的这位是你男朋友吗？”

顾若光一愣，她看了眼祁言，他似有所觉，也抬起头来。

顾若光收回视线，看向老人家，莞尔一笑，用家乡方言道：“不是的，您误会了。”

老板娘和她聊了几句后就离开了，顾若光用勺子舀着碗里冒着热气的粥，闻到一股很清香的味道。

“你说的方言很好听。”祁言望着她说，虽然他听不太懂她们在说些什么，但她在说江南话的时候声音软软糯糯的，像拂过河岸的柳条，温柔细腻，让人听得很舒服。

顾若光一滞。

祁言："你会唱曲吗？"

顾若光："你说昆曲？"

他点头。

顾若光："我听别人唱过，但那个太难了，我不会。"

祁言说："我知道附近有个唱得还不错的戏班子，有机会带你去听。"

顾若光有些意外："你喜欢听昆曲？"

祁言："我外公喜欢听，我陪他去听过几次，还不错。"

顾若光有些迟疑，她神色带着丝认真道："我不行，我可能会听到睡着。"

祁言稍愣，他随后脸上绽开了笑容，轻轻笑出了声。

离开粥店之后，祁言和顾若光就往回走，这里远离了中心城，没有了繁华喧嚣，夜晚的街道很静谧。

他们走到停车场，顾若光拿车钥匙解锁了自己的车，她停在原地看向身旁的男人，说："那我们就在这里分别吧。"

顾若光跟他道了别，打开驾驶座的门，坐了进去，关车门的时候，被人拦了一下。

祁言的手撑在她的车门顶上，他俯低了身子，蓝色眼睛注视着她："我明天会去趟美国。"

"嗯？"

祁言说："大概半个月之后才会回来。"

顾若光等着他的下文。

祁言看着她一笑："留个联系方式吧，如果你有事想找我的话。"

顾若光微挑起眉梢："你没有我的联系方式？"她的简历档案上面已经标注过了，她不相信他没看过。

祁言微笑："唔，我是说我的。"

顾若光最后还是存了他的电话号码。

祁言松开她的车门，他站在车外，单手挽着自己的西装外套，另一只手插进裤袋里，在夜色下像个绅士般儒雅。

“若光。”

“等我回来再见面吧。”

第五章 我已经等了很久了

自从和祁言互相添加了微信之后，顾若光时不时都能收到他发来的消息，他现在远在大洋彼岸，隔一两天就会给她分享一些东西，有时是张风景照，有时是他看到的一段英文小段子，还有一些有趣的事情。

顾若光现在每天早上起床第一件事就是去拿手机，看看有没有他发来的消息。

今天是周末，顾若光一大早的突然心血来潮想看部法国电影，她吃完早餐后就去到客厅，打开电视，拿着遥控器搜索着克拉拉最近给她推荐的电影。

克拉拉推荐的是一部法国浪漫主义的电影，讲的是以前旧时期宫廷里公主和绅士之间的爱情故事，男主角出场的时候，顾若光小小地惊艳了一下，他也有一双蓝色的眼睛，长得挺帅的。

顾若光把男主角的长相拍下来发给祁言："这个演员长得有点像你。"

顾若光发完这段文字，就把手机放在一边，盘着腿坐在沙发上，继续看电影。

几分钟之后，手机就振动了，祁言回复了她的消息。

他说："不像，明明我长得更好看一些。"

顾若光拿了个抱枕搂在怀里，扑哧笑了，没想到他也有这么傲娇可爱的一面。她正想着要回些什么，他那边又发来了一段语音，顾若光举起手机放在耳边，然后就听到他字正腔圆地说了一串英文，发音流畅华丽，嗓音低低的，很有磁性，就像此时此刻他的人就在她耳边低语。

他念的是《飞鸟集》里的经典名句："你微笑地看着我，不说一句话，而我知道，为了这个，我已经等了很久了。"

顾若光一怔，就在这一秒，她清楚地听到了自己心脏跳动的声音。

祁言接着说："这是我今天下午在一家咖啡馆里看到的，觉得很棒，就记下来了。"

顾若光笑了，她静默了一会儿，看了眼正在播放的电影，脑海里忽然闪过一丝灵光，她举起手机放在唇边，弯了弯唇，用法语说："我站在城堡高处，一直望着我的爱人，他一人一马，身后是初升的朝阳，那一刻，我知道，他是来迎接我了。"

她笑着说："我刚才在看一部很经典的法国电影，电影情节很感人，推荐你有时间去看看。"

祁言很快回了段语音，他声音里隐含笑意，说："好，等我回来你再陪我看一遍吧。"

顾若光没有立马答应，她选择装傻充愣，回道："等你回来再说吧。"

唐蓝从书房里出来，她下来想煮杯咖啡，然后就看到顾若光坐在沙发上，搂着抱枕，盯着手机不知道在笑些什么，连她走近了都没有察觉。

顾若光刚放下手机，就被面前突然出现的唐蓝吓了一跳。

“唐小姐，你怎么走路没有声音的？”

唐蓝瞄了她一眼：“我还没问你呢，你这是跟谁在聊天呀？一直看着手机在傻笑。”

顾若光摸了摸自己的脸，小声道：“没有吧……”

唐蓝若有所思道：“顾若光，我发现你最近有点反常啊，这是……谈恋爱了？”

顾若光被她的话惊了一下，刚想说话就被自己的口水呛住了，顿时咳嗽起来。

唐蓝把手里的杯子放下，坐在一旁的单人沙发上，右腿叠在左腿上，姿态从容优雅：“别急，有话慢慢说，不就是谈个恋爱吗？又不是被人抓到早恋，把你吓成这样。”她勾唇一笑，“你都一大把年纪了，再过几年就三十了，谈个恋爱很正常。”

顾若光咳了几声，等缓过来之后才开口道：“唐小姐，我没有谈恋爱。”

唐蓝：“没有？没有你刚才对着手机笑得那么春心荡漾？”

顾若光：“你别乱说。”

唐蓝：“刚才应该拿个手机拍下来给你看看。”

顾若光搂着抱枕，趁机转移话题道：“唐总，你不是在书房办公吗？怎么下来了？”

“我下来煮杯咖啡。”唐蓝看了看自己的指甲，又看了她一眼：“既然你这么闲，咖啡你帮我煮吧。”

给自己挖了个坑。

顾若光认命地从沙发上站起来，问她：“你想喝什么？”

唐蓝：“你最近不是从网上淘了一袋意大利原产的咖啡豆吗？就喝那个吧。”

顾若光感觉自己受到了重击，那是她花重金买回来的！

煮好咖啡，顾若光端着杯子放到唐蓝面前的桌子上：“唐小姐，请您品尝。”

唐蓝端起杯子喝了一口："手艺不错。"

然后道："对了，昨天你王阿姨给我打电话了。"

顾若光心里"咯噔"一声，有些不太好的预感。

唐蓝接着道："她说她侄子最近从国外读完书回来了，跟你年纪差不多……"

顾若光连忙道："唐小姐，你觉得咖啡好喝吗？剩下那袋我都用来孝敬您好不好？"

唐蓝眯起眼笑了："想收买我？"

顾若光干笑了两声："没有，我就是觉得您平时太辛苦了……"

唐蓝端起咖啡从沙发上站起来："对方条件还不错，就是长相入不了我的眼，我帮你回绝了。"

顾若光："唐小姐，你是个好人。"

一个星期的时间，顾若光和安婉以各自的风格和理解分别为这款游戏创作了两份人物画稿，她们在约定的时间里统一拿到林妤面前，交由她来定夺。

林妤坐在自己的办公室里，她面前放着两份画稿，一份是电脑稿，一份是纯手绘的。

林妤好奇地看着顾若光，拿起她的稿子："这个有点意思，Eve，你怎么不用电脑制图？"

顾若光说："前期画图的时候，我比较喜欢手绘，这是我的一个习惯。"

不仅如此，她还在创作的人物旁边写了很多关于这个人物的设定和场景，还有一些自己的见解。

安婉听完之后轻嗤了一声，随即信心满满地看向林妤。

林妤看完顾若光的画稿，然后就拿起安婉的，她边看边问了她一些问题，安婉一一回答。

她不把顾若光放在眼里，也很有信心自己一定能胜出。

林妤认真审视着桌上两份稿件，沉默了许久，最后她抬头看着两人道：“抱歉，安婉，无论是从画工还是从对这款游戏人物本身的理解层次来看，我认为还是 Eve 更胜一筹。”

安婉一愣，错愕地看着她。

顾若光不动声色地抬起眼眸，她对这样的结果并没有感到意外，她比安婉接触这个项目的时间稍微长一些，她花了些时间去了解策划这些人物背后的动机，还有每个人物的成长环境，并不是单纯地为了创作而创作。

她并不担心结果，唯一让她有所顾虑的是林妤是否会因为关系更偏向于安婉一些，但好在她并不是这样公私不分的人。

林妤说：“我们之前开会的时候都知道祁总很重视这次的项目，我希望大家都能认真对待，这一点 Eve 就做得很好。”

她看向一脸愤愤不平的安婉，说：“安婉，这次把你们 A 组调来跟进这次项目也是我的意思，你在工作上还有很多不足的地方，我希望你能够虚心向 Eve 请教、学习。”

安婉嗤笑了一声，摊开手：“抱歉，我不认为她有哪里比我好，现在这个社会发展得那么快速，稍微比别人晚一步就要被淘汰了，在这种时候，大家工作都是争分夺秒的，你看看还有哪家游戏公司的原画师像她一样慢吞吞地画完手稿，再用电脑把手绘的图画出来，浪费时间精力，呵……”

“安婉！”林妤皱起眉，呵斥了她一声。

“我有说错吗？”安婉道。

林妤眉目微沉，看了她一眼，然后又看向一旁默不作声的顾若光，有些歉意道：“Eve，抱歉，她从小骄纵惯了，她说的话你别放在心上……这样，你先回去工作吧。”

顾若光没说什么，朝林妤点了下头，起身准备离开。

安婉忽然说：“不就是从 ISD 工作室过来的吗？有什么了不起的？”

顾若光闻声脚步一顿，她微微侧过身，看着一脸傲慢不屑的安婉，眼中的神色沉着平静："既然你知道我是从ISD工作室过来的，那我希望你清楚，我今天站在这里是代表了谁的立场，你最好心里有点数，态度放尊重点。"

顾若光原本是不想当着林妤的面说这些话的，但是安婉的态度让她无法再一味忍受退让了，她不说话不代表她就是好欺负的。

顾若光离开之后，安婉气得拍了下桌子："姐，你看看她这样，你还向着她！"

"她说得没错，你到现在还不知悔改吗？"林妤冷声道，"我跟你说了多少次了，你这样的态度最后只会害了你自己！"

对上林妤冰冷的视线，安婉浑身一凛，气势一下子就弱了下来，她别开脸小声道："反正我觉得自己没错。"

"我还没问你，你为什么要一而再再而三地针对她？"林妤问。

安婉说："我没有针对她，我只是觉得不爽而已，那个什么顾若光，她才来了多久，我不明白你们为什么要选她作为美术组的总负责人，明明这次项目的负责人应该是我！"

"创意部总监这个职位一直空着，我都想好了，如果这次项目能够成功的话，我就去申请这个职位，我不想再当什么组长了。"安婉看着她，语气不满，"可是你呢，作为我表姐，你不帮我争取就算了，还一直帮着别人打压我。"

林妤皱起眉头，被她气笑了："你怎么会这么想？"

"你难道还没有意识到自己现在的问题吗？安婉，你现在整个人太浮躁了，就只想着急功近利，完全沉不下心去做好一件事情，你有没有想过，就算我愿意把这个项目交给你，上面的人会同意吗？"

林妤深吸了口气："还有，你以为你前两次做的项目很成功，没有出现任何问题吗？在场景的设计上和角色的构思上出了多少纰漏？我只是找人压下去了，没有告诉你而已！"

安婉怔住了："你……"

林妤叹了一口气："你总说我不帮着你，从你进公司以来我做的哪一件事不是在帮你，ISD是全球最顶尖的工作室，就像Eve自己说的，她今天站在这里是代表了谁的立场，别人不清楚难道你还不清楚吗？！你知道我们当时跟这家工作室谈了多久才把这次合作谈下来吗？"

"不只是她，她的整个团队都有很多我们值得学习的地方。"林妤沉着眉眼注视着她，"我知道你不服气，但跟她较真对你一点好处都没有，你要清楚这其中的利害关系，她和她的团队是隶属于ISD工作室的，跟我们只是合作关系，换而言之，安婉，你如果真的想成为创意部的总监，她绝对不会是你的阻力，相反，她对你会有很大的帮助。"

话说到这份上了，她问："你到现在还觉得我没有在帮你吗？"

听完林妤说的这番话，安婉彻底呆住了，她没想到林妤在背后为她考虑了那么多事情。

她愣了好久，才垂下脑袋，轻声道："姐……对不起，是我想得太简单太浅薄了……"

见她醒悟过来，林妤松了口气，刚才说的那么多总算没有白费，询问道："所以，你知道现在要怎么做了吧？"

安婉连忙点头："我知道了。"

林妤："知道就好，你脑子清醒点，别再犯糊涂了。"她疲惫地揉了揉自己的眉心，朝安婉挥了挥手，"行了，你出去吧。"

"姐，我有件事还没跟你说。"

"什么事？"

安婉："我有个朋友前段时间在史密斯先生举办的慈善晚宴上见到祁总了，她还给我拍了张照片。"

她拿出手机找到那张照片递给林妤。

"你看，这上面的人不就是顾若光吗？"

照片上正是一对俊男美女正在舞池中央跳舞。

安婉说："姐，我觉得这个顾若光不简单，之前不是还说她和祁总在法国念同一所大学吗？说不定她对祁总也怀着什么心思，你要小心她。"

林妤看着这张照片，陷入沉默，她没说话。

安婉替她感到不值，气愤道："这也是我不喜欢她的原因之一，明明是你陪在祁总身边五年，凭什么她一来就把人抢走了……"

"好了！"林妤打断她，"你别说了，这件事不是你该管的。"

"姐！"

"还没成定局的事情别乱说。"林妤把手机还给她，"这件事我自有分寸，你出去吧。"

祁言一行人回到苏城已经是下午五点了，他在机场简单地吃了顿饭，连时差都来不及倒，就带着人直奔苏城郊外的疗养院。

祁言他们到达的时候祁苍正在用晚饭，护工正在给他布菜，祁苍抬头见到来人，只淡淡问候了句："回来了？"

祁言从门外走进来："刚下飞机。"

他进来之后，王五和陈柒自觉地守在门口。

祁苍问："吃饭了吗？要不要简单吃点？"

"不用，我在机场吃过了。"祁言说。

祁苍点头，他拍了拍床板示意道："行了，别都站着，坐下吧。"

说完，有人给祁言搬了张椅子放在床侧，祁苍拿起勺子舀了勺汤，他低头对着热汤轻轻吹了一口气，问道："这次怎么样？有什么收获吗？"

祁言突然沉默起来，他伸手扯了扯脖子上的领带。

察觉到有些不对劲，祁苍抬起头看向他："出什么事了？"

祁言罕见地神色沉着起来，他说："我和陈柒联手整垮了对方五个点。"

祁苍停了一下，意识到他刚才的沉默只是在耍弄自己，他好笑地摇了摇头，丢下勺子，骂道：“你这臭小子。”

祁言顿时眉开眼笑：“另外，我们还掌握了一些他非法盗取别人商业机密的证据。”

他朝陈柒使了个眼色，陈柒颔首，将手里的笔记本打开，上前把他们这次掌握的线索递给祁苍。

祁言说：“只是这点证据还不够，还需要派人去跟进调查。”

祁苍看完之后就让陈柒把电脑撤走了，他欣慰地点头：“看来你这趟没白走，收获还挺多。”

“是的。”

祁苍说：“不过你别得意得太早，他这个人最是睚眦必报，你这次害他损失了那么多，当心他会找机会报复回来，所以你这段时间一定要留心。”

祁言点头说：“我会小心的。”

“王五！”祁苍喊了一声。

“在。”王五上前一步，沉默地站在祁言身后。

“这段时间你要跟在祁言身边，无论发生什么事情，都切记要保护他的人身安全。”祁苍眉目沉冷，他严令道，“我不希望五年前的事情再发生一次。”

祁言闻声眉目一沉。

“是！”王五应道。

从疗养院离开之后，祁言跟陈柒说了声辛苦了，安排了人送他先回去休息，然后自己才坐上了车，他坐在后座，把脖子上的领带解下来，打开车窗透了口气。

王五坐在驾驶座上问他：“祁先生，我们现在去哪里？”

祁言抬起手腕看了眼时间，已经八点多了，他按了按自己的眉心，想到离开了这么久，手头还积压着很多工作，他沉吟了会儿，说：“回公司吧。”

唐蓝这两天去外地出差了，家里只剩下顾若光一个人，她这几天都很晚才下班，她想着早回去也没什么事，加上最近事情也很多，干脆就留在公司加班了。

她这几天在办公室里待到很晚，杰米和温蒂他们都是准点完成工作就下班走了，每次来跟她打招呼的时候，听说她还要加班都说她太拼了，顾若光每次都是笑了笑，没说什么。

晚上十一点多的时候，小木过来敲她的房门，顾若光抬起头来，看到玻璃门外站着的人，她有些诧异道："小木，你还没下班吗？"她还以为外面没人了。

小木说："我准备下班了。"

顾若光点了点头："好，快回去吧，你一个女孩子晚上注意安全。"

"没事，我男朋友过来接我了。"小木笑说，然后问她，"Eve，你还要留多久呀？"

顾若光有些口渴，拿起桌面上杯子打算喝水，才发现杯子已经空了。

"看情况，可能过会儿就回去了。"她说。

小木拿起手机："那你饿吗？需要我帮你叫份外卖吗？"

顾若光摇头，她微笑道："谢谢你，我不饿，你快回去吧，别让你男朋友等太久了。"

"好，那我先走了。"

小木离开之后，顾若光拿着杯子走到外面的茶水间，打算泡杯咖啡，等热水煮沸的间隙，她看着窗外的夜色，突然想到自己已经连续几天没有收到祁言的消息了，距离他离开那天已经过了半个多月了，也不知道他回来没有。

顾若光泡好咖啡之后就回到办公室里，她坐回垫子上，靠着沙发放松了身子，整理了一下自己画好的稿子，把草稿和成品都分了类放在一旁，然后拿了张新的白纸开始画草稿。

祁言从疗养院出来之后就回公司处理公事，他忙起来的时候没看时间，等看了一眼电脑上显示的时间后，他才停止了工作，已经快凌晨一点了。

祁言轻呼了口气，往后仰头靠在椅背上，他闭上眼休息了会儿，然后才合上电脑，拿起披在椅背上的外套，走到外面跟王五说："回去吧。"

进到电梯里，正准备按楼层的时候，祁言停了一下，这么晚了不知道她还在不在。他心里突然涌起一阵冲动，想去看一眼。

可他按下楼层的时候又想到，都这么晚了，她怎么可能还在公司。

电梯到达三十层，门打开了，祁言想了想，还是对王五说："你先下去等我吧。"

电梯门合上之后，祁言独自一人往创意部走去，他走到门口就看到里面一片漆黑，已经没人了。忽地，祁言眼睛一顿，看到里面其中一间办公室还亮着一小盏灯。

顾若光还在办公室里，祁言眼睛一亮，走进去正准备敲门的时候，就透过玻璃门看到桌上亮着一盏台灯，里面的人趴在沙发边的小桌子上睡着了。

这么晚还没走。

祁言推门进去，他走到矮桌前，低头看着睡颜沉稳安详的人，勾起唇，无声笑了。他拿着外套动作很轻地披在她的身上，然后就在她对面席地坐下，他用掌心撑着脸颊，欣赏着她白皙的面容。

顾若光一只手平放在桌面上，脑袋枕着自己的手臂，她的手臂底下还压着没完成的画稿，另一只手握着铅笔，她睡着的时候很安静，没有发出一点声音，连呼吸都很轻。

祁言帮她把手里的笔拿出来放在一旁，他弯曲了手臂，将脑袋枕在臂弯里，看着她近在咫尺的面容，眼睛里的光像浸了水的月色般温柔，他静静地看了她一会儿，修长的手轻轻拨开她额前的碎发，露出她光洁的额头。

他放下手，凑上前去，他微微闭上眼睛，轻吻了一下她的额头，几秒后才睁开双眼，退开，祁言伸手抚摸着自己吻过的地方，眼神温和虔诚，他张了张唇，近乎无声道：“再等等我。”

片刻后，祁言拿出手机给王五发了条信息，让他先回去休息，晚点再来接他。

顾若光是不小心趴在桌上睡着的，她已经连续几天没睡好了，喝完咖啡后依然觉得很困，原本只是打算小憩一会儿，没想到刚趴下闭上眼睛，周围的声音瞬间褪去，她很快就睡着了。

不知道过了多久，她醒来时，刚睁开眼，就被眼前的台灯发出来的白光刺了下眼睛，她不舒服地眯起眼，将脑袋埋进手臂里缓了会儿神，然后才抬起头。

紧跟着，顾若光就怔住了，她对面趴着一个人！

顾若光愣了会儿神，定睛一瞧才发现这个人就是前段时间远在美国的祁言。她直起身子，盖在身上的外套就滑落下来，顾若光把外套捡起来。她呆呆地看着趴在桌面上熟睡的男人，心想：他什么时候回来的？

顾若光回过神来，看了眼手机上显示的时间，已经凌晨四点了。

她趴在桌面上，歪头看着对面闭着眼睛睡着的人，他的脸庞在灯光下干净得没有一丝瑕疵，眼皮薄薄的，仔细看还隐约能瞧见上面极其细微的青色血管，覆盖住了那双像琥珀一样明净好看的蓝眼睛。

顾若光还看见他眼底铺着层淡淡的青黑，似乎已经很久没休息过了，很疲倦的模样。

顾若光想到他如果是刚下飞机的话，这会儿时差还没倒过来。

她正犹豫着要不要喊醒他，在这里趴着睡久了，顾若光担心他起来之后会腰酸背痛，可看他睡得这么熟，她又有些不忍心，就在犹豫的间隙，趴在桌上的男人缓缓睁开了眼睛。

祁言没睡熟，听到一点动静后就醒了，他直起身子，揉了揉自己的眼睛缓了一会儿。他的眼睛里泛起一丝水汽，那双蓝色的眼睛水亮水亮的，困意还未消，他捂着嘴打了个哈欠。

顾若光看到他脸上还有一丝没睡醒的迷糊，她没忍住笑出了声："醒了？"

祁言伸了个懒腰，闻声他点了下头。

顾若光问他："你怎么会在这里？"

祁言清醒过来，他的手撑着桌面，支着自己的脸颊，眉目间带着几分懒散："我今晚来了趟公司，下楼的时候原本想看看你还在不在，没想到一过来就看到你趴在这里睡觉。"

顾若光想到那样的画面，她有些窘迫道："你怎么不叫醒我？"

祁言歪了歪头，微笑道："不忍心。"

顾若光问："你是今天回来的吗？"

祁言点头："下午五点到了苏城。"

"怎么那么晚还来公司？"顾若光有些佩服他。

祁言无奈地弯了眉眼："事情太多了。"随后问她，"你呢，怎么这么晚也还没回去？"

顾若光屈起双腿，将下巴靠在膝盖上，她说："我妈去出差了，家里没人，我不想太早回去，就留在公司画稿子了。"

祁言看到她桌上放着一沓纸："是这些吗？"

顾若光点头："嗯，新项目的游戏人设。"

"我可以看吗？"

"可以的，这些都是画好的……"顾若光把成品递给他，突然想到眼前的人就是最后拍板决定她的稿子是否通过的人，她顿了一下，半开玩笑半认真道，"请祁总过目。"

祁言听出了她语气里的玩笑意味，他一笑，接过她的画稿。

顾若光看着他一页一页翻着自己的手绘稿，心里没来由得一紧，突然有些紧张起来，她随即想到，自己以前面试 ISD 工作室的时候都没有那么紧张过。

祁言将每一张画稿都认真看完了，然后抬起头看向她，他扬唇一笑，称赞道：“这是公司做游戏开发以来我见过画得最完美的人物。”

顾若光稍愣了会儿，没想到能收获这么高的评价，她被他看着脸颊忽而一热，虚心道：“我看过公司以前出的项目，有几款游戏的人物制作得也很出色。”线上有几款火爆的游戏，关于人物的设计她也很喜欢，为此，她还专门抽时间去做了研究。

祁言：“这是我心目中最好的。”

顾若光心下微动。

祁言拿起她放在一旁的铅笔，撑着脸颊歪头笑道：“以前他们递上来的文件都是电脑制作好的图，这还是我第一次看见手绘的画稿，我不太懂，但我觉得画得很精致。”

顾若光察觉到他这番话里带了些私人情感，不能当真，但尽管如此，她心里还是止不住地溢出欢喜，她低头，脸上露出愉悦的笑容：“谢谢。”

话落，就听见自己的肚子发出“咕”的一声，顾若光跟祁言对视了一眼，两个人皆愣了愣，她的脸颊突地有些发烫，祁言抿唇一笑，他捂着自己的肚子，说：“我也饿了。”

这么晚，外面的店都关门了，顾若光从地上站起来，走到办公桌前，从柜子里拿出一盒曲奇饼：“我这里只有这个了，将就一下。”

顾若光到外面的茶水间接了两杯热水，回来之后问他：“好吃吗？”

祁言点头，顾若光笑说：“这是我自己做的。”

祁言挑眉：“你还会做这个？”

顾若光在他对面坐下：“我无聊的时候学的。”说着，她脱口道，“你喜欢的话，下次我做些送给你。”

祁言的眼里亮起一丝惊喜，他道了声谢："好。"

和他不知不觉聊了一会儿，顾若光反应过来看了下时间，距离刚才已经过了半个小时了，她看着对面的人问："很晚了，要不要回去了？"

"回去吧。"

顾若光收拾好桌子，关了灯，跟他一起走到外面。

"你的保镖呢？"

"在来的路上。"

祁言等电梯的时候对顾若光说："你看起来精神不好，还是不要自己开车了，坐我的车回去吧。"

顾若光确实感到疲倦，她想了会儿，点头："好，那就麻烦你了。"

他们去到地下车库的时候，王五已经到了，祁言开了后座的车门，让顾若光先进去。

车开出停车场之后，祁言不知道从哪里拿出了一个礼物袋，递给她："这是我从美国给你带的礼物。"

顾若光微愣，他出了趟国还给自己带了礼物，她下意识地开口想要婉拒，祁言像是知道她要说什么似的，他在她开口之前说："不是什么很贵重的东西，只是我在街上看到的一些很有意思的玩意。"他微弯起眼，"希望你不要嫌弃。"

闻言，顾若光迟疑了几秒，然后大方地接过礼物，莞尔道："谢谢啦。"

从公司到碧海茗居并不远，加上这个时间点路上没车，道路畅通，很快就到了。

车停在小区门口，顾若光转头想和他说到了，可她刚张唇，就发现祁言睡着了。

顾若光险些忘了他刚从美国回来，还没有倒时差，她合上嘴巴，将话咽回去。

她没发出任何声音，拿起他放在一旁的外套，小心翼翼地盖在他身上，她看着他安静的睡颜，半晌后，无声开口——“晚安。”

顾若光下车之后跟驾驶座的王五说：“谢谢你，也麻烦你代我跟你们家先生道个谢。”

王五一如既往地沉默，朝她点了下头，就开车离开了。

顾若光回到家以后先去浴室洗了个澡，出来之后没有立马去床上休息，她坐在房间的懒人沙发上，把祁言送给她的礼物拆开，她从袋子里拿出来许多零散的小东西。确实像他说的，都不是什么贵重的东西，全都是些稀奇古怪的新奇玩意。

顾若光看到有巴掌大小的手工画，上面绘制的都是美国著名的建筑及风景，还有一些需要自己DIY（自己动手）的纸盒，她看了下介绍，发现这款纸盒带有人工智能的功能，它组装好之后可以识别成千上万种物品。

另外还有各种各样根据国外出品的动画人物而制作的小玩具，除此之外，顾若光还发现了一个像长耳兔一样的毛绒玩偶，它的头部和耳朵上都有个听筒，是一款回声玩具。

顾若光突然想到他提着个袋子走在街上到处收罗小玩意的场景，忍不住笑了，他这是拿自己当小孩子来哄了吧。

顾若光把这些小东西都收起来，专门找了个显眼的地方摆放，心想着要给他什么当作回礼。

隔天顾若光准点下班去了趟超市，她买了些材料准备回家做曲奇饼，说起来她会烘焙也是因为克拉拉。在前年情人节的时候，克拉拉想要亲手做巧克力送给自己的男朋友吉恩，所以拉着顾若光特意去报了个烘焙班学习，一来二去，她就掌握了做曲奇的技巧。

第二天一早，她提着一袋曲奇去了公司，顾若光分了点给部门的同事，她单独打包了一袋准备中午拿上去给祁言。

饭点的时候，她和杰米他们在食堂吃完饭就回了办公室。

顾若光拿好东西就上楼了，她来到祁言的办公室门外，小助理正坐在自己位置上吃饭，见她来了，连忙站起身迎接。

“你好，请问祁总在吗？”顾若光询问道。

“在的。”小助理点头，面露犹豫，“抱歉，顾经理，祁总可能在忙，不太方便见客……”

“好，没关系，那你知道他今天大概什么时候有空吗？”

小助理摇头：“这个我也不清楚。”

顾若光心想今天大约是见不到他了，她跟助理道了谢，刚想着要把手里的曲奇饼让她代为转交，办公室的门就被人打开了。

耳边是高跟鞋踩在地板上的声音，顾若光抬头就看见林妤正从祁言的办公室里出来。

“Eve？”林妤也看到她了。

“林总监。”顾若光点头。

“你上来找祁言吗？”

“嗯。”

林妤问：“有什么工作上的事吗？”

顾若光说：“没有，就是一些私事。”

“那现在可能不太方便，他在忙。”林妤看了眼她手里拿着的东西，开口问道，“是有什么东西要拿给他吗？需要我帮你转交吗？”

顾若光不动声色地收紧了手里的袋子，她一笑：“谢谢，等他有空我自己拿给他就好。”

接下来有一个星期的时间，顾若光都没有见到祁言，微信上也没有收到他的消息，她觉得反常，有几次她翻出跟他的聊天界面，想问他现在有空吗，或者在做什么，可她就是找不到一个合适的理由去找他，所以她每次拿起手机，最后都不了了之。

克拉拉和吉恩准备结婚了，顾若光晚上下班回到家就收到了消息，视频里，克拉拉一脸掩饰不住的喜悦和羞涩。

顾若光搬着电脑坐到窗边，看着屏幕里的人，笑着调侃道：“准新娘，恭喜你呀。”

克拉拉捂住自己的脸笑得甜蜜。

顾若光替她感到开心，脸上的笑容诚挚，她由衷道：“克拉拉，我等这杯喜酒等了五年，真好，你和吉恩终于修成正果了。”

克拉拉左右看了眼，偷偷跟她说：“Eve，其实我还没过够一个人的生活，不想那么快嫁给他呢，我以前应该跟你说过我是不婚主义者吧，我不希望自己以后的生活和家庭捆绑在一起，在遇到吉恩之前，我也只想着一辈子只谈恋爱不结婚，但是……”

顾若光脸上带着笑容，安静地等着她的下文。

克拉拉说：“但是，吉恩跟我说，结婚之后我还可以做自己喜欢的事情，我如果想留在里昂生活就留在里昂，我如果不想生孩子就不生，想到处去玩他就陪我满世界到处去旅游，想做什么就做什么，他说可以让我无忧无虑的，不会让家庭成为我的束缚。”

“他唯一想要的就是成为我的丈夫。”

顾若光弯起眼睛笑了，她能从克拉拉的话语里感受到吉恩的真心和诚意，她为此感到欢喜，也羡慕不已，她一直很喜欢克拉拉和吉恩之间的爱情，在吉恩面前，克拉拉可以做最真实的自己，像个小女孩一样被人捧在掌心里，永远被宠爱着，没有任何烦忧地度过每一天。

顾若光：“所以，你就答应他了？”

克拉拉点头：“他昨天晚上跟我求婚了。”

顾若光“哇哦”了一声，好奇道：“吉恩怎么跟你求婚的？”

克拉拉脸上露出些许无奈的神色：“别提了，一点都不浪漫，就是约我去了家酒店，然后在床上铺满了玫瑰花，连惊喜都没有，直接下跪就跟我求婚了，把我吓了一跳。”

“这还不浪漫？”

克拉拉捧着自己的脸说：“我想象中的是，他带我去里昂的沃土广场，在那里跟我求婚，就像电影里的情节一样，周围最好还有气球和烟花，还可以有几个可爱的小花童。可是……”她耸了耸肩，“现实总是跟想象有所差距。”

顾若光笑了：“那你们定了结婚日期了吗？”

“我们还在讨论。”克拉拉跟她说，“Eve，等确定之后，你来当我的伴娘吧。”

“我？”

克拉拉点头：“我和吉恩都很想你来当我的伴娘。”

顾若光考虑了会儿就答应了：“行，让我来沾沾你的喜气。”

说完这件事，克拉拉就问她：“Eve，你怎么样？”

顾若光拿起旁边的热牛奶喝了一口：“什么我怎么样？”

“我指的是言。”克拉拉说，“他最近对你有什么表示吗？”

克拉拉最近和顾若光在视频聊天的时候，通过逼问的方式，已经掌握了她和祁言的近况。

顾若光屈起手臂撑着脑袋，想了下说：“嗯……我们已经有段时间没联系了。”

“啊？”克拉拉观察了下她的神色，“他是不是最近太忙了？”

“有可能吧。”

沉默了会儿，克拉拉问她：“Eve，那你怎么想的？”

顾若光没有立马回答，祁言这个人，她原本以为自己是看得透的，可最近这段时间，她又觉得自己有些看不懂他了，她觉得他身上还有很多她不知道的秘密，对于他……她突然感到一丝茫然和无措。

顾若光抬头看向那满柜子他送的东西，沉默了许久，然后才低头自言自语道：“我也不知道，顺其自然吧。”

祁言最近很忙，因为对方的报复来得很迅速也很猛烈，他和陈柒还有几个高层已经熬了好几个通宵，才成功稳住正擎集团的股价。另外，祁言还让陈柒去联合对方在美国的一些存在竞争关系的敌对公司，让那些敌对公司也帮忙去收集对方的商业犯罪证据，然后今天那些敌对公司也给出了回应。

“祁先生，查尔斯说他们这段时间已经掌握了一些证据，准备去当地警局报案了，如果立案成功，今天过后，他应该就没有时间再来找我们的麻烦了。”陈柒接完电话之后就跟祁言报告这个好消息。

祁言这段时间一直紧绷的神经终于能够放松，他长呼了一口气：“做得好，辛苦了。”

他看着埋首在电脑前的众人：“大家都辛苦了，回去休息吧。”

陈柒说：“祁先生，我会继续派人盯着那边，如果有什么情况的话也可以及时通知我们。”

祁言点头：“好。”

王五守在办公室门外，过了会儿就听到开门的动静，祁言从里面走了出来。

“祁先生。”

祁言手抵着眉心，满脸疲倦：“走吧，可以回去了。”

唐蓝出差到现在还没回来，顾若光前几天跟她通了电话，她说归期还未定。这段时间除了她们请的钟点工偶尔会上来打扫卫生之外，大部分时间就只有她一个人在家。

今天早上顾若光背着画板到古城里写生去了，中午在外面吃了顿饭，然后在古城河边坐了一个下午，把自己看见的，感受到的都画在了纸上。有几个从国外来的游客把她当成了那种在街边兼职的画家，顾若光原本想跟他们解释一下，但见他们这么热情和欢喜，最后还是什么都没说，免费帮他们几个人画了肖像。

她一直在这里待到傍晚才回去，因为唐蓝不在，所以这段时间她都没请阿姨上门煮饭，都是自己一个人解决的，家里的冰箱已经没剩什么食材了，顾若光放好自己的画具，就出门去了趟超市。

她的车昨天刚被送去4S店保养了，顾若光在小区门口打了辆车去了上次那家超市。

今天周末，超市里人还挺多的，顾若光看了眼时间，还早，她在门口推了辆购物车，一个人悠闲地逛着超市，她路过保鲜柜的时候停了一下，看到有几款新进口的酸奶。

顾若光选了几个口味放进购物车里，刚准备继续往前走的时候，她的脚边突然多了只泰迪，个头非常小巧，低着脑袋在嗅着她的鞋子。

顾若光蹲下身揉了揉泰迪的脑袋，它拱了拱她的手，顾若光笑了：“你的主人在哪里？”

“不好意思，这只泰迪是我的。”有对情侣走过来，女生上前对顾若光致歉，她把泰迪从地上抱起来，轻轻打了它一下，“坏孩子，让你别乱跑了。”

泰迪在她怀里委屈地扭动了几下，顾若光站起身说：“它好可爱。”

女生闻声笑了：“是吧，这是我刚养的，才几个月大，调皮得很。”说完，她跟顾若光再次道了歉，然后就跟自己的男朋友离开了。

顾若光以前就很喜欢这类型的小动物，特别是狗狗，但因为种种原因自己没能养成。这段小插曲过后，她推着车继续往前走。

“顾若光。”

突然，身后有人喊她。

顾若光脚步一停。

祁言站在她身后，穿着件灰白袖子的连帽衫，帽子盖住头顶，他微倾着身子，手臂压在购物车的推杆上，面容白净，笑吟吟地望着她。他的穿着和扮相跟平时在公司里的模样判若两人。

顾若光呆望着他，脑海里闪过的第一丝念头是，这才是他私底下最真实的模样。轻松活力，柔软温和，顾若光有一瞬间感觉站在自己面前的这个人仿佛是五年前的他。

已经有两个多星期没有见面也没有联系了，顾若光有些意外会在这里看到他，她停在原地。

祁言把自己头顶的帽子摘下来，笑说："好巧。"

顾若光重复了一声："好巧。"

"来买东西吗？"

顾若光点头。

祁言一笑，他推着车走过来："我也来买东西，一起吗？"

"好。"

顾若光跟他并排走在一起，祁言问她："你还有什么东西没买吗？"

顾若光看了眼自己购物车里的东西："差不多了，你呢？"她看到他的车里没有几样东西。

祁言想了一下，说："我还有狗粮没买。"

狗粮？顾若光一开始没反应过来，愣了会儿才想起他在五年前养了只泰迪。

"毛线？"这个名字念出来才让她感觉已经是非常遥远的事情了。

"你还记得。"祁言弯了弯唇。

"记得。"顾若光一笑。

"它还生了孩子。"祁言说。

"真的？"她还不知道毛线原来是只母狗。

他们走到货架前，祁言从架子上拿了一袋狗粮放进购物车里，转头看她："它们都在我家里，你想去看看吗？"

有点突然，顾若光愣了一下："现在？"

"方便吗？"祁言挑起唇角。

顾若光没说话。

见她不语，祁言微垂下眼眸，唇边一丝笑意："毛线很长时间没有见你了，它应该也很想你。”

顾若光沉默了一会儿，没有答应也没有拒绝，她问：“你家里有其他人吗？会不会太打扰了。”

祁言：“家里除了一些佣人之外，就只有我一个人。”

说完，他也不催促她，只是安静地等着她的答复。

顾若光考虑了一会儿，想着自己就只是上门看看而已，等见完狗狗们就离开，半晌后，她点头应道：“那我就打扰了。”

祁言顿时眉开眼笑，脸上浮现愉悦的笑容。

他们买完东西后就离开了超市，顾若光自己没开车来，她上了祁言的车。

王五帮他们把东西都放进后备厢里，然后才坐进驾驶座里。

超市离他们住的小区不远，没多久就到了，王五把车开进别墅的地下车库里。车停稳后，祁言下车帮顾若光开了车门，顾若光下车之后，就跟着他走了，刚才车开进来的时候，她观察了一下四周，祁言住的地方离她们家还有一段距离，这里的位置更靠上一点，都是独栋的别墅。

车库里有专门连接到别墅的电梯，祁言带着顾若光上楼，电梯门一开，就是光线敞亮的大厅。

门边有个佣人在打扫卫生，见到祁言回来了，她停下手中的动作，颔首道：“祁先生。”然后上前接过王五手里的东西。

祁言从玄关的鞋柜里拿了双拖鞋给顾若光换上，他自己把鞋脱了，赤脚走在地毯上。

顾若光把鞋子换好之后，祁言迈上了台阶朝她招手：“来。”

进屋之前，祁言吩咐了佣人准备一点茶水和点心，然后才带顾若光走到大厅里。别墅一楼的大厅很宽敞，顾若光观赏着四周，这栋别墅结合了法式和现代风格，简约又典雅，开放式的格局，头顶吊着盏精致的水晶吊灯，地板是白色的大理石，铺着花纹繁复的地毯，家具以灰白色为主，雕刻了精细的花纹，墙壁上还挂着几幅色彩明丽的油画。

恢宏大气，高贵典雅的空间设计，很充分地融合了艺术和生活，顾若光还注意到他的大厅里摆放着一个老式壁炉，她好奇地走过去，伸手摸了摸上面的花纹，惊喜道：“这里能生火吗？”

祁言双手插进口袋里，点头：“当然。”

他一笑：“冬天都不用开暖气，生火就可以了。”

顾若光打量了眼四周，微笑着对他说：“你的房子很漂亮。”

“谢谢。”

祁言刚才让人上楼把泰迪们都带下来，顾若光刚说完，就听到小狗的叫声，回头就看见有几只泰迪犬从楼梯上跑下来，它们一路跑到祁言的身边，叫了几声，争先恐后地蹭了蹭他的脚。

祁言直接在地毯上坐下，小狗们都迫不及待地蹿到他身上，舔了舔他的脸颊，弄得他有些痒，忍俊不禁地笑了两声，明亮的眼睛里瞬间凝聚了笑容。

顾若光也被眼前的画面逗笑了，在他对面坐下，一只泰迪蹲在她面前，黑亮的眼睛望着她。

顾若光心一下就软了，她伸手摸了下它的脑袋，轻声道：“嗨。”

泰迪没什么反应，顾若光试探性地喊了一声：“毛线？”

泰迪立马“汪”了一声，顾若光眼睛一亮，她又喊了一声：“毛线，是你吗？”

毛线兴奋地叫了一声，它凑上前，顾若光把它抱起来，毛线爬到她身上，舔了舔她的脸颊。

顾若光立马绽放了笑容，她看向祁言：“它长大了好多，以前才这么小一点。”

祁言看着她脸上明媚自然的笑容，顿了一下，敛眸笑了，然后伸手把毛线从她身上抓下来，警告道：“不要趁机占便宜。”

祁言把狗狗们从自己身上抱下来，让它们面朝顾若光蹲下：“带你们认识一个人。”

顾若光抱着自己的双腿，和面前的三只泰迪对视，祁言从最左边跟她介绍："这是毛毛、毛球、毛团。"

顾若光扑哧笑了："都是你取的名字？"

祁言挑了挑眉："是的。"

顾若光笑着点头："很合适。"

三只小狗体型差不多，模样也没什么差异，她好奇问："你怎么区分它们的？"

祁言把毛毛抱起来举到她面前："毛毛的眼睛是茶色的。"说完，他换了一只，"毛球耳朵这里的发色会深一点。"

"毛团长得最像毛线。"

他这么一说，顾若光就观察到这些细微的差别了，她摸了摸毛毛身上的毛发："毛毛。"

毛毛听话地拱了拱她的掌心。

顾若光把它抱起来，看着祁言，清秀的眉目弯起来，像月牙一样："它们都好可爱。"

祁言心里一动："你想看看它们的房间吗？"

顾若光："它们还有房间？"

"有。"祁言单手撑着地板站起来，他朝顾若光伸出手来。

顾若光看着他的手，她停顿了几秒，然后仰头看向他，祁言朝她微抬了下眉梢，顾若光笑了，把手放进他的掌心里。

祁言一笑，收紧了掌心，用了点力把她从地上带起来，顾若光站起来之后，他也没有松开手，反而换了个方向握紧了她的手，带她上楼。祁言带她去到二楼的一个房间，推开门，里面放着各式各样关于狗狗的物品，有狗窝、玩具、架子……甚至还有单独的衣柜放它们的衣服，顾若光把手里的毛毛放下，它立马跑到一旁玩起皮球。

"这些都是你弄的？"顾若光看向身旁的人。

"是的。"祁言做了个邀请的手势示意她进去参观。

顾若光进到房间里，看到墙面上挂着许多个相框，相框里都是这些泰迪犬不同时期的照片。

顾若光注意到每张照片的右下角都标注着时间。

“这张是它们刚出生的时候。”祁言指了下最左边的第一张照片，跟她介绍。

顾若光依次看着墙上这些照片，祁言就陪在她身边，他低头，就可以看见她欢喜的面容，她从刚才开始脸上就一直带着笑容，眉目弯弯的，像青翠的柳叶，她的眼睛漆黑清澈，笑起来时，清丽明媚的五官都显得格外娇俏动人。

顾若光看到一张泰迪趴在草坪上歪着脑袋看向镜头的照片，忍不住笑了，对身边人说：“祁言，这张好可爱。”

忽然间，她整个人怔住了。

祁言情不自禁地低头，轻轻吻了她的脸颊。他的呼吸就在耳畔，顾若光一僵，感觉自己的血液在这瞬间都停止流动了。

祁言直起身，看着她呆愣的神情微微笑了，顾若光直视着他。

祁言修长的手抚摸着她的脸颊，低头注视了她几秒，垂下眼睫，俯下身吻住了她的唇。他的唇瓣温热柔软，呼吸却是灼热的，他的吻像江南烟雨里绵润的雨丝，温和又细腻……让人很难以抗拒。她看着他像蓝海一样漾起波澜的眼睛，觉得自己就要沉浸在他所给予的温柔里。

顾若光不由自主地抬起手，抵在他的身前，她红着脸闭上眼睛。

心里仿佛有一束烟花正在绽放。

第六章 对不起，我来迟了

祁言微微松手放开了她，他睁开眼，垂眸凝视着她，蓝色的眼睛像太阳反射在海水里最纯粹耀眼的光，明亮得让人无法直视。

顾若光眼睫微垂，她轻轻喘着气，脸颊比窗外的晚霞还要红润，心跳飞快。

室内安静了片刻，祁言垂眸握住她的手抬起来，吻了一下她的手背，他笑起来，眼睛里有温暖的笑容。

“今晚留下来一起用餐吧。”

顾若光静默了几秒，微微点了下头。

祁言握住她的手，带她离开了房间，下楼。

饭厅里，已经有佣人备好了饭菜，顾若光看着桌面上放置的两人份的餐具，扭头看他：“你早就打算好了？”

祁言帮她拉开了椅子，坦诚道：“我让厨房先准备着，但我不确定你是否会留下来。”

顾若光挑了挑眉，故意道：“那如果我不留下来的话，你准备的这些菜岂不是浪费了？”

祁言歪了下脑袋，状似认真地思考了一阵，答道：“那我可能会以这个理由留你下来。”

顾若光一笑，在他拉开的位置上坐下，餐桌上准备的都是江南地道的名菜。

顾若光忽然想起他说过自己的胃不太好，只能吃些清淡的素菜。

“你吃这些没关系吗？”

祁言走到她对面坐下，他展开餐巾，抬头看着她：“偶尔吃一点没关系。”

他用公筷夹了个生煎饺放进她面前的碟子里：“尝尝这个，小心烫。”

“谢谢。”顾若光夹起面前的饺子，饺子馅很饱满，肉质也非常鲜嫩，“这个好香。”

祁言笑了笑，放下筷子说：“做饭的榕姐是苏城本地人，以前在景区的饭馆里给人做饭，做了十几年的江南菜，手艺很好。”

“难怪。”

饭席过半，祁言问：“你想喝点红酒吗？”

“可以。”顾若光点头说。

祁言起身从饭厅背后的酒柜里拿出一支红酒，他打开瓶盖后，往顾若光的高脚杯里倒了一点。

“这是别人送的，从法国酒庄空运过来的拉菲，一直没机会打开。”

顾若光端起酒杯闻了下酒香，然后才品尝了一口，葡萄酒的香味很浓郁，口感也很醇厚。

唐蓝就很喜欢喝红酒，她专门在家里安置了一个酒柜，用来放各式各样的红酒，顾若光偶尔也能沾点光喝上一点，她把这件事跟祁言说了，他晃了晃酒杯，笑道：“如果有机会上门拜访的话，我就知道送什么了。”

饭后，顾若光坐在大厅的沙发上，毛线和其他小狗蹲在她身边，她揉了揉它们的毛发，毛线兴奋地直起身舔了舔她的掌心。

“好乖。”

祁言洗干净手从浴室里出来，走到大厅就看到顾若光和几只泰迪犬玩得正欢，眉梢眼角都带着笑意，他勾唇笑了，走过去，他走到她身边，抬手摸了下她乌黑柔顺的头发，然后就在她身边坐下。

毛毛和毛球不约而同地跳到他身上，祁言弯腰从桌上拿起遥控器，打开电视机。

“我下载了你那天说的法国电影。”

顾若光闻言看向他，她那天只是开玩笑地说推荐他去看，没想到他还一直记着。

那部电影的后半段她没看完，后来也一直没找到时间把影片看完。

祁言调了下客厅的灯光，把光线都变暗了，顾若光陪他重温了一遍前半段的内容，后半段的剧情开始进入高潮，男女主的互动更加频繁，不可避免地有些亲密的片段。

看到这些情节的时候，顾若光目不斜视地看着电视机，不太敢去看祁言的神情，直到他把手搭在她的手背上，顾若光心里顿时一紧，转头看着他。

祁言的目光也同样放在她脸上，周围的光线晦涩，屏幕里的光有部分反射在他的眼睛里，顾若光看得心跳漏了一拍，他已经倾身过来。

祁言单手撑在她身后的靠背上，在她唇边只有几厘米的距离停下，和她的呼吸交缠。

“我可以亲你吗？”他礼貌发问，跟刚才电视机里的绅士一样。

顾若光的鼻间都是他身上干净清爽的气息，她的心跳骤快，别开了视线，有点拒绝回答这个问题的意思。

“这是默许的意思吗？”他低低沉沉地笑了，笑声悦耳。

顾若光忽地有些羞恼，她刚转过头，就被祁言吻住了。

他眼睛里有愉悦的也有狡黠的笑意，褪去了绅士的外皮，此时的他就像个调皮的大男生，顾若光被他亲了一阵，余光瞥见厨房那边有人走动，她有些不好意思地推了他一下：“有人……”

“他们不会来打扰的。”祁言笑说。

“万一被看见了怎么办……”顾若光小声道。

祁言意犹未尽地亲了亲她的唇角：“没有我的吩咐，他们不会靠近的，别担心。”

这部电影看到最后顾若光才知道是个悲剧，公主和绅士因为身份地位的原因最终并没有在一起，故事的结局是公主站在城堡的高墙上，看着远方的太阳消失在地平线上。

她并没有等到她的绅士来迎接她。

顾若光看完之后听着片尾曲陷入了沉默。

“我可以再听一次吗？”

“嗯？”顾若光抬起头。

祁言说：“那天你说的电影里的台词。”

顾若光安静了会儿，将那句感人的台词用法语念出来：“我站在城堡高处，一直望着我的爱人，他一人一马，身后是初升的朝阳，那一刻，我知道，他是来迎接我了。”

祁言抬手揉了揉她的脑袋，沉默了片刻，张开双手朝她敞开怀抱，他的眼神温柔又带着歉意：“对不起，若光，我来迟了。”

顾若光猛地一怔，一直被她深藏在心底里的情绪随着这场悲剧电影的结尾一并在她心里沸腾流淌着，她眼眶忽地一热，投入他的怀抱。

顾若光直到此刻才意识到，她这五年以来，原来心里一直都在期待着，盼望着这一刻的到来。

夜晚的道路很安静，路灯的光线照耀在地面上，留下静谧的光影，今晚的天空清澈干净，皎洁的月色映在天边。

耳边是清脆悠长的蝉鸣声，祁言和顾若光牵着手走在小区的马路上，毛线走在他们跟前。

“你这段时间是不是很忙？”顾若光想起他们之前有半个多月没有见面也没有联系。

“之前是的。”祁言说，“但接下来应该可以轻松一阵了。”

顾若光想了想，问：“是发生什么事了吗？”

整件事情的来龙去脉有些复杂，祁言沉吟了会儿：“是发生了些棘手的事情，我以后再详细跟你说。”

顾若光没有追问：“好。”

他们一直走到小区的公寓楼下，顾若光停住脚步，站在他面前抬头看着他，她眼睛带了些笑意，声音温软道：“那我回去了。”

祁言也扬唇笑了：“明天早上我来接你。”

顾若光点头：“好。”正好她的车昨天也送去保养了。

顾若光蹲下身揉了揉毛线的脑袋，跟它说了声再见，然后跟祁言约定好明天碰面的时间、地点，见他还没有离开的意思，她一笑，轻轻推了他一下：“很晚了，快回去吧。”

祁言握住她的手，轻声笑了，他上前一步，俯身亲吻了下她的额头：“晚安。”

顾若光一直到走进电梯里，心脏还是跳得很快，今晚这一切发生得很突然，让她现在还有些如梦似幻的感觉，她看着面前电梯门上镜面反射后自己的模样，从刚才开始，她的脸上就带着抑制不住的笑容，心怦怦直跳，愉悦和甜蜜的情绪就像棉花一样，正慢慢填满她的胸口。

这种感觉很久违，她已经许久没有体会过了。

就像做梦一样。

电梯门打开，顾若光走到自己的家门前，她拿出钥匙开门，刚打开门，她就一怔。

屋里的灯是开着的。

门口堆着唐蓝的行李箱，玄关的鞋柜上也放着她的鞋子，顾若光换好鞋进去。

唐蓝坐在客厅的沙发上，她身上已经换好了家居服，显然已经回来了有一会儿了。

顾若光之前完全没听说过她要今天回来，此时看到唐蓝出现在家里，她心里顿时一紧。

“这么晚了，你去哪儿了？”唐蓝听到脚步声，头也没抬，继续翻阅着手里的杂志。

“嗯……”今天发生了太多事，顾若光觉得关于祁言的事情还不是时候向唐蓝说明，她支吾了一声，说，“我……看冰箱里没有食材了，就去了趟超市。”

顾若光把手里的购物袋提到厨房，走出来的时候说：“唐小姐，我买了你最爱喝的咖啡豆。”

唐蓝的目光从杂志上挪开，抬头看了下墙上挂着的时钟，然后才看向她：“超市那么晚还没打烊呢。”

顾若光没看她，挠了挠脸颊：“哦，我去附近逛了一圈。”说完，她转移话题道，“唐小姐，你今天回来怎么也不提前跟我说一声？我还打算去机场接你呢。”

唐蓝翻了页杂志，漫不经心道：“我给你发消息了，没回，打电话也没接。”

“嗯？”顾若光从口袋里拿出自己的手机，看了一眼，手机自动关机了，“没电了……”

唐蓝放下手里的杂志，从沙发上站起来：“没什么事就早点休息吧，我上去睡了。”

“好，晚安，唐小姐。”

唐蓝走到楼梯口，转过身来：“哦，对了，门口的行李箱帮我扛上来一下。”

顾若光默默地叹了口气。

隔天一早，顾若光梳洗完，换好衣服就下楼了，唐蓝已经坐在餐桌边了，她走过去打了声招呼：“早，唐小姐。”

唐蓝优雅地切着吐司：“你今天心情不错呀。”

顾若光笑了笑，没说话。

吃完早餐，她就跟唐蓝说：“唐小姐，我先走了。”

顾若光乘电梯下楼，她走到外面的路口，远远地就看到祁言的车了，他已经等在那里了。

天气不是很冷，祁言今天穿了件样式简洁的白衬衫和黑裤子，俊朗挺拔地站在那里，像贵族出身的优雅公子。

祁言也察觉她到了，他抬起头来，顾若光走到他面前，温和一笑：“等很久了？”

祁言帮她把手里的东西接过来，他眼里有柔和的笑意：“一小会儿。”

说完，他低头吻了下她的脸颊。

顾若光猝不及防地被他偷袭成功，嗔怪地瞪了他一眼。

祁言低眸笑了笑。

他帮她打开车门：“上车吧。”

坐在车里，祁言自然地握住了她的手，王五还在前面开车，有人在，顾若光有些不好意思，她想抽回自己的手，祁言却用了点力不让她动。

顾若光转头看了他一眼，祁言看着她眨了眨眼睛，神情似有些无辜，她在心底轻叹一声，只好妥协了。

“你吃早餐了吗？”顾若光问他。

“还没有。”

“为什么不吃？”

“想和你一起吃。”祁言说。

顾若光顿了一下，她已经在家里吃过了，闻声，她也没说什么，看了眼时间，离上班时间还早，她说：“那我们先找个地方吃早餐吧。”

王五带他们去了最近的早餐店，顾若光在店里跟老板点了份粥和包子，还有豆浆油条，老板很快就把东西准备好，把餐盘递给了她。

顾若光端着餐盘走到位置上，祁言正打量着四周。

顾若光：“怎么了？”

祁言收回视线，一笑：“没有，我住在这边挺长时间了，第一次知道这里有家早餐店。”

顾若光把粥和包子放在他跟前，笑了：“吃吧，不食人间烟火的大少爷。”

“不食人间烟火？”祁言虽然中文进步了许多，但理解能力还是有限。

顾若光用英语跟他解释了一下，她做了个比喻：“像古希腊神话里的福玻斯·阿波罗一样。”

祁言挑眉笑了：“所以你就是我的雅辛托斯？”

顾若光微愣，雅辛托斯也是希腊古典神话人物，是太阳神阿波罗挚爱的女人。

说着，祁言又自己摇了摇头：“算了，她的下场并不好。”

顾若光把粥往他面前又推了一下，好笑道：“我开个玩笑而已，快吃吧。”

她把买来的油条和豆浆递给一旁的王五：“你也还没吃早餐吧，这个给你。”

王五看了她一眼，没接，刚要拒绝就听见祁言说：“拿着吧。”

王五这才把早餐接过来：“谢谢。”

他们吃完早餐就去了公司，考虑到祁言毕竟是公司最高层的核心人物，他们这么大摇大摆的不太好，顾若光让他在路口放她下车。

“中午一起吃饭吧。”在她下车前，祁言握住她的手说。

“唔……”顾若光思考了一下，她调皮道：“让我考虑一下。”

祁言垂眸一笑，握着她的手亲了下她的手背：“进我的办公室不用让助理传话，直接进来就好。”

他总是喜欢当着人的面对她做这些亲密的举动，顾若光收回自己的手，觉得被他吻过的地方有些痒也有些烫，她“嗯”了一声，脸颊微红：“那我先走了。”

今天上午开会的时候，顾若光总结了一下近期的工作内容和进度，散会的时候温蒂喊住她：“Eve，你最近是不是有什么开心的事情？”

顾若光：“为什么这么问？”

温蒂想了一下说：“感觉你整个人跟之前不太一样了，心情也很好的样子。”

顾若光摸了摸自己的脸，半开玩笑的口吻，她反问：“我之前看起来心情不好吗？”

温蒂笑了：“我也说不上来，就觉得你今天与众不同，比平时还要更漂亮。”

顾若光也笑：“温蒂，不管你怎么夸我，今天的工作还是一样要完成。”

温蒂吐了吐舌，回到自己的工位上了。

上午十一点的时候，顾若光和对接他们手头这个项目的所有负责人都被喊到顶层的会议室开会，杰米也一块儿去了，顾若光到了之后没多久，祁言就带着陈柒从外面进来了。

顾若光看着他走到主位坐下，她刚准备转回视线，就看见祁言背着会议室里的众人偷偷朝她眨了下眼睛，顾若光垂下眼眸假装看不见，最后还是忍不住弯起了唇角。

坐在她对面的林妤抬头看了她一眼，又看了眼祁言，接着不动声色地看回摆在自己跟前的文件，等人都到齐之后，林妤说：“我们开始吧。”

这次会议主要总结这段时间关于这个项目的工作进度以及出现的问题，林妤看向顾若光：“Eve，先由你开始吧。”

“好。”顾若光看着面前的电脑，开始汇报美术组的工作进度。

她刚说到一半停下来，林妤就适时打断了她：“我有个问题。”

顾若光：“你说。”

林妤在电脑上圈了她觉得有问题的地方：“这个地方把场景再

优化一下会不会好一点？”她说明了理由，“这个地方既然设计的是仙境，那现在这个仙境所呈现出来的效果我觉得并没有很好。”

她说的也是顾若光之前想了很久的地方，关于这个仙境的创作她思考了很久，一直苦于没有灵感，她张了张唇刚想说话，祁言就说：“我觉得挺好的。”

“这个场景让我想到格陵兰岛，位于北极的仙境，那里的一座山，一条小路，一片雪花都是美的，Eve 创作的画面让我也有同样的感觉。”

“我想，仙境不一定要是我们传统意义上认知的，这个地方既然被称为仙境的话，那它的美一定要细腻到每一个角落，除了第一眼要让人惊艳之外，走进去也要让人产生不想从这里离开的念头。”祁言看着面前的场景，眉目带笑说，“Eve 的这个场景，就让我不想离开。”

顾若光抬头看向他，祁言的目光停在屏幕上，他微微低着眼眸，眼角有微不可察地温和笑意，察觉到她在注视他，祁言转过头来，朝她微微一笑：“不知道我表述得是否准确？”

被他这番话这么一分析，在座的人都觉得说得很有道理，大家都连连点头，有人说：“我也有这种感觉。”

还有人说：“现在不是都在说什么画面要有高级感吗？我觉得 Eve 的这个仙境就很高级。”

“不是有句话这么说吗？最美的仙境在人间，我觉得这幅画面很温暖，有点像我们平常能在生活里见到的，但又不是能经常见到的，胜似天堂的凡间。”

大家纷纷表述自己的看法，这样的直接有点不给林妤面子，但她脸上并没有显露任何神情，只是安静地听众人发表自己的言论。

众人都说完后，顾若光才开口：“谢谢大家的称赞，林总监其实指正得对，我自己也感觉有些地方不太完美，回去后会继续修正。”她看着对面的人说：“谢谢你的意见。”

林妤笑了一下，朝她点了下头。

散会后，杰米在顾若光旁边用法语小声说：“Eve，这个林总监的要求也太苛刻了吧，你画得那么完美，她还有意见。”

顾若光用手指抵住唇，“嘘”了一声，同样用法语道：“别在这里说别人的坏话。”

“说谁的坏话？”背后冷不防地冒出一声。

杰米被突然冒出来的声音吓了一跳，顾若光也愣了一下，回过头，祁言就站在他们身后，微笑地望着他们。

“祁……祁总。”杰米一哆嗦，连忙道。

祁言对他点了下头，然后对顾若光说：“Eve，到我办公室来一下。”

这么光明正大地……

顾若光在他的注视下说：“好的。”

祁言带着陈柒先走了一步，杰米走在最后扯着顾若光的袖子，有点想哭：“完了，Eve，你说祁总是不是听到我刚才说林总监的坏话了，所以才要找你去办公室谈话。”

顾若光：“不是，你想多了。”

等杰米走了之后，顾若光才往他的办公室走去，她走到门口，守在门外的王五就对她点了下头，帮她把门拉开了。

办公室里只有祁言一个人，顾若光走进去，他的眼睛就亮了亮，主动走过来牵起她的手。

“你刚才太明目张胆了。”顾若光被他牵着坐在沙发上，她说。

“没有人会注意的。”祁言笑说，接着，他把桌上的餐盒打开，“我让餐厅做好送过来的，不知道合不合你的胃口。”

顾若光看着桌面上摆放的精致丰盛的饭菜，刚才还没觉得多饿，看到这些之后肚子马上就开始抗议了。

祁言说：“这是我很喜欢的一家餐厅，原本想直接带你去的，怕你不太方便，就让人做好送过来了。”

顾若光有点感动：“谢谢，都是我喜欢吃的。”

祁言双手撑在脑后，他靠在沙发靠背上，眼睛里掠过一丝神采：“是不是应该奖励我一下？”

“奖励什么？”

祁言笑眯眯地弯起眼睛，他用修长的手指点了点自己红润的嘴唇。

顾若光扬眉一笑：“哦，那我还是自己回去吃吧。”

说着，她就要站起来。

见她要走，祁言稍愣了几秒，连忙拉住她：“我开玩笑的。”

顾若光眼底滑过一丝笑意，她被他拉着坐回位置上，趁他不注意的时候，倾身过去亲了下他左侧的脸颊，她浅浅吻了一下，退开之后，在他瞬间呆滞的眼神中微红了脸，她撤回视线，装作若无其事道：“吃饭吧。”

祁言呆愣了半刻，微微敛起眼眸笑了。他看着正在摆菜的人，悄无声息地靠过去，偷偷亲了下她的脸，顾若光手里的动作停住，侧头看了他一眼。

祁言一笑，有理有据道：“这在中国叫作——礼尚往来。”

顾若光：“你这在我们这边叫——耍无赖。”

“什么是无赖？”祁言歪头，有些懵懂道。随即，他想到了什么，动了下眉，笑问，“是这个意思吗？”

话落，他低头吻住了她的唇。

他现在对接吻这件事已经驾轻就熟，祁言含着她的唇温柔地吮吸着，蓝色的眼睛里，光芒明亮又清晰，洋溢着浅浅笑容，他抬起一只手扣住她的后颈，渐渐加深了这个吻。

后来她觉得有些呼吸不畅，才推了推他。

顾若光微喘着气瞪了他一眼，她的眼睛里弥漫着水雾，眼神软绵绵的，没有任何攻击性。

祁言微微笑了，神情有些无辜的模样。

饭后，祁言带着顾若光进到房间里休息，她今天是第一次来，她才发现这里的装修风格跟他家里的有些类似，顾若光换好拖鞋之后就走到沙发上坐下，祁言进了趟浴室。

她把电脑也带进来了，准备修改一下仙境的画稿，祁言从浴室出来之后，就看到她坐在书桌前开始工作起来了。

顾若光在查资料，关于怎么修改她还是一点头绪都没有，她用手撑着下巴，另一只手滑动着笔记本的触控板，专心致志地盯着屏幕。

“休息一下吧。”祁言走过来揉了揉她的脑袋。

灵感枯竭是让人最郁闷的时候，顾若光把脑袋靠在他腰前：“我想不到要怎么改这张图。”

她整个人放松了身子倚在他身前，祁言笑了：“你是在撒娇吗？”话落，他思考了一下，半开玩笑道，“这个时候我是不是应该说，那就不改了。”

顾若光被他逗笑了，她抬起身子，仰头看着他：“就算你真的这么说，我也过不去自己这关。”

祁言忽然想到什么，他眼里的眸光微动，走到了一个柜子跟前。

顾若光看着他把柜子最上层的抽屉拉开，似乎在翻找什么东西，她问：“你在找什么？”

“耳机。”祁言从抽屉里找出一副无线耳机，他把包装拆开，“这是我很久之前买的，一直没用过。”

祁言走回她面前，手里还拿了个 iPod（苹果公司的多媒体播放器），他把耳机从盒子里取出来，连上蓝牙之后，他微微弯下腰，把耳机分别戴在她两只耳朵上：“听点舒缓的曲子放松一下。”

耳机的降噪功能很好，戴上之后顾若光就置身于一片安静中，过了一会儿，就有轻柔舒缓的钢琴曲传入耳中，她抬起头看向面前的人。

祁言直起身子，他笑说：“这是法国歌手 Dan Smith（丹·史密斯）演唱的歌曲，我之前有段时间喜欢听着他的音乐入睡。”

他面带笑意，边说着边朝她伸出手来。

顾若光看了他一眼，把手放进他的掌心里，祁言握住她的手带着她从椅子上站起来。

祁言带她走到床边，他把被子掀开，牵着她的手一起坐在床上。

“先休息一会吧。”祁言跟她说。

顾若光确实有些困意，她点了点头，脑袋沾到枕头就闭上了眼睛，音乐曲调空灵悦耳，像置身于安静清澈的幽谷中，耳边是潺潺的河流，清脆的鸟鸣，好像还能看到蓝天之上的明媚日光。

祁言坐在床边注视了她好一会儿，眼底藏着温柔缱绻，他俯低身子，轻轻吻了下她的额头。

杰米和温蒂他们这几天觉得很奇怪，每次一到中午的午休时间，顾若光就自动消失了，甚至连午饭都不跟他们一起吃了，没人知道她去了哪里，他们对此产生了非常大的疑惑。

今天中午在顾若光踏出办公室的时候，杰米和温蒂及时上前拦住了她，温蒂眯了眯眼看着她：“Eve，你最近这几天有些反常哦，老实交代，你这个星期的中午都去做什么了？”

顾若光愣了愣：“什么做什么？”

杰米在旁边补充道：“你最近连午饭都不跟我们一起吃了，还有午休时间你也不在办公室里。”

原来是指这个，顾若光微微笑了：“你们对我的去向那么感兴趣？”

温蒂和杰米对视了一眼，他们都点点头。

“哦。”顾若光想了想说，“这样……可我不想告诉你们。”

“Eve！”好奇心没得到满足的两人，有些幽怨地望着她。

“温蒂就算了，你一个大男人怎么也那么八卦。”顾若光对杰米说。

杰米反驳道：“八卦又不是女人的权利！”

顾若光停止了这个话题，她知道自己今天是走不了了，她转移话锋道：“你们中午想去外面吃吗？我知道附近有家很好吃的餐厅。”

“什么餐厅？”杰米问。

顾若光报了下餐厅的名字。

温蒂眼睛一亮："我知道这家餐厅！是从新西兰引进来的，开在国内的分店，在当地非常出名，听说普通人很难预约的。"

"我是这家餐厅的会员，不需要预约。"顾若光说，"走吧，中午我请客，我带你们去吃。"

温蒂和杰米欢呼了一声，异口同声道："Eve，你真好。"

他们吃完这顿丰盛的大餐回到办公室的时候，温蒂才意识到不对劲的地方，她后知后觉地跟杰米说："我们好像掉进Eve的圈套里了。"最后他们还是什么都不知道。

顾若光带他们去这家餐厅之前给祁言发了消息，跟他说了声今天中午不上去了，她大致说明了原因，然后很快就收到了回复，祁言说，没关系，正好他那边也有事。

祁言今天好像很忙，一直到下班之后顾若光才收到他的消息，他说今晚要去参加一个商务宴会，可能没办法跟她一起回去了，他这段话发的是语音，顾若光听出他声音里夹带着淡淡的疲倦，语音最后，他还跟她道了歉。

他们这几天都是一起下班回去的，顾若光原本以为他说的可以轻松一阵是指接下来的很长一段时间，可仔细想想，他作为一个企业的CEO，又怎么可能闲得下来呢。

顾若光回复道："没关系。"

她又道："你缺女伴吗？"

她这段文字发过去，祁言的电话就打过来了，顾若光笑着接通。

祁言的声音从那端传来："若光。"

"嗯。"她轻轻地应了一声。

祁言轻声笑了，笑声清朗悦耳："我缺女伴，但是，我不想让你太累了。"他说，"我还是自己一个人去吧。"

顾若光沉吟了片刻，询问："你大概几点出发？"

祁言："十分钟之后。"

这么快，顾若光算了下时间："你可以稍微等我一下吗？"

“怎么了？”

顾若光没说原因，只是道：“你等我一下，我很快就来。”

她挂断电话之后就拿起自己的包飞快地走出了办公室。

地下车库，祁言坐在车里，副驾驶座上的陈柒看了眼手腕上的时间，微微侧头看向后方，提醒了一声：“祁先生，我们再不出发就要迟到了。”

祁言看向车窗外，还是没见到任何人的身影，他说：“再等一等。”

顾若光计算着时间，匆匆忙忙地赶到停车场，然后就看到祁言的车停在那里，她跑过去。

祁言看到她过来了，眼睛里的光微微一亮，他推开车门从车里出来。

顾若光跑得太急，到他面前的时候有些上气不接下气，她喘着气平复着气息，然后才开口：“我……我有东西要给你。”

祁言帮她拍了拍后背顺气：“先上车再说吧。”

车里，顾若光把自己去附近买的东西展示给他看，她拿起一个保温瓶：“这里面是小米粥，我让附近的饭店老板煮的，还是热的，你记得在路上先喝一点暖暖胃，别空腹喝酒。”然后拿起了一个药盒，说道，“这是我买的解酒药，你去到那里，如果可以避免的话尽量不要喝太多酒，如果实在不行，记得吃两片这个。”

除此之外，她还买了矿泉水，一些苏打饼和糖果，还有一些别的他可能用得上的东西。

顾若光把这些物品都装在袋子里，递给他，同时嘱咐道：“你胃不好，在宴会上吃的东西一定要谨慎了。”

她说这番话的时候，祁言一直盯着她，罕见地有些沉默，顾若光把东西递给他之后抬起头来，就对上他一双清澈安静的蓝眼睛，她很少看见他这副模样，有些异常，她停了一下：“怎么了？”

祁言没说话，他注视了她几秒，突然伸出手一把将她拉过来，一会儿后，他缓缓俯低了身子，低头将脑袋靠在她的肩膀上，手同时环住她纤细的腰，微微用力把她带到自己怀里。

顾若光猝不及防被他抱了个满怀，她一怔，微侧过头，只能看到他的后脑勺。

他的呼吸灼热，喷洒在她的脖颈上，察觉到他的情绪不太对，顾若光也顾不得前方有人在场，她抬起手放在他的后背上，轻声问："怎么了？"

祁言闻着她身上传来的淡淡香气，闭上了眼睛，很小声说："我突然……不想去了。"

顾若光的眼睛里缓缓现出了一丝笑意，觉得此时的他就像个任性的孩子。

"那就不去了。"她说。

祁言趴在她的肩头轻声笑了，半晌后，他挪动视线看向她，然后微阖上眼睛，亲了下她的脖颈。

顾若光吓了一跳，祁言从她身上起来，她连忙捂住自己一侧的脖颈，有些惊愕地看着他，像只受到惊吓的兔子。

祁言无声勾起唇，笑了，然后低头在她耳边，用极小的声音说："我们明天去约会吧。"

顾若光："约会？"

祁言抬起手，修长的食指抵在她的唇边，他转头看了眼前方，见没有惊动那两人，才回头朝她眨了下眼睛，他笑了笑，眼睛里有光芒闪烁："嘘，别被他们听见了。"

"为什么？"顾若光在他耳边小声问。

祁言说："被他们听见的话，我明天又要失去人身自由了。"

顾若光没忍住笑了："这样好吗？"

"没事。"祁言一笑，"我明天有空，你要跟我去约会吗？"

顾若光也笑了："好呀。"

祁言跟她约定好时间、地点，到转角的十字路口，顾若光就下车了。

她临下车前，祁言有些不舍地拉了下她的手，顾若光回头，见他可怜巴巴地望着自己，她莞尔一笑，勾了勾他的手指，无声开口：“我明天在楼下等你。”

祁言点头笑道：“回去路上小心，到家给我发消息。”

顾若光晚上洗完澡从浴室出来，她坐在窗边的椅子上用毛巾擦头发，放在桌面上的手机就响了，她放下毛巾拿起手机，就看到祁言发来的消息。

——没喝醉。

他发来了简短的三个字，后面还附了张照片，是已经喝空的保温瓶还有一盒没有拆封的药片。

顾若光笑了，她靠在椅子上，仰头举起手机，回复：“乖，发张自拍来看看。”

原本只是想逗逗他，结果没过多久，顾若光真的收到了他发来的一张自拍。照片上的他坐在车里，车厢内的光线半明半昧地笼罩在他的脸上，眉目俊秀儒雅，他对着镜头微微露出笑容，干净又温暖的模样。这张照片看得出来他没怎么挑选角度，就这样对着镜头拍了，可顾若光在看到这样一张自拍照后，心跳忽地失速了，她看着屏幕里清俊的男人，被他这么隔空撩了一下，心里就像被头小鹿撞了似的，跳得飞快。

顾若光想，这个男人，到底是什么神仙人物？怎么无论从哪个角度都那么好看？

手机一振，又收到他一条消息：“去忙了吗？”

顾若光这才回过神来，发现自己盯着他的照片愣神了太久，她脸颊微微发烫，长按着屏幕悄悄把他的照片保存下来，然后才回复：“没……你现在回去了吗？”

“对。”

现在才十点多，这么早就散场了？

顾若光：“这么早？”

祁言："我跟他们说家里有人在等我，不方便待太久。"

顾若光刚想夸他"聪明"，懂得找借口来脱身，他又发了行字过来："我跟他们解释完以后，他们都轮流上来拍我的肩膀，说'兄弟，我理解'。"

顾若光："……"

祁言："我其实希望我现在回到家，有个人真的在等我。"

他发来了这样意有所指的一段话，顾若光看完之后安静笑了，回道："你家的佣人都在等你。"

察觉到她语气里的调侃，祁言很快回了两个字："好吧。"

顾若光能想象到他此时弯着眉眼无可奈何的神情，她转移话题道："乖，回去早点休息，明天我等你。"

祁言发来了一个思考的表情："你的语气像在哄小孩子。"

顾若光反问："那不然我应该怎么哄你？"

祁言下一秒就回道："你应该给我来个吻。"

顾若光："……"

她拒绝。

翌日，顾若光起了个大早，她把衣柜里的衣服都搬出来摆在床上，站在镜子前，手里拿着两套衣服在比画着，她犹豫了很久，最后选了条藕粉色的拼接连衣裙，加一件白色的牛仔外套。

选好衣服后，她坐在梳妆台前化了个精致的妆容，然后拿唐蓝的卷发棒微微卷了下自己的发尾。所有一切都打理好之后，顾若光站在镜子前打量着自己，满意地点下了头，完美。

唐蓝一大早去晨练了，家里只有她和煮饭阿姨两个人，顾若光下楼的时候，阿姨刚好从厨房里出来："若光，早餐做好了，过来吃吧。"

"不了，阿姨，我约了人要出去一趟。"顾若光边走到玄关边说，"您和唐小姐吃吧。"

她刚换好鞋子，正准备打开门的时候，门就被人从外面推开了，唐蓝穿着身运动服站在门外。

“哟，打扮得这么漂亮是要去哪里呀？”唐蓝打量了她两眼。

原本想趁唐蓝回来之前出门的，没想到被她撞个正着，顾若光思考了会儿说：“嗯……我约了朋友。”

唐蓝看着她微微眯了眯眼，顾若光趁着她发问前连忙道：“呃，唐小姐，我赶时间，先走了。”

顾若光走了之后，阿姨摆好盘子望着唐蓝笑说：“若光这是出门约会去了吧，穿得这么漂亮。”

唐蓝走进屋里，将头上的发带扯下来：“谁知道她。”

顾若光提前了十多分钟下楼，她走到跟祁言约定好的地点，就看到路口停着辆保时捷，他的人已经等在那里了。

他头上戴着一顶帽子，蹲在地上，在他身旁有条白色的流浪狗，顾若光注意到狗狗的头凑到地上，嘴里咬着一块肉干。

祁言听到脚步声，察觉到有人过来了，他转过头，就跟顾若光对上了视线。他的脸上顿时展露笑颜，从地上站起来，右手将自己头顶的帽子摘下来，顺势放在胸前，朝她微微弯腰鞠了一躬，行了个标准的绅士礼。

顾若光笑了，她走过去。

已经九月中旬了，最近气温有所回升，祁言今天上身穿了件黑色的短袖，身前印着简洁的图案，他里面内搭一件白色的细条纹衬衫，下身是黑色的裤子和白色的休闲鞋，这身装扮显得他年轻又帅气，也很有朝气。

“早上好。”顾若光走到他跟前，脸上笑吟吟。

祁言接过她手里的包，也笑：“早。”

刚才她过来的时候他就注意到了她今天的穿着打扮，他微微扬起唇，唇瓣掠过一丝笑意，接着道：“你今天很漂亮。”

顾若光挽了挽耳边的头发，被他这样盯着有些不好意思，她低了点头：“谢谢。”

祁言帮她拉开副驾驶座的门，等她上车之后，自己再绕到驾驶座打开车门。

“今天只有你一个人？”顾若光平时见他的时候，王五都会跟在他身旁，履行保镖的职责。

祁言点头，他扣上安全带：“唔，我不想让王五来打扰我们。”

“这样没关系吗？”顾若光问了句。

祁言一笑，他伸手揉了下她的脑袋，打趣道：“没事，不会有什么危险的。”

顾若光把他的手从脑袋上抓下来，祁言握了握她的掌心，然后才收回手启动车子。

他们先去附近吃了个早餐，之后才出发去古城景区，景区离他们这里有些距离，驾车大约一个小时才能到，今天天气晴朗，太阳有点猛烈，祁言坐在驾驶座上，他戴了副墨镜。

顾若光转头看他，跟他相处了这些时日，她还是第一次看到他亲自开车，也是第一次看到他戴墨镜的模样，墨镜架在他的鼻梁上，遮住了那双漂亮的蓝眼睛，衬得他的下颚线条流畅俊秀，脸上皮肤白皙光洁，嘴唇薄薄的，红润的颜色，很好看。

顾若光盯着他，就不想挪开目光了，她脱口道：“祁言，你今天好帅。”

闻声，祁言抽空转头透过墨镜看了她一眼，笑了，他唇角微勾：“你想要什么奖励吗？”

“什么奖励？”顾若光有点没跟上他的节奏。

祁言又道：“夸我的奖励。”

顾若光这才反应过来，她笑了，摸了摸自己的下巴，状似认真地思考：“唔……那把你自己奖励给我好不好？”

祁言挑了挑眉，他不假思索地点头，笑道：“没问题。”

今天的路况很好，没出现拥堵的现象，一个小时以后，他们就到达了景区，祁言在门口的停车场找了个空位把车停好，顾若光坐在位置上刷着手机，看着景点的介绍和一些表演的演出时间。

“若光。”

正看着手机，忽然听到身旁人喊她的名字，顾若光把脑袋抬起来：“嗯？”

下一秒，唇瓣一暖，被人吻住了，祁言脸上的墨镜还没摘，他解开安全带，整个身躯倾过来，低头就吻住了她，顾若光被这突如其来的吻弄得脑袋有短暂的一丝空白，而后恢复神智，她看着近在咫尺的人，他的墨镜颜色深黑，遮住了他大半张脸，给他俊秀的脸庞添了一丝冷酷的帅气，顾若光看得心里猛地一动。

他的唇很温暖，温柔地吻着她，他的手搭在她的后颈上，顾若光缩了缩脖子，她微微张开了唇，祁言一笑，与她吻得更深。

顾若光被他压在座椅上亲了好一阵，不知道过了多久，他才心满意足地挪开了唇。

祁言修长的手指摸了摸她鲜艳欲滴的唇，片刻后，才收回手，把墨镜摘了下来。

顾若光抬起头来，然后就看到他的唇色嫣红，不知道是不是蹭到她的口红了，嘴唇红得过分，她没忍住“扑哧”一声笑了，从包里拿了张纸巾，帮他擦了擦嘴唇。

“嗯？”祁言刚动了一下，顾若光笑着说：“别动，蹭到我的口红了。”

帮他擦拭完，顾若光自己翻出小镜子看了一眼，出门前，涂的口红都被他蹭没了，她放下镜子轻轻地瞪了他一眼，祁言表情无辜地看着她。

他们下了车，祁言牵着她的手往景区的入口走去，顾若光问他：“你之前来过这里吗？”

祁言摇头：“这是我第一次来。”

准确说，也是他回国这么长时间第一次出来游玩。

他在国外长大，回国之后，每天都是在家和公司之间两点一线，周末有空闲的时间也只是去遛遛狗或者逛逛超市，除此之外，就没别的了，在苏城的时候，他除了中心区，其他地方都很少去过，也不会有机会去到这些地方。

顾若光大致能想到缘由，她沉吟了半刻，对他一笑说："我以前来过几次，正好，让我来当你的导游。"

他们先去了游客集散中心，顾若光拿了份参观指南，然后才往里走。

今天是周末，景区里很热闹，他们牵着手走在小径上，顾若光带着他走到河岸边，岸边除了青翠的草丛还停靠着几艘渔船。

"这些都是乌篷船，是渔民用来打鱼的船只，是我们江南一带才有的独特的水上工具。"顾若光跟祁言介绍道，"不过这些都是摆在这里供游客参观的。"

祁言看着她，认真地听着她讲述。

通过这段河岸，往前走就到了这里最著名的一道拱桥，顾若光说："这座桥在当地也很出名，是……"她卡了一下，刚想和他介绍，就忘记是哪个朝代建立的了。

他们身后有一群观光团经过，有导游介绍道："这座桥是北宋时期建立的……"

顾若光听到了，她点了下头，顺着导游的话说："嗯，是北宋时期建立的。"

祁言弯起唇笑了。

顾若光被他笑得有些窘迫，她继续道："有些迷信的人称这座桥是转运桥，只要在上面走一个来回，就可以获得好运气。"

她扭头看向他，弯着眼睛笑道："你要不要上去走一个来回试试？"

祁言抬起手捏了一下她的脸颊，笑说："我已经有好运气了。"

"什么好运气？"

祁言一笑，他没说话，牵着她继续往前走。

再往前就到了古城内部的景区了，他们走在青石板路上，两边都汇集了各种店铺和商贩。

“帅哥，美女，带点特产回去吧，我这里什么都有。”

他们每路过一个摊位，都能听到店铺老板揽客的声音。

“帅哥，要不要尝尝看我们江南的特色糕点？”他们经过小吃店铺的时候，老板吆喝了一声。

闻声，祁言停了一下，顾若光也跟着停了下来。

“你想吃吗？”

祁言看着店铺门前的桌案上摆放的小吃糕点，忽然回忆起了往事，眼睛里的神情柔和，他说：“那个青色的团子，我母亲以前做给我吃过。”

顾若光记得他说过，他的母亲也是江南人：“那她现在还住在这边吗？”

“她不在了。”祁言说，他眼睛里的情绪微淡，“我很小的时候，她就过世了。”

顾若光微愣，她有些抱歉地看着他，刚想道歉，祁言仿佛看穿了她的心思似的，他朝她微笑道：“这对我来说，已经是很久以前的事情了。”

顾若光很少听他提到自己的家人，这会儿听他提及，他的笑容让她心里有些不好受，她沉默了片刻，抬头看着他：“你想试一下吗？”她眉目温和，带着笑意，“我知道有个地方做的小吃最正宗。”

顾若光带他穿过这些巷子，走到了一处长满青苔的破旧墙头：“这里拐过去有家面积很小的店，里面有位阿婆做的糕点特别好吃。”就是不知道这么多年，小店关门了没有。

顾若光已经很久没来了，她按照记忆里的路线找了一会儿，就看到了这家门头老旧的店铺。

“就是这里。”顾若光惊喜道。

这家店的位置太隐秘偏僻，所以没什么人经过，他们进到店里时，这里并没有客人。

一位上了年纪的老人家过来招待他们，顾若光跟阿婆点了几样经典的小吃，老人家记下来之后热情地招呼他们可以上二楼入座，跟他们介绍那里的景致很好。

顾若光来了兴致，她问祁言：“要上去坐坐吗？”

祁言一笑：“随你。”

上二楼的楼梯有些狭窄，祁言握着顾若光的手带她上了台阶，他的个子高，二楼的屋檐比较低，他一抬头就碰到了天花板垂吊下来的挂饰，顾若光看着他拨开这些挂饰，弯着腰往前走，有点滑稽的模样，她没忍住笑出了声，结果，自己刚往前走一步，头发就被勾住了。挂件的尾部缠住了她后脑的发丝，顾若光这会儿体会到了什么叫幸灾乐祸，她自己取不下来，求助地看向祁言。

祁言走到她跟前，他双手插进裤袋里，低头笑眯眯地看着她，使坏道：“亲我一下，就帮你。”

顾若光原本不想屈服在他的胁迫之下，但她想了想，忽然反其道而行之，凑上前亲了他一下。

这下换成祁言愣住了，他看了她一眼，笑了，上前一步，抬起手帮她把头发解下来。

这样的姿势有点像被他抱在怀里，顾若光微微低头，鼻尖就可以蹭到他肩膀上的衣服布料，独属于他身上干净清冽的气息笼罩着她，很温暖，也让她很安心。她忽然想起刚才在那座桥上他说的话，其实，她觉得自己才是最幸运的那个人，时隔多年之后依旧能够被这么好的他喜欢、爱护并且包容着，她觉得自己是修了几辈子的福气。

“祁言。“顾若光忽然喊了一声他的名字，她心里突地升起了一丝冲动，问道，“你为什么喜欢我？”

祁言帮她把头发和挂件分开，低眸就对上她平静恬淡的眼睛，他思考了一会儿，说：“我很小的时候就在国外生活了，见过的中国女人不多，你是我遇到的第一个长得很漂亮的东方女孩，像这里的景色一样，很美好，也很让人心生向往。”

祁言伸手抚摸着她的脸颊，他眼中的神色温柔得像小桥底下泛着粼粼微光的河流，也像照耀在古城墙头的日光，他唇边浮现笑容，接着道：“若光，就跟你的名字一样，是你吸引我去关注你，并且喜欢你。”

顾若光听他说完这番话之后，心头一震，像是有人往湖里投入了一颗石子，让她的心里漾起层层波澜涟漪，这是她第一次听他说这些话，内心涌起的触动让她眼眶有些酸涩，她情难自禁地主动上前抱住了他。

“哟，这菜还没上呢，小两口就抱上了。”楼梯口里传来了一道苍老的声音。

顾若光吓了一跳，赶紧从祁言的怀里出来，阿婆站在台阶上望着他们，脸上满怀着慈祥的善意，祁言刚享受了会儿她的投怀送抱，就被人打扰了，他敛眸一笑。

阿婆送完小吃之后就下去了，顾若光和祁言坐在靠窗的位置上，身旁的雕花木窗半敞开着，对面是一排老房子，两栋房子中间就是一条清澈宽阔的河道，有游船慢慢悠悠地经过。

这里是和城市生活截然不同的幽然和宁静，顾若光以前上学的时候周末没什么事就喜欢来这里写生，感受只属于江南水乡的悠然和温柔。

顾若光正撑着脸颊欣赏着窗外的景色，眼角余光就瞥见对面的人拿着手机在拍她。

她转过头来，祁言刚放下手机，她扬了扬眉：“你偷拍我？”

祁言大大方方地承认了，同时道：“我手机里没有你的照片。”他边说着，边把刚才拍的那张照片设置为锁屏壁纸。

顾若光看到了，没有阻止他，只是说：“等会被其他人看到怎么办？”她指的是公司那些高层。

祁言一只手转了转手机，另一只手撑着下巴，他笑道：“没关系，我会跟他们解释，这是我女朋友。”

顾若光也笑了，她拿起筷子夹了个青团放在他的碗里：“试一下，看看是不是这个味道。”

祁言品尝了一口，他眼睛微亮，顾若光看他的反应就知道了，她笑问：“味道没错吧？”

他点头。

“还有别的馅的。”顾若光给他分别夹了一个，“阿婆在这里生活了大半辈子了，这些小吃很多人都在卖，但没有人的手艺能比得过她。”

祁言：“你很了解这里。”

顾若光：“我以前读书的时候经常来。”

提起以前的事情，顾若光跟他说了几个在自己念大学的时候发生的趣事。

祁言从她的话里捕捉到一个重点，他微动了下眉：“很多人追你？”

“也不算很多，有几个吧。”顾若光回忆道，“我记得有个学书画的学长长得还挺帅的，追了我半个多月……”

她停了一下，看着他微微凝住的神情，笑了笑，才道：“后来我拿到offer（录取通知书）就去里昂念书了。”

祁言说：“还好你后来去了里昂。”

顾若光笑了，她打趣道：“干吗？怕追不到我还是担心我名花有主了？”

祁言浅浅弯唇：“我怕……遇不到你。”

离开这家店的时候，顾若光在门口让祁言等一下，她自己折返回去，过了会儿，才从店里出来，祁言问她：“怎么了？”

顾若光说：“我跟阿婆讨教一下青团的做法，看回去能不能做给你吃。”

祁言挑眉，他忽然想起上次她做的曲奇饼他也没能吃到。

顾若光听完他的话，笑说：“你家里有器具吗？”

她大致说了几样，祁言点头说："应该都有。"

顾若光说："那我下次有空的时候直接去你家做给你吃吧。"

"真的？"惊喜来得太突然。

"真的。"

他们在这家店除了小吃之外还吃了阿婆招牌的葱油面、铁板饭等，午餐问题基本上是解决了，顾若光接下来带他去另外一个景区看了演出，看演出的地方人很多，他们站在最后面，被乌泱泱的人群遮挡，完全看不到表演，顾若光不愿意跟人挤，只好作罢，带着祁言离开了。他们沿着古城小道慢悠悠地逛起街来，临近傍晚的时候路过了一个古戏台，里面有人正在表演戏曲，顾若光走了那么久也累了，她说："我们要不要进去看看？"

祁言点头："好。"

一楼搭建的戏台上已经有人在唱昆曲了，他们走到其中一张长板凳上坐下，周围除了他们之外还有两三位观众，都是些上了年纪的老人家。

顾若光还从来没有认真地听过一场戏曲，原本以为自己会听得昏昏欲睡，没想到认真听进去之后还挺有意思的，慢慢就听懂了台上的戏曲在讲述一个什么样的故事。

她转头，怕身旁的人听不懂，刚想跟他解释，肩膀上就感觉一沉，她顿了一下，祁言靠在她的肩膀上睡着了。

顾若光转头的时候脸颊蹭到他的头发，他的发丝很柔软，蹭得她的脸颊痒痒的，从顾若光的角度看过去，可以看到他白皙俊秀的面容，他的睡颜安静，像个孩子一样，她浅浅笑了，心头像被河岸边的丝丝柳絮缠绕，变得很柔软，她别过头，坐直了身子，想让他靠得舒服一些。

日头渐渐往西边倾斜，时间已经接近黄昏了，戏台上的曲子已经唱完了一首，观众都纷纷散场了。

顾若光正想着要不要叫醒他时，祁言就自己醒了。

他坐直了身子，伸了个懒腰询问："我睡着了？"

顾若光看着他像个大男孩的模样，哪还有半点平时矜贵优雅的扮相，她抿唇笑了：“嗯，还打呼噜了。”

她煞有其事的模样让祁言蒙了一下，他回神后将手放到脑后，倚在靠背上，挑唇笑了：“你骗我。”

顾若光好奇：“你又知道我骗你？”

祁言放下手，俯身凑近她，盯着她的眼睛一笑：“你的眼睛告诉我了。”

说完，他靠上去亲了她一下，望着她的眼睛里有一丝促狭的笑意。

顾若光才意识到被他耍弄了一下，她“哼”了一声，站起身往外走。

他们离开了古戏台，祁言问她：“晚上要去我家吗？”

顾若光被他牵着往停车场的方向走，闻言她反问：“去你家做什么？”

祁言：“吃饭，我让榕姐准备了些好吃的。”

顾若光想了一下，点头：“好。”

回程的路上有点堵车，去到他家已经快七点了。

祁言停好车，就带着顾若光上楼了，去到别墅之后，他先带她去大门口录指纹：“以后你就把这里当成自己的家，想什么时候过来都可以，我随时欢迎。”

顾若光看着指纹面板，看了他一眼：“你就不怕我把你家里值钱的东西搬空？”

祁言神情微顿，他笑了：“这栋别墅里最值钱的东西就是我，你想把我搬走吗？”

顾若光还是第一次听到有人形容自己是最值钱的东西，她笑了，说不过他，把自己的指纹录上：“我录了指纹你就不能后悔了。”

祁言歪头，他敛眸笑道：“我不后悔。”

顾若光和祁言进到屋里，在大厅里玩耍的几只泰迪闻声就停止了动作，看到来人后它们叫了一声，就跑了过来。

顾若光现在已经能辨认它们了，她蹲下身，把凑到她跟前的小狗抱起来："毛毛。"

毛毛是个乖孩子，被她抱在怀里之后就不动了，安静地窝着，歪头跟她对视。

祁言蹲下身揉了揉另外几只的脑袋，然后站起来对顾若光说："我先上去换个衣服。"

他走了之后，顾若光陪泰迪们玩了会儿，见祁言还没下来，她起身去卫生间洗干净手，就去了厨房想看看有没有什么需要帮忙的。

厨房里只有榕姐一个人在忙碌，她转头见到顾若光走进来了："顾小姐？"

顾若光朝她点了下头，微微一笑道："榕姐你好，我进来看看有没有什么需要帮忙的？"

榕姐知道她是祁言的贵客，一听，连忙摆手道："不用不用，顾小姐，你去外面等着就好，很快就可以开饭了。"

顾若光知道他们是领着祁言的工资，认为这些都是分内事，她想了想，说："是这样的，榕姐，我想亲自给祁言煮一道菜，你这里有没有多余的锅炉可以分我一个呢？"

榕姐为难道："这……"

她这边还有一道排骨没有做，顾若光顺理成章地领了这个煎排骨的职责，自从家里请了煮饭阿姨之后，她已经有很长一段时间没有进过厨房了，好在厨艺并没有生疏。

祁言从房间出来之后，没在大厅里看到人，只看到她的外套和包包都放在沙发上，他找了一圈，最后发现她去了厨房。

煎排骨要掌握火候和油温，等油温差不多之后，顾若光将排骨倒进锅里，她正聚精会神地做菜，没注意到有人进了厨房。

榕姐见到祁言，刚想出声的时候，祁言就将食指竖在唇边，示意她噤声，然后做了个手势让她先出去，人走了之后，祁言倚在一侧的料理台上看着正在忙碌的人。

顾若光进厨房之前把外套脱掉了，她身上系着件围裙，里面是她今天穿的一件藕粉色的无袖连衣裙，她的裙摆在膝盖之上，露出的两条腿笔直纤细，皮肤白得近乎透明。

顾若光正在煎排骨，身后忽然有人靠上来，搂住了她，她吓了一跳，转过头就看见一脸笑吟吟的祁言，他上楼洗过澡了，身上换了套干净清爽的灰色棉质睡衣。

“你洗过澡了？”顾若光问。

“嗯。”祁言点头，他脑袋探过来，“你在煎排骨？”

顾若光一笑，换了个说辞：“准确来说，是为了你在洗手做羹汤。”

祁言听懂了这句话，他垂眸笑了：“有什么需要我帮忙的吗？”

“有。”顾若光拿起一旁调好的酱汁，“你帮我试试这个酱。”

祁言试了一下：“味道很好。”

“真的？”顾若光自己刚才也试过了，觉得还不错，就是不知道他能否吃惯。

祁言笑了，点头称赞她：“我记得中国有句俗语是用来称赞人的……”他想了想，说，“上得厅堂，下得厨房。”

顾若光扬起眉梢，接受了他的称赞：“现在知道我能干了吧？”

祁言刚准备低头亲她一下的时候，顾若光就转过身去了，排骨煎好了。她捞起来放进盘子里，淋上酱汁，然后端给祁言：“这位小哥，麻烦端出去吧。”

榕姐就等在外面，见祁言自己端着盘排骨出来，她连忙上前道：“祁先生，我来吧。”

祁言避开她的手，浅笑道：“没事。”

吃完饭，祁言跟顾若光说：“要不要上楼参观一下我的房间？”

“你的房间有什么？”

祁言：“我的房间有个很大的露台，可以看到苏城的夜景。”

闻声，顾若光有些心动了，她犹豫了会儿，点头，就跟着他上去了。

祁言的房间在别墅的最顶层，这一层只有他这一间房，卧室、衣帽间、书房还有一间健身房都是连在一起的，面积很大，他的房间像他说的，还有一个视野宽阔的露台，跟客房的面积差不多，露台中央摆着一张弧形沙发，中间摆着一张精致的茶几，还有鲜花。

顾若光走到露台边缘，她的手扶在栏杆上，看着远处璀璨瑰丽的城中心，还有像星河一样连绵不绝的灯火，她回过头，祁言站在她身后，他一只手拿着一瓶酒，另一只手拿着两个酒杯，他抬起手，朝她示意了一下。

顾若光扬起笑容。

外面冷，祁言进了房间给她找了件外套披上，然后他们就坐在露台的沙发上，喝着红酒欣赏着苏城的夜景，顾若光看着这极美的夜色，心里有点痒痒的，她问祁言："有纸和笔吗？"

祁言很快就给她找来了纸和笔，顾若光握住他的衣袖，抬头看着他，笑容灿烂："祁言，你给我当模特好不好？"

祁言扬了扬眉，他站着不动，笑问："有酬劳吗？"

"有……你想要什么？"

"唔。"他思考了一下，抬手揉了下她的头发，"我想到了再告诉你。"

顾若光点头，她松开他的衣袖，指挥他坐在另一侧的沙发上去，然后让他找了个最舒服的姿势坐好，她自己挪动了位置，找好了构图，就开始用笔在纸上绘画。

她画图的速度很快，没一会儿就画好了，她在纸背面签上自己的名字和日期，走到他身边，把画递给他："这张画送你。"

"谢谢。"祁言接过画放在一边，他唇边有一丝笑意，他牵住她的手，用了点力把她带到自己的身上，顾若光没有抗拒，顺势坐到了他的腿上，她抬起手搭着他的肩膀。

祁言亲了亲她的唇角，顾若光被他搂在怀里，微微颤抖了一下，然后就听到他含着笑声的语气从耳边传来："我想到要什么酬劳了。"

顾若光闻声稍微侧了点头，她喝了点酒，那瓶红酒的度数不高，但她感觉这会儿脸颊热热的，她张了张唇：“什么……”

她刚想开口，就被他吻住了唇，他的吻一如既往的温柔，但带了一丝霸道，他勾着她的唇舌，眼里的光像这夜色一样迷人，顾若光陷在他的眼神里，抬起手来搂住了他的脖子。

外面掠过一阵冷风，顾若光微不可察地瑟缩了下脖子，祁言察觉到了，他帮她把身上的外套裹紧，然后抱着她走进室内，祁言搂着她坐在床上，继续刚才那个吻。

房间里很温暖，到处都是他身上的味道，顾若光感觉到了一丝前所未有的安心和放松，她身上的外套不知道什么时候掉了，她身上就穿着件连衣裙，室内的光线昏暗，只有墙壁上开了盏小灯，朦胧晦涩的灯光照在她身上，她的肌肤就像外面的月色般皎洁。

祁言浅浅啄了下她的红唇，他的呼吸灼热，顾若光不自觉地战栗。她并不排斥这样亲密的接触，但心里涌现的陌生感还是让她忍不住一慌，手也不知道该往哪放，她不小心碰到了他的手臂，祁言握住她的手，温柔地抚摸着她的手腕，他抬起头看着她。

顾若光与他对视，她从他的眼里看到了深夜之下的宽阔海域，幽深又带着神秘，少了几分平时的温和清澈，多了一丝深邃幽暗，他微微勾起眼尾，轻易就能魅惑人。

祁言慢慢靠近她，鼻尖轻轻蹭了下她的脸颊，他笑道：“害怕吗？”

顾若光看着他，摇了摇头。

“祁言……”她忽然喊了他一声。

“嗯？”

顾若光犹豫了很久，在他耳边说了句什么。

祁言停顿了一下，他似乎才想到这个问题，眼神凝滞了会儿。

室内安静了片刻，忽然有一阵手机铃声响起，顾若光从床上坐起来，这是她的手机。

她刚才进来的时候把手机放在桌上了，她走到桌前，看到来电显示是“唐小姐”。

顾若光精神一凛，她赶忙拿起手机按下接听：“喂。”

“现在在哪呢？”唐蓝的声音从听筒那端传来。

祁言从床上坐起来，顾若光看着他走进了卫生间，她咳了一声，忽地有些心虚：“我……在一个朋友家里。”

“男的女的？”

顾若光没回答，她笑了笑：“唐小姐，你问这个干吗？”

“我不能问？”

“不是。”

“你今晚不打算回来了？”唐蓝的语气平静道。

“没有，我准备回去了。”顾若光答道。

“要回来就早点回来，你自己看看现在都几点了。”唐蓝说。

顾若光：“唐小姐，你这是……担心我？”

唐蓝没说话，她沉默了一会儿才道：“给你半个小时回家，半个小时过后我就锁门了啊，你到时候没门进不要哭着求我。”

顾若光听着那端结束了通话，唇边掠过一丝浅浅的笑容，她把手机放下，等了一会儿，才看到祁言从卫生间里出来，她对他说：“祁言，我要回去了。”

“好，你等我一下，我送你。”

顾若光应了一声，然后去楼下等他了，过了会儿，就看到他换了身外出的衣服从楼梯上下来。

现在已经挺晚的了，小区的道路上没什么行人走动，连车都少了。

“刚才打电话来的是你母亲？”祁言走在她身边问道。

“对。”顾若光想起刚才的通话，笑了，“她打电话来催我回家。”

祁言笑说：“她担心你。”

顾若光点了下头：“她这个人就是刀子嘴豆腐心，你别看她表面上很高冷，让人不好接近的模样，其实内心很柔软，我刚去法国念书的那一年，临走的时候她给我打了笔钱，跟我说用完这笔钱就自己想办法，但后来我每个月去查账户余额的时候，都可以看到她定期给我转钱。”

顾若光絮絮叨叨地跟他说着唐蓝的事情。

“还有我的皮肤一到冬天就会变得很干燥，她知道我懒得护肤，所以每半年就会给我寄一箱护肤品，督促我用。”

“然后我这几年放假的时候偶尔会从国外回来，我每次到机场的时候，她都会派车来接我……”

祁言握着她的手，带她拐上了另外一条幽静的小道：“她是位很好的母亲。”

“是的。”顾若光想起过往的事情，眉目温柔起来，她看着祁言说，“我爸爸在我七岁的时候被确诊了胃癌，没多久就过世了，那之后是我妈一手把我拉扯大的，她当时只是杂志社一个很小的编辑，后来才渐渐走到今天的位置。”

“她从来不对我谈起那几年的事情，但我知道，她那段时间一定是非常艰难和痛苦的……”

顾若光跟他讲述唐蓝的事情，不知不觉就走到了家楼下，她停住脚步，跟他道别：“我们周一去公司再见啦。”

“好。”祁言微微一笑，握着她的手没放开。

顾若光拉了拉他的手，直到现在她的心口都是被愉悦填满的，她笑道：“祁言，我今天过得很开心，谢谢你。”

祁言挑眉一笑：“今天你做了我一天的导游，难道不是应该我谢你？”

“有道理，那你打算怎么谢我？”顾若光顺着他的话说。

祁言上前一步，俯身吻了下她的唇，眼睛带笑：“这样……”

顾若光被他亲完之后别开脸颊，她抿了抿唇，笑了，嘀咕道：“就会占我便宜。”

末了，顾若光看着他，柔声道：“我要回去了。”

跟他道别之后，她刚准备转身走人，祁言却握着她的手没放，她抬起头来，不解地看着他：“祁言？”

祁言没有看她，他的目光笔直地看向她的身后。

顾若光有所预感，她回头，就看见唐蓝站在公寓的大门前。

第七章
用生命起誓，会永远爱她

顾若光在厨房里烧水，她心里有些忐忑和紧张，一直留心着外面的动静，可是却没有听见任何声音，客厅很安静。

水烧开之后，顾若光拿了杯子把水倒上，然后就端出去。

外面的大厅里，唐蓝坐在一张单人沙发上，祁言坐在另一侧，两人相对着，没有人说话。

顾若光把水放到祁言面前，转头看着他，祁言朝她一笑，道了声谢。

“你们是什么时候的事情？”顾若光在祁言身旁坐下之后，就听见唐蓝开口问道。

她和祁言的事情顾若光原本是打算找个合适的时机再跟唐蓝说的，她并没有打算隐瞒，只是她还没找到这个机会，就被提前抓包了，这样一来就显得她多少有些心虚气短。

“嗯……就是最近的事情。”顾若光说。

“最近？”

“半个月多前。”顾若光如实道。

唐蓝双手环胸，不明意味地笑了一声：“所以我刚才打电话给你的时候，你在他家？”

“嗯……”顾若光点了下头。

“唐总，很抱歉，我和若光这件事没提前告知您是我的责任，我原意是打算下个星期找个时间上门拜访的，但现在既然提前了，那么……”祁言微微笑了，他诚挚认真，“我希望在跟若光交往这件事情上，能够征求您的同意。”

唐蓝抬头看向他，半晌，她挪开视线看了眼顾若光：“你先上楼去。”

顾若光微愣：“唐小姐……”

“你先上楼，我有话单独跟他说。”

顾若光犹豫了会儿，她看了眼祁言，祁言朝她眨了下眼睛，眼底滑过一丝笑意，他悄悄握了下她的手，示意她放心，顾若光这才点头道：“好。”

等她离开之后，唐蓝才启唇道：“祁总……”

祁言一笑：“叫我祁言就好。”

唐蓝停了一下，她的目光落在他身上，片刻后改口道：“祁言。”

她说：“我并不是很希望顾若光跟你在一起。”

祁言脸上的神情微顿，他唇边的笑意微敛，沉默了会儿，道：“我可以询问原因吗？”

“原因我想你应该不难猜到。”唐蓝端起面前的杯子，她轻轻吹了口热气，“在我看来，顾若光一直是个很单纯的人，虽然出了社会，但在很多事情上她依旧像张白纸一样，她的世界也挺简单的，一份自己心仪的工作，身边几个好朋友，空闲的时候你只要丢给她一支笔和一个本子，她就能在房间里创作一个下午的作品，但是……”

唐蓝抬头看向他：“你跟她不一样，我先不对你的为人做出任何评价，我们就拿你的身份来说，你是个商人，是个企业家，你所处的世界是复杂而庞大的，可能有很多事情是顾若光没有经历过甚至没办法想象的……换而言之，我并不希望她参与到你的世界里去。”

唐蓝说："这是我作为一个母亲的想法，但既然你来征求我的同意，那我想听听看你能用什么理由来说服我。"

祁言听完她这番话之后陷入了沉默，半晌后他的眉目缓缓升起一丝温和从容的笑意："不知道若光有没有跟您提起过我，我和她是五年前在里昂认识的，我们刚好读的是同一所大学，早在那个时候，我就喜欢她了，但后来因为一些事，我必须要回国，所以我们没能在一起。"

回国之后的这五年，祁言一直很忙，但忙碌之余，他经常会想起她，偶尔做梦也会梦见她，可能说出来会有点让人难以置信，他们认识和相处的时间并没有很长，为什么他这几年还能一直想着她？他到现在也没想明白这个原因，但他唯一能想清楚的就是，他这五年从未停止过喜欢她。

祁言说："我理解您刚才的说法，也很赞同，但我想请您放心，我不会让这些事情打扰到她，她跟我在一起，并不需要做出任何改变，我可以保护她，如果她想，我会永远让她待在自己最简单纯净的世界里。"

"我有这个能力，可以让她生活得简单、开心和幸福，活成自己喜欢的样子。"祁言抬起右手放在自己的心脏前，他眼睛里的光明亮真诚，他垂眸道，"我愿意用我的生命和信仰起誓。"

唐蓝看着眼前这个给人感觉真诚温和的男人，她沉默不言。

祁言继续道："在物质方面，我会满足所有她想要的，除此之外，我手头握有正擎集团百分之七十的股份，之后我会跟若光结婚，婚后我会把百分之五十的股份都转让给她。"

听完，唐蓝整个人愣住，她微微眯起眼看向他："你是认真的？你知道这意味着什么吗？"

百分之五十的股份……这意味着顾若光会直接越过他成为正擎集团最大的股东。

祁言点头，微笑道："我是认真的。"

他的语气很轻松自然，仿佛刚才说的并不是什么值得震惊人的消息。

唐蓝静默了会儿，她心里叹了口气，问：“你今年多大了？”

“二十八。”

“你是混血儿？”

“是的，我母亲是中国人，我父亲是美国人。”

“你家里有其他兄弟姐妹吗？”

“没有。”

唐蓝：“那你的父母现在是？”

祁言微顿了几秒：“我母亲在我小时候过世了，我父亲……”

顾若光在房间里坐立不安，她有好几次都想直接开门下楼，但最后都忍住了，她坐在沙发上搂着抱枕，视线一直频频往门口看，时间一分一秒过得很缓慢，对她来说简直是种煎熬。

她现在有点拿不准唐蓝的想法，虽然她知道祁言那样的性子是任谁都会喜欢的……

她趴在沙发上，过了很久，卧室门才被人从外面敲响。

顾若光立马丢下抱枕跑过去，她打开房门，祁言就站在门外，脸上带着温和明朗的笑容。

“怎么样？唐小姐……嗯，我妈跟你说了些什么？”顾若光迫不及待地问道。

祁言没有回答她的问题，他的视线越过她看向她的卧室，笑道：“这就是你的房间吗？我可以进来吗？”

顾若光拉着他进来，关上门之后问他：“我妈没有为难你吧？”

祁言见她这么急切的模样，缓缓笑开了，他想了会儿说：“唔，没有，就是她问我……”

“问你什么？”

祁言微微歪了脑袋，看着她，眼睛里闪过一丝促狭的笑意：“问我打算什么时候跟你结婚。”

顾若光一愣，看清他眼里的笑容才知道自己被骗了，她没好气地瞪了他一眼。

祁言压下唇边的笑意，他说："你母亲……就问了一下我的家庭境况还有几个问题。"

"然后呢？"

"然后就没了。"祁言耸了耸肩。

顾若光有点不太相信："我们之间的事情她没说什么？"

"她同意了。"祁言屈起手指轻轻蹭了下她的脸颊，笑道，"她同意我跟你交往了。"

这样的结果虽然早在她的意料之中，但听到之后顾若光还是松了口气，她轻声道："你很符合她关于女婿这方面的要求。"

"什么？"祁言没听清。

顾若光："没什么。"

祁言环顾了一圈她的卧室，笑问："我可以参观一下你的房间吗？"

"当然。"

带他参观完自己的房间，顾若光就跟他一起下楼了。

她们家客厅旁设置了一个吧台，唐蓝就坐在吧台的高脚椅上，见人从楼上下来了，她抬起头来："准备回去了？"

顾若光点头，替祁言回答道："嗯，唐小姐，我去送送他。"

唐蓝看着祁言说："行，下次有空再过来坐吧。"

祁言礼貌一笑："下次见面不会再这么仓促和失礼了，今天非常抱歉。"

唐蓝："没事，下次什么时候过来让顾若光提前跟我说一声，我让阿姨准备点你喜欢吃的菜。"

话音刚落，顾若光对比了下唐蓝在他们刚才进门前和现在的态度，越发好奇他们趁着她不在的这段时间都聊了些什么。

她送祁言到门口，他换好鞋之后就跟她说："时间不早了，就到这里吧，不用送我了。"

顾若光点头说："那你路上小心。"

祁言抬手揉了揉她的脑袋，弯起眼睛笑道："早点休息，晚安。"

他在灯光底下眉开眼笑的俊秀模样很迷人，顾若光回头看了眼，见唐蓝没有注意这边，她悄悄踮起脚亲了下他的脸颊，然后站回原位，眉目微弯："晚安。"

送走了祁言，顾若光转身回到客厅，就听到唐蓝调侃道："可以呀顾若光，这回捡到宝了。"

顾若光走到吧台前，她拉开唐蓝对面的一个椅子坐下："唐小姐，我听说你同意我们交往了？"

唐蓝没点头也没摇头，只是说："挺好的一个孩子，很绅士也很有礼貌，我挺喜欢的。"

顾若光听到她夸奖祁言，心里很开心："你们聊了些什么？"

"他没告诉你？"

"祁言只说你问了他几个问题还有一些家庭情况。"

唐蓝点头："差不多就这些了。"

"哦。"

唐蓝看了她一眼，静默了会儿，忽然道："顾若光。"

"嗯？"

"你做好思想准备了吗？"唐蓝的视线挪回面前的电脑，她边打字边道，"他那样的身份，家世背景肯定不会像普通家庭那样简单，他们或许对这个家族未来的女主人是有甄选条件的，既然你选择跟他在一起，那你有考虑过这些事情吗？"

顾若光听完这番话后沉默了片刻，她看着面前的杯子里静止的水面："唐小姐，你说的这些我都有想过，我知道他的身份不简单，也知道自己未来可能会面临很多无法预知的事情，但是，论起家世背景……"她看着唐蓝一笑，"我觉得我并不比他差，不是吗？"

唐蓝看着她脸上的笑容微顿了会儿，末了，她勾唇，抬起下巴道："那当然，这点硬性条件我们还是有的。"

顾若光半开玩笑道："所以我想好了，以后如果遇到他的七大姑、八大姨之类的亲戚朋友来刁难我，我就找你来给我撑腰。"

"你这算盘打得挺好啊。"唐蓝说。

顾若光笑了笑。

"你找的这个男朋友我还挺满意，我看看你找个合适的时机就可以嫁了，我供你吃喝住行，还给你钱花，这么多年也够了，你赶紧把自己嫁了，花你男人钱去。"

顾若光："……"

怎么突然就跳到了这个话题？

祁言过两天要去帝都出差，后天上午一早的飞机，他告诉顾若光自己大概要去半个多月的时间，这是他在电话里告诉她的，这两天他很忙，他们没什么时间见面。

这天中午，顾若光在公司食堂吃饭的时候遇到了林妤，她自己独自一人，顾若光恰巧也是一个人，碰到的时候，她们就坐在一起了。

顾若光见她似乎挺忙的，吃饭的时候还拿着手机在跟别人发消息。

"林总监，你这碗汤再不喝就冷了。"顾若光提醒了一句，她这碗汤从刚才放到现在，已经过了十多分钟了，一直没有动过。

"哦，好的。"林妤被她提醒了一句，放下手机朝她一笑。

顾若光："最近很忙吗？"

"是的。"林妤喝了口汤，"我明天要去帝都出差，所以要提前把工作跟底下的人交接好。"

顾若光闻声动作一停。

林妤的手机响了，她跟顾若光说了声"抱歉"，然后就拿起手机接通了电话。

这通电话是安婉打来的，她接通之后，对方就直奔正题："姐，你现在有空吗？我想跟你说一件事情。"

“你说吧。”

“你知道我今天看到了什么吗？！我早上来上班的时候看到顾若光从祁总的车上下来，两个人还有说有笑的，看上去很亲密的样子！”

林妤神情一顿，她还没说话，她助理的电话就打进来了。

“我有别的电话，晚点再说吧。”林妤对她道。

助理在电话里询问她明天出差的事宜，林妤看了眼对面正低头吃饭的人，她沉默了会儿，问：“祁总是明天早上几点的飞机？”

助理跟她说了个时间。

林妤：“好，帮我也订同一个时间的航班吧。”

“好，谢谢你。”话落，她又道，“对了，你等会抽空去中心医院的刘医师那里帮我开几盒胃药。”

电话那端的人不知道说了什么，她笑了笑：“你们祁总胃不好，这些我总得给他备着。”

顾若光将林妤和对方说的话听在耳中，她眉目不动，默不作声地吃着碗里的饭。

林妤跟对方交代了几句，就结束了通话，她跟顾若光抱歉地笑了笑：“不好意思 Eve，我只顾着打电话了。”

顾若光抬起头来，朝她笑了一下：“没关系，工作要紧。”

下班之后，顾若光跟祁言约了去买东西。

逛超市时，祁言把西装外套挽在手里，推着购物车陪着顾若光慢慢悠悠地逛着，看着她偶尔从货架上拿两三样物品放进车里。

“你今晚没有别的行程安排吗？”顾若光也是临下班前收到他的信息，他约她出来见面。

祁言双手搭在购物车的推杆上，说：“我都推掉了。”

“为什么？”

“因为我想陪你。”祁言低头，唇边有一丝若隐若现的笑意，“明天之后我有半个月的时间见不到你，所以我想在临出发前跟你见面。”

顾若光心里一动，她笑了，边往前走边问：“你喜欢吃什么？”

“怎么突然问这个？”

顾若光莞尔道：“你这么好，我亲自做顿饭犒劳你怎么样？”

祁言挑眉笑了：“我很荣幸。”

他们回到别墅，王五跟祁言确定了明天早上的出发时间之后就离开了，祁言带着顾若光回家。

祁言把提着的食材放到厨房，顾若光跟榕姐说：“榕姐，今晚你休息一下，我来做饭吧。”

榕姐受到了惊吓般连连摆手：“不行不行，这是我的工作，使不得。”

“没关系，今晚你休息吧。”祁言走过来说。

顾若光跟榕姐解释了用意，再加上祁言也发话了，榕姐才从厨房离开了。

榕姐走了之后，祁言挽起袖子：“我来帮你。”

顾若光看着他这一身白衬衫黑西裤，她扑哧笑了，推了推他：“你先上楼换衣服吧。”

等他从楼上下来，顾若光已经把今晚要用到的食材都摆在台面上了，见他进了厨房，一副听候吩咐的模样，她笑着说：“你帮我切肉吧。”

顾若光把切肉这件事交给他之后，她就去处理别的食材了，她刚把鱼清洗好，回头就看见祁言握着菜刀把肉切得一块大一块小的，顾若光无奈地弯了眉眼，她戴了手套从砧板上拿起两块大小不一的肉，笑了：“第一次下厨房？”

祁言眨了眨眼睛，他犹豫地点了下头：“算是吧。”

顾若光放弃了：“这里我来吧，你去帮我洗菜。”

过了会儿，顾若光去检验他的洗菜成果，还不错，她一转头就看见祁言扬眉看着她，一脸求称赞的神情，她低眉笑了，凑上前去亲了下他的脸颊：“真棒。”

祁言把手套褪出来，抬手捏了捏她的脸颊，笑道：“别像哄小孩一样。”

顾若光“哦”了一声，还没低下头，下巴就被人抬起来了，他的吻落了下来。

被他亲了一阵，顾若光把他推出了厨房，示意他不要再来帮忙了，把他赶出去之后，她把厨房门关上，脸颊红彤彤的继续准备食材。

饭后，他们就上楼去了卧室，祁言要开始收拾明天去帝都的行李了，顾若光坐在衣帽间的一张椅子上，看着他把衣柜里的衣服都取出来，她的面前是一个摊开的行李箱。

“我来帮你吧。”顾若光起身走过去，帮他把丢在椅子上的衣服叠好。

祁言从书房里拿了台笔记本出来，就看到她在帮自己叠衣服，他过去摸了摸她的脑袋：“放着，我自己来吧。”

“没事。”反正她闲着也是闲着。

祁言直接席地坐在地毯上，他把她叠好的衣服放进行李箱里，想起她今晚又是买菜做饭，又是帮他叠衣服收拾行李的，他一笑，歪头问她：“是准备当一个贤妻良母吗？”

顾若光一顿，把衣服递给他，笑道：“不，我准备当一个职场女精英。”

祁言笑了，房间的灯光落在他的眼里，他看着她道：“良山老师每次出差的时候，勒兰老师都会帮他收拾行李，我挺羡慕的，没想到自己也能等到这一天。”

顾若光从椅子上起身，走到他身旁也跟着席地坐下。

“你是在暗示我，以后你每次出差，我都要帮你收拾行李吗？”顾若光弯起眼睛笑道。

祁言愣了一瞬，他很快笑开了：“当然不是。”他唇瓣一掠，开玩笑道，“但如果你愿意的话。”

说是这么说，但他最后还是没让顾若光帮忙。

祁言正在清算自己的行李物品，顾若光屈着双腿，将脑袋枕在膝盖上，侧头盯着身旁的人看，祁言忽然想起什么，他笑道：“我去那边给你带点特产回来吧，你喜欢什么？”

顾若光正准备开口说话时，突然听到了一阵手机铃声，是祁言的手机响了。

祁言的手机就放在她身后，顾若光顺手帮他拿了过来，就在拿手机的间隙，她不经意间看到了屏幕上的来电显示——林妤。

顾若光把手机递给了他。

祁言揉了揉她的脑袋，看到来电显示之后，他直接在她面前接通了电话。

顾若光刚想从地上站起来，祁言就伸手拉住了她，她一笑，指了指浴室的方向，示意自己要去洗个手，他才把手松开。

顾若光从浴室出来之后，祁言已经打完电话了，她有些讶异：“这么快就打完电话了？”

祁言把手机放在一旁，他双手撑在身后，仰头看着她，点头，主动解释道：“她来问我去帝都之后的行程安排，我让她直接去找陈柒。”

顾若光笑了，走到他身边重新坐下：“干吗跟我说这个？”

“怕你多想。”

顾若光喜欢坦诚的人，他的主动坦白让她很受用，她笑说：“我才不会多想呢。”

祁言“唔”了一声，改口道：“那就是我怕你多想。”

顾若光笑了，没跟他继续这个话题，她看了眼他的行李箱：“你就带这么点衣服？”

这个季节，帝都的气温低，早中晚温差很大。

祁言说：“你帮我挑件外套吧。”

顾若光乐意效劳，她从地上站起来，走到他的衣柜跟前，从他众多的衣服里挑了件外套。

“这件怎么样？”她转身看着他。

“可以。”祁言也走了过来。

“我再帮你挑件毛衣吧。”顾若光见他的行李箱里没有保暖的毛衣，她刚转身面向衣柜的时候，手臂就被人握住，整个人被扭了过来，面向他。

顾若光笑了，软着声音道：“干吗？”

祁言俯身靠过来，抵住了她的额头，笑道：“想亲你。”

说完，他低头就吻住了她的唇。

他的衣柜很大也很宽敞，每层中间都有个隔板，顾若光的后腰抵在了隔板边缘，祁言用了点力，抱着她坐到了隔板上，然后俯身继续亲她，两人的周围都是他的衣服，属于他身上的气息更浓郁了。

他抵着她的额头，不安分地沿着她的眉眼缓慢地亲，祁言微微侧过脑袋亲了下她的耳朵，声音低沉悦耳：“我有点想把你一起打包带走。”

顾若光小力地推了推他，祁言笑了，才放过她，他伸手将她搂进怀里。

顾若光靠在他的肩膀上，平复着自己的呼吸，结果气还没喘匀，就听见他笑着问：“能不能再亲一下？”

顾若光：“……”

晚上收拾完行李，祁言送她回家的时候，顾若光嘱咐他道：“应酬的时候尽量不要喝酒，如果不可避免的话，在喝酒前先吃点东西，不过也要控制酒量，能少喝就少喝，然后你忙起来的时候不要忘了吃饭，一日三餐记得要规律……”

顾若光想了想，还说：“还有，除了工作以外，不准跟别的女人有任何接触，眼神交流也不行，我会每天晚上定时查岗的。”

她这语气是半开玩笑的，祁言挑了挑眉：“这么严格？”

顾若光看他一眼：“你有意见吗？”

祁言笑了："不敢，我的意思是……"他顿了会儿，眉开眼笑，"欢迎随时查岗。"

祁言走了之后，顾若光才发现日子有点清闲了起来，他走的隔天中午，她跟工作室里的同事一起吃饭，温蒂问她："Eve，我前两天下班的时候，看到你在公司门口上了祁总的车，你们……"

温蒂说的是祁言临走前的那天，顾若光没想到自己上车的时候刚好被她看见了，但既然她都这么问了，也没什么好隐瞒的了，她点头承认，坦白道："我跟他在一起了。"

温蒂闻言睁大了眼睛，她有些激动："我就知道！"说罢，她转头看向杰米，伸手："愿赌服输，给钱。"

杰米不情不愿地从口袋里掏出一百块现金递到她手里。

顾若光看着他们，扬了下眉梢："你们拿我来打赌？"

刚刚太激动了，一不小心就露馅了，温蒂心虚地笑了两声："呃……那个，Eve，是杰米不相信，所以我才跟他打赌的。"说着，她又道，"不过恭喜你呀！我们都觉得你和祁总很般配，中国有句话怎么说来着……哦对，有情人终成眷属。"

顾若光笑了，没跟他们计较。

杰米插了句话："Eve，你们既然在一起了，是不是得让祁总请我们吃顿饭？"

"你胆儿挺肥呀。"顾若光说。

杰米"嘿嘿"地笑了两声："这不是我们很早之前约定的吗？谁有了男朋友或者女朋友就要请吃饭。"

"行吧，等他回来我让他请你们吃顿饭。"

"Eve，你跟我们讲讲你们怎么在一起的呗。"温蒂对他们的感情经历比较感兴趣。

顾若光："我们就……顺其自然。"

温蒂缠着她想知道事情原委，顾若光不肯说，她最后才作罢。

午休之后顾若光让小木去通知大家开会，关于这个项目，他们这组进行到三分之二了，她召集大家开会总结下每个人近期的工作情况。

全组人员都到齐了之后，安婉才姗姗来迟，她从门外进来，没有一丝愧疚，神色从容地在右侧第一个位置坐下。

顾若光看了她一眼，没说什么，又看了眼众人道："人到齐了，我们就进入正题吧。"

会议结束之后，顾若光坐在位置上没动，她整理着这次的会议纪要以及每个人汇报的工作内容，还有一个人跟她同样留了下来，安婉等所有人都从会议室离开了之后，她才看向坐在首位的人。

"有些人真厉害呀，这从头到脚都没有一点出色的地方，怎么就能轻易捕获男人的心呢。"安婉斜眼看着她，意有所指道，"我真的很好奇这些人是靠什么手段上位的，你说呢，顾经理。"

顾若光闻言，打字的手一顿，她抬头看向安婉，对方也同样看着她，眼神带着显而易见的轻蔑。

顾若光收回视线，她把面前的电脑转了个方向面朝她，目光平静地直视她："你提交的这些报告错漏百出，我交代给你的任务也有三分之一没有按规定的时间完成，我也很好奇，你是靠什么手段坐到今天这个位置的呢？"

"你！"安婉脸色变得难堪，她心里腾起一丝怒意，半晌后冷笑道，"呵……你是心虚了吗？所以故意找我的茬？"

顾若光把电脑挪回来，她面不改色道："我希望你说话能放尊重点。"

安婉笑出了声："你既然做了这些事情还会怕别人说吗？"

"那照你这么说，我是做了什么十恶不赦的事情了？"顾若光看着她，眼神骤然冷了下来，"安婉，我看在林妤总监的面子上提醒你一句，说这些话之前记得掂量一下自己的分量。"

说完，也懒得再跟她这种人纠缠，顾若光合上电脑，就从会议室出去了。

她离开之后，安婉气得拍了下桌子。

顾若光在祁言临走之前答应他会抽空过来看望泰迪们，她这天下班回去的时候，就去了趟他家。

她现在已经跟这些小狗们混得很熟了，她每次一过来，它们都会非常热情的在她脚边蹭。

“顾小姐，今晚要留在这里用餐吗？”榕姐给她准备了些茶点。

顾若光道了声谢：“不用了，我等会回家吃，谢谢榕姐。”

榕姐笑说：“没事，你要不就留下来吃点吧，都这个时间了，也别来回折腾了，正好我今天也买多了一些菜。”

她这么说，顾若光笑道：“好，那我就恭敬不如从命了。”

饭后，她在客厅里跟泰迪们玩得正欢，祁言的视频电话就打了过来，顾若光接通之后把手机放在桌上，找了个支撑物放着，然后就看到他出现在屏幕里。

他刚回到酒店的房间，祁言把手机的前置摄像头在房间里转了一圈，跟她汇报道：“晚上八点，安全抵达酒店。”

顾若光笑了：“乖。”

她之前跟他开玩笑说每天晚上都要查岗，结果这几天都是他主动打电话过来，没给她机会。

祁言跟她一样也找了个地方把手机放下，他把外套脱了，扯了扯领带，“今天过得怎么样？”

顾若光也起了一丝玩心，她坐正了身子，清了清嗓子道：“报告领导，今天一切正常。”

祁言看着她这副起劲的小模样，挑了挑眉，弯唇笑说：“我以为我不在你会很无聊。”

顾若光故意说：“我还有人陪，怎么会无聊。”

“嗯？”

顾若光笑了，她把地上的毛线抱起来，举到手机跟前：“来，跟祁先生打声招呼。”

祁言敛眸笑了：“你现在在我家？”

顾若光眨了眨眼，一本正经地胡说八道：“不是呀，我在我自己家里，我趁你不在，把它们都偷到了自己家。”

祁言抬起修长的手解开了衬衫领口的纽扣，他点了点头，一副了然的模样：“我懂了。”

“嗯？”顾若光依旧没能跟上他的节奏。

祁言拿起手机，他放松了身子陷进了身后的软沙发里，他抬眉笑了，眼睛里浮现了一丝促狭和捉弄：“你在暗示我尽快把这栋房子变成你的家。”

顾若光：她才没有。

赶紧跳过这个话题，顾若光看着他：“今天累吗？”

祁言：“还好。”

“你今晚怎么这么早就回了酒店？”平时他给她打电话的时候都快十点或者十一点了。

“今晚有个商务酒会，我不想去，就推了。”祁言说。

顾若光看着他疲倦的面容，有些心疼：“会有影响吗？”

“不会。”祁言耸了耸肩膀，“没人敢把我怎么样。”

顾若光还是第一次听见他用这么狂的语气说话，跟他在一起久了，才渐渐发现他在人后有很多不为人知的一面，就像她私底下觉得他就是个温暖活力的大男孩一样，她很喜欢他这样偶尔表露出来的可爱真实的模样。

顾若光低眸笑了，她语气温和道：“那既然没什么事，你就早点去洗澡休息吧。”

她这么说，祁言可舍不得这么快就跟她结束视频通话，他笑道：“不急，我想再跟你聊会天。”

说着，他看见视频一角露出来的泰迪们，他眉目间漾开了温柔的神情：“我不在，它们乖吗？”

顾若光分别把小泰迪们抱起来，她点头：“很乖。”

说罢，趴在她肩头的毛球就舔了舔她的脸颊，顾若光痒得瑟缩了下脖子，笑了一下。

祁言也笑，他伸手戳了戳屏幕，警告道：“喂喂，我不在你们不准占她便宜。”

毛球无视他的话，继续舔顾若光的脸颊。

这时，他那边的房间门铃响了，祁言示意她稍等一会儿，然后自己起身过去开门。

顾若光等了几分钟，才看到他重新出现，祁言说：“抱歉，若光，我有些工作的事要出去一下。”

顾若光：“好，那你自己小心点，晚上早点……”

她话还没说完，就听到他那边传来了另一道声音：“咦，祁言，你在跟别人打电话吗？”

顾若光神情一滞，她听出了这个声音的主人，是林妤。

祁言应了一声，视线转过来，跟顾若光道：“别太晚回去，到家给我发个信息。”

“好。”顾若光点头，跟他道别之后就结束了通话。

手机屏幕很快就黑了下来，顾若光把趴在她肩上的毛球抱下来放在地上，毛球还想接近她，顾若光伸手摸了摸它头顶的一撮毛发，自言自语道：“说好了不跟别的女人接触的……”

顾若光靠在身后的椅背上，仰头看着天花板，在心底叹息了一声，哎，这话连她自己都说不下去了，她跟他说好的是除了工作以外……

林妤大晚上的来找他，也只有工作上的事情。

顾若光晚上回到家，她刚给祁言报了平安，等了会儿没收到他的回复，倒是等来了克拉拉的电话。前段时间，她在克拉拉的追问下，已经道出自己和祁言的事情了，克拉拉知道这件事情的时候在那端高兴得直欢呼，心情比她自己被求婚的时候还激动和喜悦。

“咦，言今天怎么没陪你？”视频被接通之后，克拉拉一眼就看到了她房间里熟悉的装饰物，知道她是在家里。

“他出差去了。”顾若光跟她大致讲了下这件事情。

“要半个多月那么久呀，那这段时间你岂不是很孤单寂寞？”克拉拉说。

顾若光：“……”

不，她一个人也可以过得很开心。

“你上次跟我说的那个人……叫什么名字？”克拉拉想了半天，“好像叫林……算了，就是这个人，她也跟着言一起去了吗？”

顾若光之前还没跟祁言在一起的时候，误以为他跟林妤是一对，曾经跟克拉拉提起过这个人，没想到克拉拉还记着。

顾若光：“你是说林妤？她也去了。”

“Eve，那你怎么没跟着一起去？”

顾若光笑了：“他们是因为工作上的事情去出差，我跟着去做什么。”

克拉拉神情认真起来，开始教导她：“Eve，这话不是这么说的，你要有危机意识，你想想看，这个林……肯定是喜欢言的，而且她还不知道你们在一起了吧，万一她趁着这次出差起了什么心思怎么办！她有可能会制造跟言单独相处的时机……”

顾若光沉默不言。

克拉拉说：“Eve，你要赶紧宣誓自己的主权！”

顾若光听完她这番话，扬眉笑道：“我要怎么宣誓自己的主权？走到林妤面前跟她说祁言是我的吗？”

克拉拉认真地点头：“差不多。”

顾若光笑了：“克拉拉，没关系，你不用担心，我相信他。”

祁言如果真的那么轻易动摇，或者将林妤放在心上的话，那不用等她回来，他们就已经在一起了，哪还有她插足的余地？

克拉拉：“Eve，这种事情不止要看男人的态度，还要看那个女人是怎么想的，如果她不肯放弃的话，那就糟糕了……”

“你对这种事情好像很有经验？”

克拉拉抬起下巴：“那当然，吉恩身边就有好几个这样的人，最后都被我赶跑了。”

顾若光被克拉拉这么一说，心里其实有几分动摇，但她想算了，没必要大老远跑过去，不知道的人还以为她怎么了，结果到了隔天，她意外地接到了良山先生的电话。

良山先生在电话里跟她说，他这段时间和学生在帝都办了个画展，在这次展会上也有她的一幅作品，是她在里昂时，临别前送给良山先生的，因为符合这次的主题，所以就一起拿来参展了。

如果这周末有空的话，良山先生想邀请她过来参加这次的画展，他在电话里还说，他带的这届学生有很多新奇的想法，也展现了许多不一样的精湛画技，她如果能来的话，可以看到非常多新的创意和想法，很有意思。

顾若光被良山先生这番话说得心动了，她看了下这周的工作安排，发现有空闲时间之后，她立马查了一下这周末的机票，然后订了周六早上飞帝都的航班。

她订了这趟行程之后没有跟祁言说，她想到时候给他一个惊喜。

周五晚上，顾若光吃完饭就在房间里收拾行李，她就去两天，不用带很多东西，简单地收拾了一下。

她准备去洗漱的时候，就看见唐蓝站在她卧室门口。

“唐小姐？”

唐蓝握着茶杯站在门边，看着她收拾好的小行李箱：“明天要出门？”

顾若光点头：“我去趟帝都。”

“去找你男人吗？”唐蓝知道祁言也去了帝都，她问道。

“是，也不是。”顾若光向唐蓝说明了这次出行的原因。

唐蓝了然地点了点头，问她：“明天几点的飞机？”

“早上九点。”

唐蓝接着问她准备几点出发，顾若光算了下时间：“七点左右吧。”

“明天我送你过去。”唐蓝说。

顾若光诧异地看着她。

唐蓝转身走了，临走前道：“顺路而已，我正好要去那附近办点事。”

顾若光“哦”了一声，看着她的背影笑道：“谢谢唐小姐。”

早上九点的飞机，抵达帝都时，将近中午十二点。

顾若光之前就已经跟祁言打探过他们住的地方了，她出了机场之后拦了辆车直接去了酒店。

到达酒店后，她去前台办理了入住，拿到房卡，顾若光就去房间放行李了，她看了眼时间，已经快两点了，想到祁言估计还在忙，顾若光也没发消息打扰他，她离开酒店之后去附近吃了饭，打算参加完展会之后，晚上再回来酒店找他。

良山先生这次和学生联合的画展在市中心的展览馆举办，今天是周六，门外汇聚了很多的人，顾若光在门口刷了预约码进去，这次的画展非常大型，总共有五层楼之多，她刚进到第一层，就看到了自己几年前的画作。

良山先生对她真的是十分厚爱，让她的画摆在了这么显眼的位置，人来人往，顾若光见到有许多人都停留在这幅画前，有人还念了下这幅画的作者名字，她有些不好意思，很快就走开了。

顾若光在展厅里参观起来，果真像良山先生说的那样，现在的学生比起她们以前有更加多稀奇古怪的想法，脑洞开得很大，她看到有人不仅局限于用画笔作画，还用上了大自然的一草一木和一些生活中常见的用品，总之各种各样千奇百怪的东西。

顾若光一层接一层地往上走，到了五楼的时候，人比较少，从这里开始就是展示良山先生的个人作品了，她走进展厅欣赏着大师的画作，到了中心的廊道时，她发现良山先生被几个人围在中间，一群人似乎在探讨什么。

顾若光有些惊喜，没想到良山先生也在这里，她等在一旁，打算等他们讨论完之后再上去打招呼。

等他们一群人准备往前走的时候，良山先生就发现了她。

顾若光脸上扬起得体的笑容，走上前跟良山先生打招呼：“老师，您好。”

良山先生笑了两声：“Eve，你来了。”

围在一旁的人都是些年纪相仿的老先生，全都是搞艺术的，有人问：“良山，这位是？”

良山先生向他们介绍道：“这位是我前几年去法国交流的时候遇到的一个学生，你们刚才在一楼看到的正中心的那幅画就是她创作的，一个很有灵气的小丫头。”

跟他们介绍完，良山先生转头跟顾若光介绍身边这群人：“这些都是在绘画界大名鼎鼎的前辈们。”

他依次介绍着，顾若光跟每个人都打了声招呼。

“顾若光？这名字我听着耳熟。”有位老先生道。

话落，有人回忆起来，开口道：“若光、若光，这不就是顾升时常挂在嘴边的宝贝女儿吗？”

听到父亲的名字，顾若光讶异地看向这位老先生：“您认识我父亲？”

老先生笑道：“中国现代山水画最具名气的画家之一，年纪轻轻画工就远超我们这群老头子，谁不认识。”

良山先生也有些意外：“顾升原来是你的父亲。”

自从父亲过世之后，顾若光就很少从外人的口中听到关于他的消息，现在骤然听到一群老前辈在称赞她的父亲，她心里忽然没来由得涌起了一阵酸楚。

“哎，只可惜天妒英才啊，才这么年轻就去了……”有人感叹道。

身旁很快有人碰了碰说这话的人，那人意识到亲属还在这里，连忙止了声。

良山先生道：“既然这么有缘分，Eve，如果你不介意我们这帮人都是群老头子的话，晚上一起吃顿饭吧。”

顾若光连忙道：“怎么会，这是我的荣幸，各位老师不嫌弃晚辈什么都不懂就好。”

跟各位前辈们一起吃完晚饭之后，良山先生让自己的司机送她回酒店，临走前他问顾若光：“打算几时回去？”

“我订了明天晚上的航班回苏城。”顾若光说。

“这么快就回去了？”良山先生说。

顾若光点头微笑：“对，我也是趁着周末这两天有空闲出来逛逛。”

良山先生：“行，回到苏城以后，你和祁言那小子看看什么时候有空再上家里吃顿饭，我内人最近一直念叨着你们。”

顾若光应了下来，她跟良山先生告辞，然后就回了酒店。

顾若光边走边看着手机上的时间，已经快九点了，她考虑着要不要给祁言发个消息。

这间酒店是帝都最有名的五星级酒店之一，酒店的大堂富丽堂皇，非常宽敞，在大厅一侧有道旋转楼梯，走上这道楼梯才能到达通往高层的电梯间，顾若光低头看着手机，没有注意到有一行人正从楼梯上下来。

陈柒正在跟祁言汇报他们等会要去面见的客户以及明天的行程安排，然后就听见身旁的男人自言自语地说了句：“我是在做梦吗？”

顾若光上楼梯的时候把手机收进大衣口袋里，她抬起头来，脚步忽地顿住了。

祁言停下来之后，他身后的一行人也跟着停下了脚步，大家面面相觑，刚想问“怎么了”，就看见底下站着的人。

顾若光没想到会直接在这里遇见他，她讶异了一瞬，很快就回过神来。

她走上了台阶的时候观察了一下跟他同行的一群人，除了跟在他身旁的陈柒和王五之外，大部分都是公司的高层，另外，她还注意到林妤不在。

在场的人都认识顾若光，等她走近了还有人问："咦，Eve，你怎么在这里？"

顾若光跟他们都分别点头示意，她解释道："我受邀过来参加一个画展。"

说完，她看向目光一直放在她身上的祁言，她微微一笑，考虑到在场多数人都不知道他们之间的关系，她一本正经道："祁总，能否借一步说话。"

他们去了一个人少的地方，顾若光看着面前俊秀明朗的男人，她笑了："想我了吗？"

祁言伸手将她搂进怀里，笑着说："怎么过来也不通知我？"

他们已经有将近一个星期没有见面了，顾若光发现自己异常想念他的怀抱，她靠在他怀里闭了闭眼睛："我想给你一个惊喜。"

祁言笑出声："我很喜欢这个惊喜。"

顾若光听着他的笑声，脸上也有藏不住的笑容，她从他的怀里出来："你是不是有事要出去？"

祁言点头："要去见一个客户。"

顾若光担心打扰到他，她说："那你先去吧，我在这里等你回来。"

祁言从口袋里掏出一张房卡递给她："这是我房间的房卡。"

顾若光笑了，看着他："我自己也开了间房。"

祁言上前一步，他将房卡塞进她大衣的口袋里，同时俯身侧头亲了下她的脸颊，在她耳边愉悦地笑了笑："乖，去我的房间等着。"

顾若光等电梯的时候，手伸进口袋里就摸到了他给的那张房卡，她微微垂眸，唇边扬起一丝笑容，进到电梯之后，她按了祁言住的那一层楼。

祁言住在顶层，是一间总统套房，房间很大，主次卧、客厅、商务厅一应俱全，客厅的沙发旁还有扇巨大的落地窗，从这里可以眺望到帝都繁荣昌盛的夜景，深蓝色的夜空也尽收眼底。

顾若光在落地窗边欣赏了一阵城市的美景，然后就坐在沙发上等人回来。

她今天早上为了赶飞机比平时起得早，抵达酒店之后也没有好好休息就出门了，这会儿静下来之后有些犯困，再加上房间里很暖和，更容易让人产生睡意，顾若光将一个抱枕搂在怀里，打算刷会手机让自己精神一下，可没多久，她就感到眼皮有点沉，最后还是趴在沙发上睡过去了。

醒过来的时候，外面的夜色更深了，顾若光缓了会儿神，等意识回笼之后，才从沙发上起身，她身上盖了张毛毯，顾若光握着这张毛毯愣了愣，这是谁给她盖的？

顾若光心里一凛，她赶忙从沙发上站起来，走到房间里，看到丢在床上的西装外套和手机时，她才松了口气，吓了一跳，还以为什么人闯进来了。

不过，房卡在她这里，他是怎么进来的？

顾若光的疑惑未消，就听见浴室里传来了水声，片刻后，水声停止，几分钟后，浴室的门就被人拉开了，顾若光和里面的人四目相对。

祁言洗完澡换了身舒适的长袖睡衣，他用毛巾擦着自己的头发，看到门外的人他顿了几秒，挑唇笑了："醒了？"

顾若光的脸上还有丝刚睡醒的迷糊，她问："你怎么进来的？"

祁言把毛巾搭在自己的脖子上，他走到她面前，一边帮她顺了顺脸颊旁边睡到有些翘起来的发丝，一边说："我按门铃你没反应，就让陈柒去前台帮我拿了张备用的房卡。"

顾若光闻言脸上浮现一丝窘迫，有些不好意思："抱歉，我睡得太沉了。"

"没事。"祁言捏了捏她的脸，笑了。

他走到茶水台，取了两个玻璃杯，兑了点温水，顾若光也跟着走过去，坐在台前的椅子上：“你回来多久了？”

祁言把其中一杯水递给她，想了会儿：“差不多半个小时。”

“现在几点了？”顾若光边说边掏出手机看了眼时间，已经凌晨两点多了，她抬头看着他，“怎么这么晚才回来？”

“唔，今晚这个客户比较难缠。”祁言说。

顾若光随口道：“你喝酒了？”

祁言脸上的神情顿了一秒，他低头闻了闻自己身上的衣服，诧异道：“这都被你闻到了？”

顾若光被他逗笑了：“我猜的。”然后问，“你喝了多少？”

祁言迟疑了会儿：“喝了一点。”

“一点是多少？”

“几杯？嗯……我也不记得了。”

顾若光轻轻扬起眉，看着他纠结的神情，她笑了，起身绕过台面走到他身边，她打开柜子。

“找什么？”祁言问她。

“蜂蜜。”顾若光不知道房间里有没有准备这种东西，但她找了一阵，还真给她找到了。

她重新取了个干净的杯子，舀了几勺蜂蜜，顾若光正在做蜂蜜水，祁言就从她身后搂住了她，他整个人靠过来，脑袋埋在她肩膀上，他的头发还没干，蹭到她的脖子上，痒痒的，她笑着说：“别闹。”

顾若光转身把蜂蜜水递给他：“把这个喝了。”

祁言听话地接过喝了，顾若光看着他还在滴水的头发，拉着他走到房间。她进浴室找了下吹风机：“快把头发吹干，免得等会着凉了。”

祁言看着她眨了下眼睛：“你帮我吹吧。”

顾若光看着他面容柔软的模样，没办法抗拒，走到他身边：“转过去。”

祁言笑了，配合地转过身，顾若光接上电源，就开始帮他吹头发。

他们一个坐在沙发上，一个站着，头发吹干之后，祁言双手撑在脑后，他惬意地眯了眯眼。

顾若光好笑道："在想什么？"

祁言看着她笑道："在想我还没享受过这种待遇，所以……"他停顿了片刻，握住她的手将她扯过来，顾若光坐在他的腿上，被他搂在怀里，他接着道，"我决定奖励你一下。"

顾若光还没反应过来，唇上一暖，他已经低头吻住了她，她对上他的眼睛，他的瞳仁纯净又明亮，带着愉悦和促狭的笑容，给她一种他静候了一晚上就在等这一刻的错觉。

顾若光的行李还在自己的房间里，她说："时间不早了……我要回去了。"

祁言低低笑了两声："今晚留下来吧，我睡主卧，你睡次卧。"

"万一……万一被别人看到怎么办？"顾若光想到他还有那么多同行的人，觉得影响不太好。

"这一层只有我住，不会被发现的。"祁言打消她的顾虑。

"我的行李还在那边。"顾若光试图挣扎一下。

祁言笑了："房卡给我，我去帮你拿。"

顾若光妥协了，最后祁言陪着她一起去拿行李。

祁言看到她的行李箱之后问："只有这么点行李？"

顾若光点头说："我明天晚上就走了。"

"这么快？"祁言诧异。

顾若光："前两天良山先生邀请我过来参加画展，我想着周末没什么事就过来了，正好可以来看看你。"

祁言原本还想着她这次过来可以等到他处理完工作再一起回去，没想到她明天就走了，他说："不能多留几天？"

顾若光看着他一笑："工作太忙，领导不批准。"

祁言揉了揉她的脑袋，"唔"了一声："我可以批你的假。"

顾若光把他的手从头顶拿下来握住，笑道："机票已经订了，我还是回去吧，最近的工作很多，免得底下的人有意见。”

说完，顾若光从行李箱里拿了套睡衣进了浴室，出来的时候看见祁言靠着床头，身前还放着台电脑，听到动静，看到她出来了，他才把电脑合上放在一边。

祁言掀开身旁的被子，眼神明亮地看着她。

顾若光好笑地望着他：“干什么？”

“要跟我一起睡吗？”祁言笑着问。

“不要。”她只答应了留下来，可没答应要跟他睡在同个房间里。

祁言失望道：“你不留下来吗？”

顾若光怕自己再多看他两眼就动摇了，她别开视线说：“我走了，早点休息，晚安。”

说完，她就去隔壁的房间了。

隔天早上，顾若光醒得很早，起床后，她去敲祁言的门时，里面没有人应，她想了想，打开了房门，房间里一片昏暗，她悄悄走到床边，祁言还在睡，他的睡颜很安静，面白唇红的，像个孩子一样。

顾若光没有吵醒他，看了一会儿就回自己的房间了。

等顾若光再次出来后，她见祁言已经起床洗漱好了，正对着镜子系领带，她走过去帮他。

祁言松开手让她摆弄自己的领带，他挑眉看着她：“怎么什么都会？”

顾若光帮他系好领带，得意地看着他：“是不是觉得我很全能很厉害。”

祁言低头亲了她一下，眼睛里有笑容：“有种自己捡到了宝贝的感觉。”

顾若光莞尔一笑：“你今天有什么行程安排吗？”

祁言点头：“你要和我一起去吗？”

顾若光：“我？会不会不太方便？”

她不太清楚他们在谈什么工作，原本打算他要出去的话，她就去附近逛逛，然后晚点他有空的话一起吃个饭就差不多要去机场了。

“没关系。”祁言跟她说了下今天的行程，他们只是要去参观国内最先进的互联网公司研发的AR（增强现实技术）技术，她也可以跟着一起来。

正说着话，外面的门铃就被人按响了。

“应该是陈柒或者王五。”祁言边说着边走过去开门。

结果门一开，外面站着的人是林妤。

林妤昨天身体不太舒服，所以晚上没有跟他们一起外出会客，她在房间里歇息了一晚上，今天早上起来就觉得精神好多了。

“早，祁言。”林妤站在门外。

祁言朝她点了下头：“身体好些了吗？”

林妤点头，她笑道：“好多了。”

“要一起去吃早餐吗？”她刚说完，视线不经意间越过他看向房间里，然后就看到了一个眼熟的人，她顿时愣住了。

顾若光看到门外的人是林妤时，她也有些意料之外，犹豫了片刻，还是走了过去。

“Eve？”

“林总监。”顾若光朝她点头。

“你怎么会……”

顾若光跟她解释了一下自己来帝都的原因，林妤看着她和祁言并肩站在一起，想到她刚才在房间里，林妤唇边的笑意凝滞了一秒，刚想问她为什么会出现在祁言的房间里，随即就看见祁言握住了她的手。

祁言转头看向顾若光：“要下楼吃早餐吗？”

顾若光点头，看着林妤说：“好，那一起下去吧。”

“林总监？”见她没反应，顾若光喊了她一声。

林妤从怔忡中回过神来，她笑道：“好的。”

一楼的自助餐厅，他们找了位置坐下，祁言问顾若光：“想吃什么？”

顾若光跟他说了几样食物，林妤坐在他们对面，她用勺子搅拌着杯中的咖啡，等祁言离开之后，她才开口道：“你们……在一起了？”

顾若光向侍者要了两杯美式，闻声她转过头来，点头：“嗯，我们在一起了。”

林妤愣怔了几秒，端起手边的咖啡喝了一口：“什么时候的事情？”

“就前阵子。”

林妤一笑：“都没听你们提起过。”

顾若光：“我们想着先暂时不公开。”

林妤放下杯子，她敛了敛眸，唇边有一丝笑意：“之前我和他开玩笑时还说过，等以后年纪大些，如果我们还没找到合适的对象，干脆凑合过算了，没想到他比我先一步找到自己喜欢的人。”

顾若光往咖啡里撒了点糖，闻言，她没有说话。

林妤说：“抱歉，Eve，突然跟你说这些。”

“没关系。”顾若光抬头一笑。

“Eve，既然你跟他在一起的话，就要时刻留意一下他的身体情况，他那个人爱逞强，有时候胃病犯了，痛得难受了也自己强忍着，如果发现了，一定要第一时间让他吃药，如果实在不行，就要带他去医院，中心医院的刘医师是他在这方面的主治医生，我回头把医生的联系方式发给你……”

“林总监。”顾若光开口打断她的话。

顾若光浅浅一笑：“谢谢你的提醒，这些以后我都会留意的。”

林妤止住声音，轻轻地呢喃了一声：“那就好……”察觉到自己的失礼，朝她一笑，“那我就在这里祝福你们了。”

“谢谢。”

林妤垂眸看着面前的杯子，忽然有些失神，她想起了第一次见到祁言，是在五年前，正擎集团董事长的家里，她那段时间刚被提拔上来担任 KM 科技的副总经理，那天是她第一次受邀去到董事长祁苍的住宅，也是她第一次见到了祁苍的外孙，那个有着中美血统的男人。

他有一双非常漂亮的蓝眼睛，与人相处时，无论是行事还是说话，都让你感觉到很绅士温和，也不乏上位者的魄力和气度，在她之前的人生里，她几乎没有见到过这样的男人，他是个很有魅力的人，从容貌气质到言行举止，都无法让人不动心。

祁苍跟她介绍祁言的时候说，这是集团未来的接班人，让她全心全意辅佐他，这五年以来，她也按照嘱咐一直陪伴在他身边，用自己的专业学识以及人脉经验尽心尽力地帮助他，原本以为这样就可以获取他的好感，但这几年过来，每当她表露出一丝自己的心意，就会察觉到他的疏离。

她原本以为是自己不足够让他动心，她想没关系，自己可以等，反正来日方长，只要他没有喜欢的人，自己就还有机会，她一直是这么想的，但直到顾若光的出现。

她所认识的那个清润绅士的男人，她第一次知道从他的眼睛里也可以折射出这么夺目耀眼的光芒，他眼中跳跃的惊喜、愉悦和温柔，让他在那一瞬间像个极具生命力的孩子一样，那是她第一次看到他这样的一面，为了他喜欢的人。

她在那之后也逐渐意识到，时间真的不算什么，无论如何，她都比不上他心头的白月光。

她也是个骄傲的人啊，既然得不到，那就只能选择放手，虽然不太甘心，但她知道，让他脸上有那样温柔的神色的人不是她，她也无法让他整个人看上去比这五年更加生动和鲜活，只有他喜欢的人才能让他这样。

林妤看着祁言眼神温和地凝视着坐在她对面的人，她压下心头的酸胀难过，既然是注定得不到的感情，那就从心头上抹去吧。

五年，也足够了。

吃完早餐后，他们就启程去参观国内最先进的互联网企业，中午他们和这家企业的总裁一起用了饭，下午祁言就和对方在谈合作的事情，等到晚上的时候，顾若光和他去机场附近吃了顿饭。

饭后，祁言就送她去了机场，顾若光的行李少，不用托运，她换好登机牌之后就直接去了安检，在安检大厅前，祁言跟她说："我本来想着能不能提前结束这边的工作陪你一起回去……"

他无奈地弯了眉眼，意思就是不行。

顾若光一笑，安慰他道："没关系，反正就剩下一个星期的时间，我会在苏城等你回来的。"

和他说了会儿话，顾若光看着差不多到时间了，跟他说："我要进去了。"

祁言亲了下她的额头："到苏城给我发个信息。"

"好。"跟他道别之后，顾若光就走了。

回到苏城的第二天，顾若光跟往常那样整理好工作报告之后就准备下班，结果就接到了克拉拉的电话，她在电话里说："Eve，快来接我！"

"啊？"顾若光没听懂。

克拉拉在那端兴奋道："我到苏城机场了，你快来接我！"

顾若光愣住了："你……现在在苏城？"

"对呀，我刚下飞机，坐了十二个小时，累死我了。"

"你等等……"顾若光被这消息炸得有些反应不过来，但她还是迅速拿起包离开了办公室，"你什么时候来的？你来之前怎么不跟我说一声？"

"我想给你个惊喜呀！"

顾若光："……"

这对话莫名有点熟悉，她想起自己去帝都时也是这么跟祁言说的。

顾若光问她："吉恩有没有跟你一起来？"

“没有，就我一个人来的，吉恩他还不知道呢，不过我给他留了言……”克拉拉在那边叫了一声，“啊 Eve，先不说了，我刚说完吉恩，他的电话就打过来了。”

顾若光听着电话里的忙音，终于明白吉恩之前总说她是个疯丫头的原因了。

她去了地下车库，开车前往机场，从公司过去要一个多小时，加上现在遇上下班高峰期，道路更拥堵。

顾若光八点多才赶到了机场，她在停车场里找了个位置停车，然后就直奔到达大厅。

克拉拉在机场的咖啡厅里悠闲地吃着点心，等了一会儿就看见顾若光出现在门口。

“Eve！”克拉拉激动地朝她挥了挥手里用来挖甜点的小勺子。

顾若光喘着气走过去：“吉恩在电话里骂你没有？”

一提起这事，克拉拉委屈地瘪了瘪嘴：“骂了，他还说要订机票过来找我。”

顾若光看到她这模样，也不忍心说什么了，她缓和了语气：“怎么突然想过来了？”

“我想你了呀！”克拉拉眼睛一亮，她还说，“我和吉恩订了结婚日期，然后我想顺道过来给你送婚礼的请柬。”

“什么时候？”顾若光有些意外。

“明年一月份。”

和克拉拉简单聊了两句，顾若光说：“走吧，我先带你去吃饭。”

克拉拉上了车之后，就拿出手机：“Eve，我来之前做了些攻略，我想去吃这个。”说着，把手机凑到她跟前给她看。

顾若光看了眼，是苏城著名的美食，她点头笑道：“好，我带你去吃。”

克拉拉兴奋地叫了一声，她和杰米他们一样，对中国美食非常向往。

顾若光带她去了苏城地道的餐馆，吃饭的时候，顾若光问她：

“你晚上住在哪个地方？”

克拉拉正对这些美食赞不绝口，忽然就听见她这么问，被鱼汤呛了一下，有些心虚道：“我……还没找好住的地方。”

顾若光：她就知道。

她轻叹了一声：“那你先来我家住吧。”

克拉拉吃着鱼肉，感动道：“Eve，你是个好人。”

顾若光：“别噎到了，吃完再说。”

饭后，她就带着克拉拉回了家，一进门她就感叹道：“哇，Eve，你们的房子好大呀。”

顾若光在玄关给她找了双拖鞋：“换下鞋子。”

她帮克拉拉把行李搬到客厅。

唐蓝坐在客厅里看财经新闻，听到动静，她转过头来：“来客人了？”

顾若光点头：“克拉拉来了。”

她话音刚落，克拉拉就喊了一声：“唐唐！”

顾若光在里昂念书的时候，在寝室里她时常会跟唐蓝视频聊天，几次之后，克拉拉也认识了唐蓝，几年下来，两人虽然没有真的面对面见过，但关系比普通朋友还好。

克拉拉进了客厅就跟唐蓝愉快地聊起天来，顾若光帮她们去厨房倒水。之后，她就带克拉拉上楼，把她安置在一间客房。

克拉拉：“Eve，我今晚可以跟你一起睡吗？”

顾若光点头应了，突然想起了她们毕业之后的那段时间，她们两个人在工作初期的时候在里昂的市中心合租了一间公寓，晚上时常都睡在一张床上聊天。

顾若光洗完澡之后，她刚开了电脑，祁言的视频通话就打了过来。

他也刚洗完澡，头发湿淋淋的，被他用毛巾揉得有些凌乱，顾若光笑了，照例问了下他今天的情况，祁言说：“一切顺利，我让陈柒订了下周一下午的机票，回到苏城我们还有时间吃顿饭。”

比预计的时间提前了几天，她笑道：“好呀。”

说完这件事，顾若光问他：“对了，你还记得克拉拉吗？”

祁言回想了下，说：“是不是以前你在里昂念书时候的同学，有一头长卷发的那个？”

“是她，她今天来苏城了，现在就在我家。”顾若光弯眉笑了，回忆起往事，“说起来，我也是托她的福才能认识你，几年前在学校的时候，克拉拉可是疯狂迷恋你这位学生会主席的。”

说曹操曹操到，克拉拉从浴室里出来：“咦，Eve，我好像听到了自己的名字。”

顾若光朝她招了招手，笑说：“我在跟你以前喜欢的主席聊天。”

“啊？”克拉拉愣了一下，她看了眼自己现在的穿着，连忙道，“你等等……”说着，她立马找了个地方将手里的东西放下，从行李箱里拿了套衣服冲进浴室里，以最快的速度换好，然后才走到顾若光身边。

“你好，言。”克拉拉脸上露出矜持的笑容。

“言”这个名字是他在国外时别人对他的称呼，已经有许久没有听到过了，祁言一笑，用法语友好地跟她打招呼。

克拉拉羞涩地笑了，惊喜道：“你还记得我。”

顾若光的手撑在膝盖上，她笑吟吟地看着克拉拉故作淑女的模样，眼睛里有止不住的笑意。

“我和我的未婚夫吉恩会在明年一月份举行婚礼，到时候希望你和 Eve 能够一起来参加。”克拉拉对那端的人说。

祁言：“当然，这是我的荣幸。”

因为今晚有克拉拉在，顾若光没和他聊太久，他们说了几句之后就结束了视频通话。

“Eve，言他跟以前一样，没有变吧？”克拉拉问道。

“你指的是什么？性格吗？”见她点头，顾若光才说，“没变，还是跟以前一样。”

一样绅士温和，一样温暖有趣，这是她觉得最幸运的地方，她原本以为时间、经历以及身处的环境会让他变得深沉内敛亦或有城府，当然，她也不排除他会有这样的一面，但他从来不在她面前展露，他在她面前永远是最真实明朗的模样。

克拉拉看着她说这话时脸上露出的笑容，问道："言对你很好吧？"

"嗯，他对我非常好。"

"真好。"克拉拉说，"Eve，我终于能像你那时候知道吉恩跟我求婚时跟我说的话一样跟你说，真好，我等了五年，终于看到你和言修成正果了。"

听她说完这番话，顾若光心下动容，她眉目弯弯："谢谢你，克拉拉。"

顾若光跟公司请了两天假，带着克拉拉去游览了苏城最著名的几个景点，陪她一起在古城里逛街、游船和赏花灯。

克拉拉长这么大第一次来中国，她的心情不言而喻，每进到一家店就要买些东西出来，各种特产小吃和具有中国风特色的小玩意，买到最后，她自己兑换的现金不够，顾若光还帮她垫付了一部分钱。

"Eve，我想吃那个红色的果子。"克拉拉看到街上有人在卖糖葫芦，拉着顾若光说。

她难得来一趟，顾若光自然要尽地主之谊，她点头："买。"

买完糖葫芦，克拉拉又看到街上有人在卖花灯，"Eve，Eve，我还想要那个……"

顾若光和她的手里都拎满了袋子，全是她买的东西，已经拎不动了，顾若光拉着她走了："不买了，走了。"

她们晚上在外面吃完饭，克拉拉就接到了吉恩的电话，接完电话后她跟顾若光说："吉恩说他现在已经到苏城了。"

谢天谢地，吉恩终于到了。

顾若光这两天已经被她充沛的体力和购买欲折磨怕了。

吉恩来了之后，特意带了些礼物上门拜访，然后顺道把克拉拉从她们家里领走了。

吉恩在附近订了酒店，走的时候克拉拉还万分不舍地握住她的手说：“Eve，晚上一个人睡觉的时候记得不要想我。”

顾若光：“……”

接下来几天有吉恩陪着克拉拉，他们出去玩的时候，她还给顾若光发照片，弄得顾若光在上班时间，手机一直在振，她差点就想把克拉拉屏蔽了。

白天的时候他们出去玩，晚上顾若光下班了就和他们一起吃饭聊天，时间过得很快，马上就到周一了。

今天祁言会从帝都回来，顾若光一早就收到了他的消息，他说在市区的一间五星级餐厅里订了位置，让她在那里等他，他下了飞机也会直接过去。

顾若光整理好自己的工作，下了班就直接导航去了他说的那家餐厅，祁言乘坐的航班是下午三点钟的，抵达苏城是五点半左右，顾若光查了一下，他从机场赶来这边大概需要一个小时。

她到达餐厅的时候已经快七点了，原本以为他会比她早到，结果服务生说他还没来，顾若光在预定好的位置上入座，她拿出手机看了眼，祁言在一个多小时前跟她说已经到达苏城机场了。

等了快二十分钟，人还没来，顾若光心想会不会是遇上堵车了，她发了消息问他现在到哪里了。

十分钟过去了，祁言还没回消息。

顾若光眼皮一跳，心里忽然有种不好的预感。

她给祁言打了电话，电话那端提示用户已关机了。

顾若光又给他打了几个电话，都是相同的提示。

她指尖有些发凉，她转而给王五打了电话，他的手机也同样关机了，顾若光心头一怔。她心里没来由地慌乱，拿起包就往外走，出了餐厅，她手机里存了几个公司高层的号码，她试着打给了陈柒，对方的电话响了几声之后，就被接通了。

电话打通后，顾若光立马道：“你好，陈柒，我是Eve，打扰你了，我想问下你现在跟祁言在一起吗？”

那端沉默了几秒。

“祁先生他……出车祸了。”

第八章
这五年，一直都很想你

王五开着车带着祁言从机场回来的路上被车撞了，肇事的是一辆轿车，那段路行车很少，那辆车是故意撞上来的，好在事故发生的时候，王五反应及时，才没有酿成可怕的后果，可尽管如此，祁言还是受了点伤。

他的头部磕伤了，还伴随着轻微的脑震荡，事故发生的时候，他当场陷入了昏迷，等被送到了医院之后才恢复了意识。王五受的伤比较轻，只是手臂擦伤了，将祁言送到医院之后，他简单处理了下伤口，就去报警调查这件事了。

祁言醒过来的第一件事就是找手机，陈柒从病房外进来的时候就见他到处在找东西，他上前询问道："祁先生，您在找什么？"

"手机。"

陈柒说："您的手机可能落在车里了。"

祁言皱了皱眉，因为发生了这场事故，他没能及时赴约，顾若光现在找不到他应该很着急，他说："陈柒，把你的手机借我用一下。"

陈柒："祁先生，如果您是要找顾小姐的话，她刚才已经给我打过电话了。”

陈柒有紧急的工作需要处理，所以先从帝都回来了，因此发生事故的时候他不在场，但他第一时间接到了消息。

祁言顿了一下：“你告诉她我出车祸的事情了？”

陈柒默了会儿，点头：“她现在应该在赶来的路上。”

祁言沉默下来，原本是不想告诉她让她担心的，但既然陈柒已经说了，那就只能等她来了。

“祁先生，这次的事故我怀疑是那些人做的。”王五跟他说肇事的车辆在他们离开机场的时候就一路尾随了，看上去是蓄谋已久，除了那个人，陈柒想不出第二个会做这种事情的人了。

祁言脸色一沉，他语气淡下来：“嗯，这件事我心里有数，等王五调查完整件事之后，我们再商量对策……”

话音刚落，病房的门就被人敲响了。

祁言说了声“请进”之后，房门就被人打开了，护士带着一个人站在门外。

“祁先生，有人来探望。”护士打了声招呼后就退开了，露出了站在她身后的人。

顾若光脸色苍白，像张白纸一样，她喘着气，胸口微微起伏，两只眼睛的眼圈都是红的。

得知祁言出车祸的那一刻，她的大脑顿时一片空白，手脚都是僵硬的，顾若光甚至都不知道自己是怎么来医院的，她一颗心被揪得死死的，只剩下无处可避的恐慌，几乎要将她整个人淹没。

“祁先生，那我先出去了。”陈柒见人来了，他朝祁言颔首道。

病房门被人关上，房间里只剩下祁言和顾若光两个人，顾若光白着一张脸站在原地没动，坐在病床上的人弯起眼睛笑了，朝她招了招手：“怎么不过来。”

顾若光觉得呼吸都跟注了铅似的难受，她缓慢地走到病床前，气还没喘匀。

祁言握住她垂在身前的手，她的手指掌心都是冰凉的，他收紧了掌心，扣住她的手，说道："是不是吓到你了？"

他笑着，抬起头来，然后……唇边的笑意倏地顿住。

一直凝在眼眶中的泪水不自觉地流下来，顾若光自己毫无察觉，她张了张唇，喉咙有些堵塞："你……没事吧？"

她的眼泪滴到他的手背上，像有重量似的，让他心里猛地一颤，半晌后，祁言抬起手来抹掉她脸上的泪，他一笑："我没事。"

"抱歉，让你担心了。"

他的额头上裹着一圈纱布，顾若光伸手轻轻触碰了一下，眼神里满含担忧："医生怎么说？"

"额头这里磕伤了，其他地方没什么大碍，医生说要静养。"祁言的手指拂过她通红的眼角，他微微一笑，"我真的没事，别哭。"

听他这么说，顾若光悬着的一颗心才放下，她问："怎么会突然这样……"

她问的是车祸的事情，祁言没有跟她坦白真相，只是说他们从机场出来之后，对方不小心撞到了他们的车。他想，这件事情在解决之前暂时还不适合让顾若光知道。

"那肇事的车辆呢？"

"我们已经报警了，警察会去处理的。"

祁言说："这次多亏了王五。"

他垂眸，有些不明意味地笑了："要不是他，我可能就躺在这里了……"

他话音刚落，嘴巴就被人捂住了，顾若光皱眉看了他一眼："这种话别乱说。"

祁言神情一滞，他伸手将她的手拿下来，笑道："好，我收回刚才的话。"

顾若光看着他神采奕奕，还有心思开玩笑的模样，完全不像刚经历过一场车祸，她心里有些替他焦急："你躺下休息吧，医生不是说要静养吗？”

祁言没动，他拉着她的手，看着她问：“你这么着急赶过来，是不是还没吃饭？”

顾若光摇头：“我不饿。”

知道他出车祸的消息后，她心慌到极点，到现在也没有胃口吃东西。

祁言：“我让陈柒送你回去吧。”

顾若光还是摇头：“我不走。”

祁言挑起眉眼，低声笑了：“所以你是想留下来陪我？”

顾若光抿了抿唇，她点头。

可能是感觉到了后怕，她现在一刻都不想从他的身边离开。

她既然不想离开，祁言自然也乐意她留下来，他说：“手机借我一下。”

他打电话给陈柒让他送几样吃的东西过来，祁言把手机还给她之后，顾若光给唐蓝发了条消息，说祁言这边出了点事，她今天晚上不回去了。

陈柒很快就送了个餐盒过来，现在已经很晚了，不太适合吃什么别的东西，他送过来的都是些清粥小菜，正好祁言也可以跟着一起吃。

顾若光没什么胃口，她吃得很慢，祁言已经喝完了粥，他坐在床尾的小桌板前，手撑着脸颊看着她，其实今天在发生车祸的那一刹那他心里也闪过一丝恐慌，他对生死并不感到畏惧，只是他很害怕自己再一次失约，或许就要永远错过她了，就跟五年前一样……

想起过往的事情还有这起事件的罪归祸首，祁言的眼神微暗。

察觉到他的注视，顾若光抬起头，然后就看到他微低着眼眸，不知道在看哪里，那双无论何时都明亮的眼睛在此刻有些黯然无光，他整个人变得异常地沉寂，脸上的神情像蒙上了一层雾霭，这样的他，她从来没有见过。

祁言回过神来，就看到顾若光正看着他，他一顿，眼神中的黯然快速褪去，脸上的雾霭也散了，整个人又变得明朗起来，他歪头回视她，笑问："吃好了吗？"

顾若光假装什么都没看见，她摇了摇头："我吃不下了，你要不要帮我再吃点？"

祁言看着餐盒里的东西她几乎没怎么动过："怎么吃这么少？"

"我没什么胃口。"

祁言朝她招手："过来。"

顾若光抱着餐盒过去，祁言把桌板上的物品清空，把她手里的餐盒接过来，然后让顾若光坐在一旁，他拿起勺子舀了勺汤递到她唇边："来，张嘴。"

顾若光愣了愣："祁言，我……"她想说她吃不下了。

祁言弯起眉一笑，哄她："听话，多吃两口。"

顾若光想接过勺子："我自己来……"

"我喂你。"

顾若光犹豫了会儿，张嘴喝下他喂到唇边的汤，祁言满意笑道："乖。"

顾若光脸颊发热，就这么被他哄着，她又多吃了几口饭菜，然后剩下的全被他吃完了。

顾若光把餐盒收拾好拿到外面，回来的时候就看到祁言靠着床头，面前摆着台笔记本，这是刚才陈柒送餐的时候一并带过来的，他似乎还有些工作没有处理。

顾若光走到他的病床前，她伸手轻放在键盘上："别伤神了，等休息好再处理吧。"

祁言听话地合上电脑："好。"

"医生有没有说什么时候可以出院？"顾若光问。

祁言答道："留院观察一晚，没什么问题明天就可以出院了。"其实医生的原话是需要他留院观察几天，因为这起车祸导致他有些轻微的脑震荡，但他没有跟顾若光说实话。

一来是不想让她担心，二来是他也不想留在医院太久，他打算明天让陈柒去帮他跟医生申请一下，他想要提前出院，车祸这件事他让底下的人瞒住了，没有让祁苍知道，但他不知道能瞒多久。

顾若光帮他把身后的枕头放好，让他躺下休息，祁言躺好之后，他掀开了一侧的被子，拍了拍床示意她一起躺上来。

顾若光嗔了他一眼，都受伤了还不老实，她说："你好好躺着休息。"

"哦。"祁言不死心地追问："真的不上来睡吗？"

床那么小，两个人怎么睡，顾若光拒绝："不要。"

祁言最后让护士在房间里加多了张床，顾若光躺在另一张床上，两张床挨得近，她侧躺着面朝他，窗外的夜色很深，今晚连月亮都没有露面，天空颜色深得像打翻了砚台。

顾若光收回视线看向安静躺在床上的人，过了良久，她轻声道："祁言，你是不是有什么不开心的事情？"

祁言没睡着，闻声他睁开眼睛，床头的灯光氤氲在他的眼睛里："为什么这么问？"

顾若光想到他刚才某一瞬黯然失神的模样，她转过身子，看着天花板："就是直觉……"

祁言没说话。

顾若光敛了敛眸，笑说："不过也可能是我的错觉。"

祁言掀开被子，他从病床上坐起来，顾若光听到动静，她扭头看向他，祁言穿好鞋子走到她的床边，她愣了一下。

祁言在她的床侧蹲下，与她的视线平行，顾若光看进他那双蓝色的眼睛里。

他伸手用指腹抚摸着她的脸颊，眼睛在光线下像晕着水光的湖面，泛着细碎的光泽，他说："若光，你只要记住一点，我从未想过要对你隐瞒任何的事情。"

有很多事情他并不是想要刻意隐瞒，他只是不知道该如何向她开口。

顾若光没有丝毫迟疑地点头："好，我相信你。"

她抬起手来搭在他的手背上，眉眼漾开温柔的笑意："我相信你不想对我隐瞒任何事情，那这些事情，等你有哪一天想起来，想告诉我的话，再跟我说吧。"

祁言看着她弯弯的眉目，稍愣了半晌，眼眸微垂，笑了，他俯低脑袋靠近她，动作虔诚地轻吻了下她的额头，然后在她耳边用法语低声说了句话。

顾若光神情一滞，她掀起眼眸看向他。

祁言笑了。

他说，遇见你，真的是我这辈子最幸运的事情。

隔天一早，医生来巡视病房的时候检查了下他的身体，确认没什么大碍之后，顾若光的心才真正放下，医生走了之后，他们一起用过早餐，祁言就让陈柒送她回去了。

他已经没什么事了，顾若光也放心跟着陈柒回去了，她回家洗漱一番就去了公司，打算等晚一点祁言出院的时候再过去一趟。

克拉拉和吉恩这边还不知道祁言的事情，顾若光也不准备跟他们说，他们过几天就要回法国了，她不想让他们徒增不必要的忧虑，想让他们在剩余的几天里玩得开心点。克拉拉对这事毫不知情，她还跟顾若光说等祁言出差回来，他们四个人再一起吃顿饭。

这厢，顾若光离开了之后，病房就冷清了下来，王五已经回来了，他跟祁言汇报着昨天那起车祸的调查结果，警方已经调取了昨天那段路的监控摄像，发现开车撞他们的是辆赃车，原先的车主在几天前就已经报案了，监控视频显示这辆车是从他们离开机场之后就一路尾随，然后特意找了段监控盲区与他们发生碰撞。车祸发生后，肇事者驾车逃逸了，警方调查了行车路线，最后在一个废弃的工厂找到了这辆车，但嫌疑人已经不见了。

现在已经可以基本锁定是那个人的所作所为了，祁言问："他现在在美国？"

"是的，查尔斯前几天汇报说美国警方已经将他抓获了。"王五说，"所以这场事故的肇事者应该是他雇的人。"

祁言沉默了许久才道："最近帮我安排一下，我想去趟美国。"

王五颔首："明白。"

祁言敛了敛眸："车祸这件事我外公那边还没有收到任何消息吧？"

王五："已经跟底下的人嘱咐好了，老先生那边暂时还没收到任何风声。"

祁言睁开眼睛，点头："继续瞒着，不要让他老人家知道这件事。"

祁言是下午出院，顾若光跟公司请了几个小时的假，她收拾好自己的东西刚准备离开办公室，小木就过来敲门，她带了个人进来。

"Eve，这位是董事长的秘书，他有事找你。"小木跟她说。

顾若光看向跟随小木一起进来的中年男人，这是个陌生面孔，她从来没在公司见过这个人。

小木退出去之后，男人朝顾若光点头微笑，他自我介绍道："顾小姐，你好，我是董事长的秘书，我姓高，你称呼我高秘书就可以。"

董事长，祁言的外公。

顾若光一听这个名号，脑海里就浮现了这层认知，她不动声色，回以一笑："高秘书，您好。"

"董事长想见你，请随我来。"

顾若光心里“咯噔”一声，对这突如其来的事情没有一丝防备，这相当于变相地面见家长了，她顿了下，忽然想到说：“嗯……我需要准备什么吗？”

高秘书浅笑道：“不需要，跟我来就好。”

顾若光上车之后，高秘书坐在驾驶座上，嘱咐她道：“顾小姐，有件事情需要你配合一下，董事长见你这件事，在离开之前先不要让祁先生知道。”

他这么说，顾若光心中不好的预感更加强烈，人也变得越发紧张起来，她大致能猜到对方找她十有八九是因为祁言的事情，但是……为什么要这个时候找她呢？

不过对方既然这么说了，顾若光只能应道：“好的。”

她拿出手机给祁言发了消息，告诉他自己临时有事不过去了。

高秘书带她去了苏城的郊区，这里有栋独立的大宅院，背山环水，环境十分清幽，安保也很严密，顾若光下车之后，就看到大门和外面入口的亭子里守着几名保安。

没有给她多余的时间打量这里的环境，高秘书停好车后就带她往这栋宅院走去，顾若光进到里面之后才知道这里是栋疗养院。

他们一直上到顶层，高秘书在一扇门前停下，他上前跟守在门外的人打了声招呼，得到批准之后，他们才把门打开，高秘书转身朝顾若光做了个“请”的手势：“顾小姐，里面请。”

看到这样森严的阵仗，顾若光不紧张是假的，但她知道自己脸上不能显露出任何胆怯，据她所了解的，这些家族背后的规矩尤其多，她尽量让自己看上去神情平静，朝高秘书道了声谢。

房间很大，装潢偏老式，有点像以前生活在江南那些大户人家的房子，红木的地板，头顶是用房梁搭建而成的，一桌一椅都颇有些旧古董的韵味。

“董事长，顾小姐来了。”高秘书停住脚步，对房间里的老人鞠了个躬。

祁苍戴着眼镜坐在床上看书，闻声，他抬起头来，眼镜搭在他的鼻梁上，他透过镜片看了眼高秘书和站在他身后的人，发话道：“你先出去吧。”

“是。”高秘书离开了。

房间里除了祁苍就剩下顾若光一个人，察觉到对方的视线落在自己身上，她心里一紧，连忙朝老人家鞠躬道：“您好。”

祁苍看了眼面前的这个小丫头，他把眼镜摘下来：“过来坐吧。”

顾若光看到床边放着把椅子，她在原地踌躇了几秒，走过去坐下。

“祖籍在苏城？”祁苍拿起面前桌板上的茶杯，他打开盖子，端到嘴边吹了口热气。

顾若光坐在椅子上，腰背挺直，她点头道：“是的。”

外面有人敲门，祁苍放下茶杯后说了声“请进”，就有护工端着茶盘进来了，护工把茶盘端到顾若光身旁的一张桌子上，把茶杯和点心放下之后就出去了。

祁苍说：“喝点茶，吃些点心吧，不用那么拘谨。”

“好，谢谢。”顾若光道。

老人家身体动了一下，似乎想往后靠，顾若光站起来说：“我帮您吧。”

她帮老人家把身后的靠枕竖起来，等人倚在床头之后才重新坐回来。

祁苍继续问道：“家里有几口人？”

顾若光如实道：“家里就我和我母亲两个人，我爸爸在我小时候就去世了。”

老人家缓缓点了点头：“《FE》杂志主编是你的母亲？”

顾若光点头：“是的。”她看着床上的人，心想经历过岁月磨砺的人就是与众不同，矍铄的眼神背后隐含着极深的城府，让人无法洞悉他此刻的所思所想，他身上自带的那种上位者的强大气场都让人有几分畏惧。

“我听说你是代表法国ISD工作室跟我们谈合作的负责人。”祁苍道。

“对。”顾若光有种自己在面见领导人的感觉，她正襟危坐道。

闻言，祁苍笑了几声：“小丫头年纪轻轻有这样的本事挺厉害。”

“您过奖了。”

笑声缓解了凝滞的氛围，顾若光还没来得及松口气，就听见老人问：“你跟祁言是怎么认识的？”

他的语气缓和，并没有想象中的严厉。

顾若光没想到这么快就进入正题，她顿了一秒，才说：“我是在里昂念书的时候跟他认识的。”

“同校同学？”

“对的。”

顾若光心里紧张，一言一语都要斟酌几番才敢说出口。

老人家问：“你知道我是谁吗？”

“正擎集团的董事长。”顾若光观察着老人家的神色，补了一句，“祁言的外祖父。”

祁苍沉默了片刻，看着她说：“你和祁言的事情我已经听说了。”

顾若光心跳漏了一拍，重点来了。

祁苍接着说：“我找人去调查过你。”老人家端起热茶喝了一口，“关于调查你这件事，你别不高兴，这是我这里的必备程序，这事往大点可以说是关乎我们整个家族和企业，希望你能谅解。”

顾若光点头：“我明白。”

她也不会有什么多余的想法，她的身世家底干净，也不怕别人调查。

“你能谅解就好。”祁苍将手搭在身前，他沉吟道，“丫头，实话跟你说，祁言也到这个年纪了，关于他未来的另一半我也有设想过，我原本是想让他找一个能跟他在事业上互帮互助的女人，他未来会面临很多大大小小的阻力，我希望有这样一个人在他身边，工作上可以辅助他，在生活中可以照顾他。”

“他处于现在这个地位，肩上担负着整个家族企业未来的重任，我不希望他花太多心思在儿女情长上。”祁苍说，“关于这点，这五年来他也确实没有让我失望。”

听完老人说的这番话，顾若光一颗心沉到了谷底，她来之前有想过他们这些做长辈的对于家族里未来儿媳妇的选拔标准，只是没想到会这么直截了当地告诉她。

她微微垂下眼眸，保持沉默，想着要如何回话才比较好。

祁苍像是看穿了她的想法，他开口道：“你别紧张，我说这番话并不是想把你们怎么样，我今天让人找你过来的主要目的，是想了解你的想法。”

祁苍：“我想知道，你能给祁言带来什么？”

顾若光愣了一瞬。

她能给祁言带来什么？

祁苍目光沉静地直视着她。

顾若光感受到了几分压力，她微微收紧了放在腿上的手，唇瓣不由自主地抿起，脑海里在这瞬间闪过了许多种说辞。

她静默了片刻，才缓慢开口：“我认识祁言的时候，他只是一个普通的大学生，我在那个时候还不知道他的家世背景，我在里昂认识的那个他，是个很干净纯粹的人……直到我回国之后，才了解他出生在一个什么样的家庭里，还有他现在的身份地位。”

顾若光回想起跟他重逢的时候，她说：“我回国之后第一次见到他，发现他跟以前一样没变，但又觉得他变了些什么，后来才想明白，他变得多了很多心事。”她抬起头来与眼前的老人对视，“我自己猜测，祁言这五年以来可能并没有过得那么开心。”

祁苍眸色不变，他没说话。

顾若光继续道：“坦白来说，您问我的这个问题，我其实并不知道该如何回答，我没办法给祁言带来金钱、地位，甚至一些事业方面的帮助，关于您说的两点，工作和生活，我或许只能做到在生活上照顾他……”

像她自己说的，顾若光也不知道该说些什么，她只好把自己此刻的想法全盘托出。

“如果要问我能给他带来什么的话，那我唯一能想到的就是，我能让他在沉重的压力下尽量活得轻松自在些……”

“不知道这样的说法在您看来会不会太幼稚了，但这的确是我所希望的。”顾若光停了一下，她眼眸微垂，继续道，“我想让他每天都尽量过得开心、生活幸福，身体健康……能够让他在外面承受众多压力和重担的时候，帮他卸下所有的疲惫和顾虑，我想成为他可以安心依靠的人。”

“至于在工作上，我也会在自己的专业领域上越走越好，希望在日后能够对他有所帮助。”

顾若光眼神平静坚韧地凝视着眼前的老人，说道：“以上这些，也是我想对您做出的承诺。”

她的语气沉着冷静，但还是不可避免地泄露了一丝紧张，祁苍眼神沉静地凝视着这个小丫头，发现从她身上能看到一点祁言的影子。

他沉默过后，终是笑了。

顾若光心里一紧。

祁苍说：“这个承诺我记下了，希望你能够说到做到。”

顾若光闻言愣住，她还准备了一大堆可以用来应对的说辞，结果……这么轻易就过关了？

“您不反对我们在一起？”她有些愣怔地脱口道，话说出来之后才意识到不对劲。

“你是个好孩子。”祁苍笑了两声，对她道，“况且，我已经听到你的答案了。”

顾若光反应过来，这才松了口气。

祁苍说："你面前的茶水再不喝就凉了。"

"好的……"顾若光刚才拘谨到连一口水都不敢喝，这会儿才端起茶杯。

"祁言有跟你说过家里边的事情吗？"祁苍问道。

顾若光迟疑了会儿，摇头。

"既然你们选择一起，那有些事情我希望你也能知晓。"话落，祁苍对门外中气十足地喊了一声，"高进。"

高秘书闻声推开门："董事长。"

"让他们准备张轮椅进来。"祁苍说。

"是。"

轮椅很快就准备好了，大家把老人家搬到轮椅上坐好，祁苍跟高秘书说："推我去五楼的书房。"然后回头跟顾若光道："丫头，跟着一起来。"

顾若光点头，连忙跟了上去。

祁苍被人推着去到书房门口，他示意身后的人停了一下："小丫头。"

"在。"顾若光应道。

"一会儿进去之后，关于你所看到的或者所听到的，我希望你能提前做好心理准备。"

顾若光愣了会儿，点头："好。"

高秘书把门推开，然后推着祁苍进去，顾若光就跟在他们身后。

这间书房很简陋，除了一面墙的书柜、一张沙发和一张办公桌椅之外就没别的东西了，看上去常年没人使用过，祁苍让高秘书把沙发布掀开，示意顾若光坐到那儿去，然后再让他推着轮椅让自己到书柜前，从上面拿了本老旧的相册出来。

"我们祖籍也在苏城。"祁苍把相册递给她，"我们祖祖辈辈都是生活在这个地方。”

顾若光想起祁言很久之前就跟她说过，他的故乡在苏城。

“祁言也是在这里出生。”祁苍说，他伸手翻开相册的第一页。

顾若光低头就看见第一张照片上是一家三口，一位温柔美丽的女人抱着一个婴儿，身旁站着一位高大英俊的外国男人，她看到取景的地点是苏城的古街。

“这是祁言的父母吗？”顾若光抬起头来。

祁苍点头，他指着照片上的人说：“这是我女儿，这边是她去美国读书认识的男人。”

顾若光觉得老人家的说法有些奇怪，犹豫了会儿说：“我之前听祁言说他的母亲……”

“不在了。”祁苍神情沉默，“因为这个男人。”

顾若光猛地一怔。

祁苍没再说话，高秘书也是知道这段往事的，他得到老人家的授意后才开口：“这个男人从一开始接近祁小姐就是有目的的，他想谋取祁家的产业，在跟祁小姐结婚之后才彻底暴露了本性，背地里谋划着要如何将这一切变为自己的囊中之物，祁小姐之前一直被蒙在鼓里，直到祁先生五岁的时候才知道这些事情……”

祁言的母亲为了阻止自己的丈夫，曾经有好言劝解过，可是换来的只是对方的辱骂和殴打，在那之后她还发现丈夫有婚外情，因为这一系列的事情让她在那段时间精神受到了重大的冲击，最后得了抑郁症自杀身亡了。

为了不让这些事情对祁言造成影响，同时也担心那个男人对孩子做出什么不好的事情，祁苍在祁言六岁那年就将他送到国外生活，此后十多年都没让他再踏入故土。

而那个男人就算被发现了自己的阴谋也没有放弃，直到现在都还计划着如何吞噬祁家的企业。

顾若光听完这些事情后，心里满是震惊，她在这之前完全没听过祁言谈及他的身世，她原本只是猜想他的父母会不会都不在了，可是没想到他还有这样一段过去……

“丫头，我把这些告诉你只是想让你知道，祁言现在最大的敌人是谁。”

祁苍只有一个想法和目的——既然她已经准备好要陪伴在祁言的身边，那就有必要让她知道祁言现在身上背负的是什么，他们今后所需要面对的又是什么样的场面。

“能陪在那小子身边的，注定不会是普通人，所以我希望你能做好这个思想准备。”

医生定时过来要给祁苍做身体检查，接下来不方便见客了，祁苍让高秘书负责把人送回去。

坐在车里，顾若光才从刚才听到的一系列事情的冲击中回过神来，她到现在才真正了解到祁言的身上原来背负着亲人的背叛和仇恨……她想，这么多年，他又是怎么过来的。

想到这，顾若光忽然想起了一件事，她开口道：“高秘书，我想问一下关于五年前的事情……也跟他父亲有关吗？”

她记得唐蓝之前跟她说过，五年前正擎集团遇到了一次很严重的危机，那次危机对整个集团影响重大。

高秘书回想起了那场事件陷入了沉默，良久才道：“这件事情董事长原本没交代我要告诉你。”

顾若光：“我可以知道吗？”

高秘书沉吟了片刻，说：“这件事要从祁先生还在里昂念书的时候说起……”

祁言在医院里就收到了顾若光的消息，她告诉他有事来不了了，他也没多想，让人办理好出院手续之后就直接回了家。

医生告诉他目前还需要静养，不能做太费神的事情，陈柒就把他接下来的工作和行程都取消了，让他这段时间在家里先好好休息，手头的工作等回公司再处理，临走前还把他的笔记本没收了。

回国这么久，祁言第一次感受到了什么叫作真正的清闲，他回家之后觉得无聊，原本想带几只泰迪犬下楼去溜达一圈，却被家里的佣人制止了，说陈柒交代了他们不能让他出门。

祁言只好回屋里躺着，他拿出手机看了眼，顾若光自从给他发完那条消息之后就一直没动静了，他拿着手机在手里把玩着，想了想，给她发了条消息：“在忙吗？”

等了会儿，顾若光没回。

祁言又发了一条：“事情都处理好了吗？”

十分钟后，他又道：“今晚要来家里吃饭吗？我让榕姐准备些你喜欢吃的菜。”

祁言坐在椅子上，单手托着腮看着桌面上毫无动静的手机，有些纳闷，等了会儿，见她一直不回复，他拿起手机拨通了她的电话，然后就听到提示：“您拨打的用户暂时无法接听，请稍后再拨……”

祁言皱了皱眉，他打了两三个电话都是相同的提示音，等再一次的提示音结束之后，祁言从位置上站起来，他刚准备去找她的时候，走到房门口，就听见有人在外面敲门。

佣人在门外说：“祁先生，顾小姐来找你了。”

祁言眼睛一亮，他立马上前打开了房门。

门一开，顾若光果然站在外面。

佣人跟他打了声招呼后就下楼了，门一关，祁言低眸看着站在面前的人，这会儿黄昏日落，房间里没有开灯，光线有些昏暗，祁言就着不太明亮的光线看着她，忽然敏锐地察觉到她有丝不对劲。

顾若光从刚才进门开始就没说一句话，整个人异常地安静，祁言伸手碰了碰她的脸颊，弯眉笑问：“怎么了？”

他话音刚落，顾若光就突然整个人倾过来，抱住了他。

祁言被这猝不及防的拥抱弄得怔了一下，他反应过来后，抬起手搂住她的后背。

"发生什么事了？"

顾若光微微收紧了搂着他脖子的手臂，她埋首在他肩上，闻着他身上熟悉的气息，眼睛里逐渐泛起了层湿润，她摇了摇头，咬紧了自己的唇，生怕喉咙里的一丝哽咽流露出来被他听见。

祁言抱着她感觉到她的身躯有丝微微颤抖，他心下一紧，连忙把她拉开来。

顾若光低着头，祁言看到她的眼角有些红，眼睛里凝着层水雾，看到她这副模样，他的心脏像被什么揪紧似的，顿时难受起来，他握着她的手带她坐到床边，两人面对面坐着，他抬起手轻轻拂过她的眼睛，放轻了声音问："发生什么事了？"

顾若光抿了抿唇，她缓了会儿才开口，声音有丝沙哑："我今天……去见你外公了。"

祁言一怔，他原本打算等晚点找个合适的时间再将顾若光正式介绍给祁苍的，没想到他的动作这么快，已经安排人带去见他了。

祁言微皱起眉："他为难你了？"

顾若光摇了摇头："你外公人很好，他没有为难我……"她看着眼前的人，想起刚才知道的所有事情，她心里一疼，靠过去伸手抱住他，脑袋靠在他的肩上，眼泪忍不住夺眶而出，她哽咽着声音道，"你为什么不说……为什么不告诉我你五年前发生了那样的事情。"

高秘书在车上告诉她，祁言五年前是被他父亲绑架了，就在他们约定好见面的那一天，他在来的路上遭遇了袭击然后就被人带走了，他父亲是想用他来威胁祁苍让出公司的股份，所以才会设计将他抓起来。

这就是他为什么当年没有赴约的原因，高秘书还说，他被人绑架之后为了逃脱差点连命都没了，好在后来被警方及时救出，但也受了不少伤，正擎集团也是因为这件事被拉下水了。

顾若光没有生在这样的家庭，也没有处于这种环境中，她不能理解为什么一个父亲为了金钱和利益能对自己的孩子做出那样的事情，也无法站在祁言的角度去想象他父亲对他的迫害。

她听完之后很心疼，心脏像被人扼住了，连呼吸都感到难受，她比任何时候都迫切地想下一秒就见到他……

“对不起，祁言……”她不知道这些事情，甚至还一度责怪过他为什么不来赴约。

顾若光抱紧了他，她不知道该怎么形容自己现在的心情，她只要想到在他身上经历的这些事，就觉得心脏阵阵抽痛，难受极了。

怀里的人身子止不住地颤抖，祁言敛了敛眸，他抬手揉了揉她的后脑勺，缓缓笑了：“做错事的人不是你，你不需要道歉。”

顾若光听到他这种云淡风轻的口吻，心里更难受了，她紧紧地抿着唇，没有说话。

祁言低头靠在她耳边，轻声哄道：“别哭，都过去了，你这样让我心里不好受。”

顾若光闭上眼睛，眼泪落下来打湿了他的衣服，她抿唇点了点头：“嗯……”

到现在她才理解了昨天他在医院里说的话，他说，有很多事情不是故意瞒着她，他只是不知道该如何开口。这些事情，换作她……她也同样不知道该如何跟心上人表述。

她只是心疼他一个人默默地背负这一切，甚至就连他的出生都是别人阴谋里的一部分，他什么都没做错，只是他出生在这样一个家庭里，所以注定了这所有的一切都将影响并伴随他的一生。

“我外公把这些事情都跟你说了？”祁言边安抚着她的情绪边问。

顾若光摇头，祁苍只是起了个头，大部分事情都是高秘书跟她说的。

祁言搂着她躺在床上，他将她抱在怀里，低头亲了亲她的额头，开解她道：“你别想那么多，其实大部分时间我是很幸福的，五岁以前我是在母亲的疼爱下长大的，虽然记不太清那时候的事情，但印象里我那段时间是过得很幸福的……”

“我是六岁那年被我外公送去了法国，那时候小，不懂长辈之间的斗争，只以为要去什么好玩的地方，去到那边之后，外公给我请了管家和老师，在他们的陪伴下我也度过了一段愉快的时光，直到后来长大，才渐渐了解了事情的原委，但那时，我已经能学会接受这些事情了。”

外面日落西山，房间里的光源被外面的晚霞抽走了，只剩下一片暗淡，顾若光和他靠在一起，感受着他身上的温度，安静地听他缓慢诉说这些事情。

“再后来……”顾若光听见头顶的人笑了一声，然后道，“上了大学之后，我就遇到你了。”

祁言说：“之后的事情你应该都知道了。”

他被人绑架，警方将他救出来之后，祁苍就带他回了国，正好他老人家那段时间身体不好，再加上还有他父亲这么大的威胁在，所以他回国之后就渐渐把公司从祁苍的手里接过来，一直到今天。

他说这些的目的只是想告诉她，在他的成长过程中虽然发生了这些事情，但他大部分时间都是被人保护起来的，这些事情并没有对他的成长造成不好的影响。

顾若光靠在他怀里，她安静了会儿，说：“我听说你在那件事里受伤了。”

祁言挑起她的一缕发丝在指间缠绕把玩着，他语气轻松道：“在逃跑的时候受了点轻伤。”

他笑说：“还好小时候外公给我请了武术老师。”

顾若光缓缓揪紧了他的衣服，高秘书虽然没说得很具体，但从他的言语中她知道并不是像祁言说得那么轻松，她兀自心疼着，没拆穿他，她问：“你回国之后为什么不联系我？”

祁言的理由很简单：“我不想把你卷进这些事情里。”

他父亲连绑架自己亲生孩子这种犯法的事都做得出来，还有什么是他做不出来的，所以一日没将他铲除，他都不敢将她置身于危险中。

还有就是因为失约的事情，虽然不是他愿意的，但他也确实没了理由再去找她。

“那他现在……”

“已经被美国警方抓获了。”祁言说，“我们找到了他五年前作为绑架案幕后主使的证据，还有关于他的一些商业犯罪证据，现在人已经蹲在监狱里了。”

如果不是这样，就算现在重新遇到她，祁言也不敢提出跟她在一起，不过昨天车祸的事情让他警醒了一下，看样子把人抓进监狱里还不够，还要找时间把他的余党也一起揪出来。

这件事情祁言不想让顾若光担心，就没对她说了。

察觉到怀里的人情绪渐渐平复了下来，祁言浅浅弯唇，笑了，没再继续这个话题，他问：“我外公跟你说了些什么？”

顾若光抹了抹眼角的泪，闻声她嘀咕了句：“你外公原本想给你找一个能在事业上给你提供帮助和在生活中能照顾你的女人，没想到被我捷足先登了。”

祁言愣了愣，笑了：“他这是想给我找个助理还是找个保姆？”

顾若光从他怀里起来，她转了个身趴在床上，低头看着他：“我已经对他老人家做出承诺了。”

祁言挑了挑眉：“什么承诺？”

顾若光低头吻了下他的唇：“要好好照顾你。”

她今天难得这么主动和大胆，祁言看着她仍旧红通通的眼睛，俯身凑近她，嘴唇停留在她的唇边，他压低了声音笑，问她：“你打算怎么照顾我？”

顾若光被他这意有所指的话打趣得脸红，但也不甘示弱，她反问：“你想我怎么照顾你？”

祁言敛眸笑了，刮了刮她的鼻子：“你今天胆子挺大。”

顾若光正准备说话，祁言低头吻了下来，室内的光线已经彻底暗了下来，房间黑漆漆的。

顾若光看着他比外面升起的月光还要明亮的眼睛，缓缓闭上了眼，回应他的吻。

他突然停了下来，顾若光睁开眼睛，不明所以地望向他，她的眼睛仿佛被清水润过，变得格外清澈透亮，祁言生怕自己看多一眼就要失去理智，他伸手捂住了她的眼睛，在她耳边笑着说：“一会儿榕姐要来敲门了。”

他刚说完，没过多久，榕姐真的来敲门了，她一直在厨房忙碌，并不知道顾若光也来了，她在门外喊道：“祁先生，可以用晚餐了。”

祁言应了一声，外面的人就离开了，他等平复了自己的气息后才将手从顾若光的眼睛上挪开。

祁言伸手扯了扯自己上身的衣服，看她一眼，笑着打趣道：“怎么那么有本事？把我的衣服都打湿了。”

顾若光闻言力道很轻地打了下他的胳膊，嗔了他一眼。

祁言笑了，将她圈进怀里，他抬手摸了摸她的眼角，顾若光有些敏感地眨了眨眼睛，就听见他问：“还难过吗？”

顾若光的心里还是有些酸涩，但已经比刚才来的时候好很多了，这都是他的功劳，她摇了摇头。

祁言揉了揉她的脑袋，正准备将这件事翻篇，顾若光就拽住了他的衣角，她抬眸看着他：“祁言，你以后……不管发生什么事情，好的坏的，都告诉我好吗？”

“我可能帮不上什么忙，但我想跟你一起分担这些事情。”他们早晚都会成为这个世界上最亲密的人，顾若光想帮他分担一些事情，即使她帮不上什么忙，但知道事情原委后能够开解或者安慰他也是好的。

顾若光看着他，祁言眼笑眉舒，握住了她的手："好。"

顾若光莞尔一笑，祁言也笑："我去换身衣服，然后带你下楼吃饭。"

他们吃完晚饭之后，祁言提议让顾若光留下来，她没有反对，祁言让佣人给她准备了套换洗的衣服。

顾若光洗完澡后，就轮到祁言去洗了，他进浴室之前跟她说无聊的话可以去书房找本书看看打发时间。

他的书房跟卧室连在一起，就隔了扇门，顾若光进去参观了一下，发现他的书房简直就是个小型的图书馆，靠墙的书柜上都堆满了书，顾若光大致看了下，他的藏书很多，国内外的书籍都有，从专业书籍到经典名著再到一些冷门小说可以说是一应俱全。

顾若光往里走，还发现里面有张小桌子上放着一副西洋棋，看到这棋子，顾若光就想起之前在良山先生家里跟他对弈的时候……她刚想起他，人就从外面进来了。

祁言见她站在棋子前，他走过来，笑了声："还记得怎么下吗？"

顾若光觉得他的语气里有点小看自己的意思，她抬了抬下巴："当然。"

祁言看着她昂扬的下巴，笑了："有没兴趣来一局？"

顾若光看着他额头上的纱布，很快就摇了头："别费这个神了，医生说你要静养。"

今天下午她情绪难平，闹了他一段时间，之后看到他额头上裹着的伤才想起他还是个伤者，她因此还愧疚了一会儿。

"没事，这点小伤。"祁言说。

顾若光才不陪他胡闹，她拉着他离开了书房，然后让人躺在床上。

祁言昨天加今天已经在医院躺了很长一段时间了，这会儿天色还早，他就更加没什么睡意了。

顾若光见他刚躺在床上，又掀开被子起来了，祁言对她说："我睡不着。"然后又道，"我去找本书来看看。"

顾若光想了想，算了，随他去吧。

祁言去书房找了本法文版的《经济史论》，顾若光吹干了头发，就见他靠在床头边专注地看着手里的书，她走过去，问了一句："祁言，我今晚睡哪里？"

闻声，祁言从书里抬起头来，看着她一笑："你还想睡哪里？"

顾若光歪了点脑袋，故意道："我看到还有好多房间。"

祁言握住她的手："那些都没收拾。"

顾若光"哦"了一声，跟他对视了几秒，笑了，老老实实地爬上了他的床。她看了眼他手里拿着的书，发现上面有很多生僻专业的词她都看不懂，只能勉强通过上下句猜这些词汇意思，祁言对上她茫然的眼神，笑了，用法语念了遍书上的内容，然后再用中文翻译了一遍。

顾若光听完了他的解读，发现这些内容翻译成中文她也有些听不太懂，不属于她能理解的专业范畴的，但即便听不懂，听他念念法语也是很享受的，他的声音很好听，音色像玉石般清润，枯燥的词汇由他说来都能变得很生动。

顾若光放在一旁的手机响了，是唐蓝打来的，她刚给她发了消息说今晚不回去。

顾若光接通了电话，那端的人就直接开门见山地问她现在在哪儿。她看了眼祁言，犹豫了会儿，实话实说道："嗯……我在祁言家里。"

唐蓝无声了片刻，说："你让他听下电话。"

顾若光把手机递给祁言："我妈找你。"

祁言靠在床头，他伸手接过她的手机，声色温和道："伯母好。"

闻声，顾若光看了他一眼，上次见面还喊唐总呢，怎么这么快就转变了称呼？

“我昨天遇到了点小意外，受了点伤，若光想留下来照顾我。”祁言唇边扬起一丝笑意，电话那端的人问了句，他答，“已经没什么事了，劳您挂心。”

他跟电话那头的唐蓝又聊了几句，房间很安静，顾若光听到那端的人还笑了两声，她全程疑惑地望着他，心想他什么时候跟唐蓝的关系变得这么好了。虽然上次从她家离开之后，唐蓝对他的态度已经转变了不少，但也没有对他好成这样……

祁言跟她聊完，问道：“需要跟若光说两句吗？”

那端的人说了些什么，祁言微笑道：“好，晚安。”

他把手机还给顾若光的时候，就见她眯着眼睛瞧着自己。

祁言一笑，捏了捏她的脸，扬眉问：“干吗这样看着我？”

顾若光把手机拿回来：“你什么时候跟我妈的关系变得这么好了？”

祁言想了想说：“我前不久刚答应了她的采访。”

顾若光有些讶异地看着他，她记得他说几年前还推拒过一次，刚想问，祁言又道：“不过是不露脸的那种。”

“你怎么突然就答应了？”

祁言耸了耸肩，半开玩笑道：“要和岳母打好关系，总得牺牲一下自己。”

顾若光被他的话逗笑了，反应过来后，推了他一下：“谁是你岳母！”

祁言把她拉到自己的怀里，眉眼划过一丝笑意：“都已经同床共枕了，离那天也不远了。”

顾若光：“……”

克拉拉和吉恩明天就要回去了，晚上他们约了顾若光和祁言一起吃饭，克拉拉时隔多年再一次看见真人，心情不言而喻，见到祁言的时候差点激动得话都说不出来。

在餐厅里碰见的时候，顾若光跟祁言介绍：“这位是克拉拉，你见过的，然后旁边那位是她的未婚夫，吉恩。”说完，再跟他们正式地介绍了一遍祁言。

祁言脸上带着笑容，用法语跟两人问了声好。

在视频里和真人见面还是有很大区别的，克拉拉紧张道：“你……你好……”

吉恩在旁边见到自己的未婚妻一脸羞涩地看着另一个男人，有点不爽，他轻轻拍了下她的脑袋：“走了，别傻站在这里。”

克拉拉被带走了，顾若光想到吉恩的脸色没忍住笑了，转头看了祁言一眼，挑眉道：“我突然有点后悔把你带来了，万一吉恩控制不住和你打起来怎么办？”

看着她笑眯眯的模样，祁言浅浅弯唇笑了，配合她，歪头认真地思考了下，“唔”了一声：“看在你和你朋友的面子上，我不会把他打伤的。”

顾若光愣了愣，然后笑得更欢。

祁言眉眼微弯，无奈道：“走了，别调皮。”

他们去的是苏城中心区的一间五星级西餐厅，主营法式料理的，克拉拉一听说这顿饭是祁言来请客，专门去网上搜索了一下苏城最贵的星级餐厅，挑了这家下手。

克拉拉还有理有据地跟顾若光说，她等了五年就是等祁言这顿饭，不挑点贵的吃怎么对得起她等那么久，她还说，想跟我们Eve在一起，可是要付出些代价的。

顾若光听完她说的这番话，觉得言之有理，无法反驳。

他们四个人都入座之后，侍者拿了菜单上来递给他们，顾若光和祁言尽地主之谊，让克拉拉和吉恩来点单。

克拉拉捧着菜单，笑眯眯地看着他们：“那我们就不客气了，

Eve，你别怪我等会把言的钱包吃空了。”

祁言笑容温和：“放心点，吃不空。”

克拉拉看到他脸上的笑，差点又控制不住自己激动的小心脏，她没忍住道：“呜呜……我真的好荣幸，时隔这么多年，终于能跟言一起同桌吃饭了。”

虽然中间间隔了五年，但祁言在克拉拉心目中还是跟那时候在学校一样，是个像神一般存在的人物。

吉恩闻言，面无表情地冷哼了一声。

顾若光看情形不对，赶紧出来打圆场：“克拉拉，我听别人说这里的小牛排和鹅肝鲜贝做得不错，你要不要试试看？”

这两样食物是克拉拉的最爱，闻言，她连忙看向菜单：“我要点、我要点，在哪里？”

他们点的菜陆续上桌，吃饭席间，克拉拉一直在跟顾若光聊天，他们点了红酒，聊到兴起的时候克拉拉就会端起酒杯跟顾若光碰一下，她们聊着聊着，忽然就扯到了她和吉恩的婚礼上。

克拉拉想起什么，转头跟身旁的吉恩说：“对了，你那天不是说还差一个伴郎吗？”

不等身旁的人回答，克拉拉就看向斜对面的祁言，两眼放光，兀自道：“言，你要不要来当我们婚礼的伴郎？”

吉恩刚想说自己已经在找人联系了，结果话还没说出口，就被克拉拉碰了下脚。

克拉拉说：“是这样的，Eve已经答应我，当我的伴娘了，如果你来当伴郎的话，正好你们俩可以凑一对。”

祁言看了顾若光一眼，眨了眨眼睛，顾若光替他回答道：“克拉拉，算了，他当不了伴郎，他胃不好，不能喝太多酒。”按理说伴郎肯定是要帮新郎挡酒的，她担心祁言承受不来。

克拉拉说：“没关系呀，到时候让吉恩帮他挡酒就好了。”

吉恩：“……”

顾若光："……"

到底谁是新郎？

祁言笑了笑，还是婉拒了她的好意："谢谢你的邀请，在家里我都是听 Eve 的。"

顾若光正在喝红酒，差点被他这句"在家里"呛到了，还没来得及说什么，就看到对面的人一脸失望落寞地看着她："Eve……"

顾若光咳了两声，提醒道："够了啊，你也太不把吉恩放在眼里了。"

克拉拉看了眼身旁的男人，吉恩正想傲娇一回不理她，谁知下一秒克拉拉就率先挪开了视线："不用管他。"

吉恩："……"

吃完晚餐，克拉拉还不想那么快就散场，毕竟明天就要回去了，这一别，她们又要好几个月才能再见面了，于是，她跟顾若光提议说去附近找个酒吧接着喝酒聊天。

顾若光同意了，本来两人想自己去的，但祁言和吉恩不放心她们，所以四个人都一起去了。

在附近找了间酒吧，克拉拉背着吉恩点了好几瓶酒，打算今晚跟顾若光痛痛快快地喝一场，不醉不归。

顾若光想起以前在里昂的时候克拉拉经常混迹于各种酒吧，她还记得自己第一次进酒吧就是克拉拉怂恿的，在里昂生活的那几年里，克拉拉经常有事没事就带着她去小酌两杯，她进到酒吧之后，脑海里就回放着这段往事，心里突然升起一丝怀念。

"Eve，你还记不记得我们有一次去酒吧里遇到个变态，他想非礼你的时候被我踹了一脚，顿时整个人躺在地上大叫，哈哈哈……"克拉拉喝多了，开始跟顾若光诉说起往事。

吉恩在旁边也没拦住她，他只要开口让她别喝了，克拉拉就跟他撒娇，弄得他也没辙。

顾若光也有些喝多了，她靠在祁言的肩膀上，酒劲上头之后，反应就有些迟钝了，她好半晌才点了点头："记得……"

她今晚是高兴的，再加上自己的至交好友明天就要离开了，所以今晚放纵了下自己，多喝了两杯。

祁言把自己的外套披在她身上，扶着她的腰在她耳边低声道："别喝了，嗯？"

祁言已经不知道是第几次劝她了，顾若光每次都抬起雪亮的眼神望着他，她喝了酒之后眼睛特别明亮，那双黑白分明的眸子清澈又懵懂，就这样看着你，声音轻轻软软的："我再和克拉拉喝一点……"

祁言也不知道是第几次败下阵来，他跟吉恩对视了一眼，两个男人同时无奈地笑了。

最后好不容易把两人带出了酒吧，可两人都醉得意识不清了，克拉拉喝醉酒后喜欢耍酒疯，抱着顾若光又哭又闹，一会儿说舍不得她的Eve，一会儿又说要留在这里不走了，弄得后来，吉恩都想把她敲晕了直接带走。

相比起她，顾若光喝醉之后就安静多了，祁言让王五过来接他们，跟吉恩和克拉拉分别之后，他就带着顾若光上车了。

车上，顾若光闭着眼睛靠在祁言的肩头，脸颊红红的，祁言让王五来之前准备了点蜂蜜水，他倒了点在保温瓶的盖子上，凑到她唇边小口小口地喂着她喝。

喝完之后，祁言把瓶子放在一边，他搂着她调整了下坐姿，让她靠得更舒服些，顾若光轻轻蹭了蹭他的衣服，像只乖巧的小猫咪一样，祁言笑了，修长的手指碰了碰她通红的脸颊。

"难受吗？"他低声问。

顾若光又蹭了蹭他的肩膀，没有回答。

祁言无声一笑，他把她身上的外套重新盖好，随即抬头看向前方，压低了音量说："王五，把空调调高一些。"

祁言送顾若光回了家，门铃按响之后，唐蓝过来开门，她看了眼喝得跟醉猫似的人，挑了下眉梢，看向祁言："出去喝酒了？"

祁言跟她解释了下克拉拉明天要回法国的事情，他低头看了眼窝在他怀里的人，微笑说："一高兴就喝多了。"

唐蓝把门敞开："先进来吧。"

进到屋里，祁言跟唐蓝说了一声，然后就带她上楼回房间，顾若光整个人东倒西歪地站不稳，祁言只好在楼梯口把她打横抱起来。

送她回房间之后，祁言把她放在床上，他把床边的一盏小灯打开了，灯光霎时铺在了喝得醉醺醺的人的脸上，他坐在床边，眼睛里带着柔光看着床上的人，他伸手轻轻抚摸着她温热的脸庞。

唐蓝随后进了房间，听到声响，祁言收回了手，他从床上站起来。

唐蓝端了杯水给他："麻烦你送这丫头回来。"

"应该的。"祁言笑说，既然人已经送回来了，他也准备要告辞了，他拿起自己放在一旁的外套，朝唐蓝点了下头说，"那我先回去了。"

"好。"唐蓝应了一声。

祁言刚准备离开，手就被人拉住了，顾若光的眼睛微微睁开了一条缝，她看着他，神情安静，手却紧紧地握住了他的掌心。

见她不松手，祁言在床边蹲下身，他抬起没被握住的手拨开她挡在额前的发丝，蓝眼睛里带着温和的笑意："不早了，你好好休息，我们明天再见。"

顾若光没松手，她微眯着眼盯着他，动了动唇，唇边溢出一声沙哑的音色："不要走……"

平时没见过她这副模样，喝醉酒之后出奇地执拗，祁言回头跟唐蓝说了声抱歉："我等她睡着之后再走吧。"

唐蓝见顾若光死活不肯松手，她点点头："太晚的话就留下来吧，隔壁有间空的客房。”

跟他说了声，又瞥了眼躺在床上的人这股粘人劲，唐蓝也没眼看下去，她转身离开了卧室。

房间里就剩下他们两个人，祁言把外套放下，他重新坐在床边，对上她直勾勾地视线，他低眸笑了：“舍不得我走？”

顾若光没回答，只是一直看着他。

祁言挪开了视线，他站起身，顾若光以为他要离开，立马又握紧了他的手，祁言安抚地拍了拍她的手背：“我不走，等我一下。”

听到他的话，顾若光才松开了手。

祁言去到房间的浴室里，他拿了条干净的毛巾用热水打湿，出来之后就坐在床边帮她擦脸，温热的毛巾扫过她的眉眼，顾若光眨了眨眼睛，一瞬不瞬地盯着他。

祁言对上她的视线，敛眸一笑，骨节修长的手轻轻搭上她的脑门，他抬了抬眉：“干吗一直盯着我？不认得我是谁了？”

顾若光仍旧没有答话，她闭了闭眼睛，乖乖地让他用毛巾帮自己擦脸。

祁言把毛巾放进浴室里，出来之后就看见原本躺在床上的人不见了，顾若光正蹲在一个储物柜前，把里面的几个纸箱搬出来，她把每个箱子依次揭开，似乎在找东西。

祁言走到她身边，在她面前蹲下：“在找什么？”

顾若光把箱子里的东西都倒出来了，祁言看到有好几本牛皮材质的本子上都用记号笔写着日期，他坐在地毯上，帮她把地上散落的本子都收拾好，其中有一本里面夹着的纸，漏了一角出来，祁言把画本翻开，想把这张纸重新夹好，可下一秒，他的动作就顿住了。这张纸上画的人，是他。

顾若光每完成一幅画作，都会习惯性地在右下角标上日期，祁言看到这幅画是五年前画的……

还远远不止这一张，祁言顿了一下，像要求证什么似的，他把手里的这本速写本都翻了一遍，发现这个本子上每一页都画的是他，全都是他们在里昂相遇的场景以及他的各种神态和动作……

祁言看了眼日期，是在他离开法国的那一两个月的时间里。

他一怔，抬头看向眼前的人。

顾若光终于找到了自己要的东西，她眼神清亮的，从一个箱子里取出了一个画筒，下一刻就递到他面前。

祁言愣了一秒："给我的？"

顾若光点头。

这个画筒里装的是她的一幅自画像，已经放了很久了，画纸的边角都已经开始发黄，祁言眼神沉默地看着这幅画，很多年前跟她在里昂相处的画面全在这一刻从记忆深处涌上了脑海。

顾若光张开双手上前抱住了他，结果没控制好力道，将他扑倒在了地板上。

她喝醉了，很多动作都是下意识的，她搂着他的脖子，将脸埋在他的脖颈旁，仿佛呓语般念了下他的名字："祁言……"

她说："我好想你。"

祁言心里一震，心底深处在这一瞬激起了惊涛骇浪，整个人都愣住了。

顾若光说完这句话后就倒在他肩膀上睡着了，呼吸像羽毛一样浅浅地拂过他的脸颊。

安静了许久，祁言缓缓垂下眼眸，抬起手搂住她的后背。

"我也……很想你。"

这五年，一直都，很想你。

第九章 你是上天赐给我的礼物

顾若光一大早醒来的时候头疼得快要裂开了，她撑了撑额头从床上坐起来，她刚才是被手机闹钟吵醒的，伸手去把闹钟关掉，缓过神之后才掀开被子起床。

她边走向浴室边回忆起昨晚，她跟克拉拉喝酒好像喝到断片了，记忆只停留在酒吧里，后面的事情……她隐约记得是祁言送她回来的。

洗漱完，顾若光下楼的时候额角还一直在跳动，她揉了揉太阳穴，走到客厅，当看到坐在餐桌前的两个人时，她愣了一下。

唐蓝抬眸睨了她一眼："起来了？"

祁言转头看见她，他舒展了眉目，一笑道："早。"

顾若光呆愣道："你怎么……一大早的在这里？"

唐蓝："你还好意思说，昨晚死皮赖脸地拽着人不让走，人家不得已才留了下来。"

顾若光顿了顿，好像记得是有那么一回事，她看向祁言："真的吗？"

祁言笑了笑，没答话，起身帮她把椅子拉开："坐下来吃早餐吧。"

吃完早餐后，祁言回了趟家，他换了身衣服，才过来接顾若光去上班。

车里，顾若光看着身旁一脸倦容的人，她犹豫了会儿问："你昨晚是不是在我家没休息好？"

祁言转头看了她一眼，歪头思考了一小会儿："唔，你昨晚在我耳边唱了一晚上的歌。"

他煞有其事的口吻让顾若光相信了，她愣了愣："真的假的？"

她很少像昨晚一样喝得酩酊大醉，也不知道自己喝醉后到底会做出什么事来。

祁言揉了揉她的脑袋，掩饰住眼底深深的笑意："骗你的。"

她就知道！

"不过在我耳边念了一晚上倒是真的。"他说。

顾若光："我念什么了？"

祁言："没听懂。"

"没听懂？"

祁言"唔"了一声，学着她昨晚说了几个含糊不清的音。

顾若光嫌丢人，赶紧捂住他的嘴："别说了……"

祁言促狭一笑，眼睛弯成了一道月牙。

他们快到公司时，顾若光照旧在路口下车，跟他道别之后就进了公司大门。

这一幕恰巧被林妤和安婉看见了。

"姐，你看那边！"安婉坐在副驾驶座上，她指着斜前方跟林妤说。

林妤看着前方路况，抽空看了眼她指的方向，然后就看到了顾若光从祁言车上下来的一幕。

她垂下眼睫，下一秒就收回了视线，没说一句话。

安婉见她无动于衷的模样，替她感到不值，气愤道："姐！

你怎么什么表示都没有？你就这样眼睁睁地看着这个顾若光把祁总抢走吗？”

林妤沉默不言，她把车开进公司的地下车库里。

安婉在旁边道：“这个顾若光也不看看自己现在是什么地位，她平时在部门里压我一头就算了，姐，你看她现在都敢骑到你头上来了，明明现在待在祁总身边的人应该是你，凭什么她一来就抢走了祁总身边的位置！”

见身边的人一直不说话，安婉转头看了她一眼，林妤目视前方，面无表情的，安婉以为她将自己的话听进去了，她叹了口气，继续道：“姐，我平时被她当成下属一样使唤就算了，像你之前说的，她早晚有一天会从公司离开的，但是她现在已经光明正大地勾搭上了祁总，姐，你看着她这样，难道你心里还能无动于衷吗？”

林妤找了个空位停好车，她挂了停车挡，视线看向副驾驶上的人，她脸上的神情浅淡，开口问：“那照你这么说，我应该怎么办？”

安婉就是在等她说这句话，她眼神一亮，说：“姐，你不是公司副总吗？你可以找个机会把顾若光从公司赶走啊，反正我们手头这个项目关于美术原画的这部分内容已经完成得差不多了，就算没了他们ISD工作室的人，我们照样可以完成，不对，应该是说可以完成得更好。”

林妤闻言点了点头，接着问：“我把她从公司赶走了，然后呢，我要怎么把她从祁言的心里赶走呢？”

安婉说：“姐，我觉得祁总肯定没多喜欢她的，她才来了几个月，哪里比得上你陪在祁总身边的这五年，论身份地位，你才是最适合待在祁总身边的人。”

林妤轻笑出声，半晌后，她敛起脸上的笑容，收回视线正色道：“安婉，我提醒你一句，你要是想继续在公司待下去，刚才那番话就不要再让我听见第二次。”

安婉难以置信地看着她：“姐！”

“清楚了吗？”林妤声色严厉地打断她。

安婉的脸色顿时难堪起来，她抿唇，别开了视线。

“我原本以为上次说的那番话你听进去了，往后会有所长进，没想到你还是老样子，整天脑子里不想点正事，尽想这些歪门邪道！”林妤看了她一眼，“你刚才说的那番话有多可笑和幼稚，你自己回去想想看，出来社会这么多年，直到今天，你还是没带脑子出门吗！”

她声音一沉：“安婉，你真的让我太失望了！”

自己这个表妹从小在家里娇生惯养，被家里人宠坏了，她出来工作以后，家里的父母长辈都提醒她要多帮着点这个妹妹，她也确实处处帮着她维护她，每次她犯错，她都会耐心地跟她剖析原委，希望她下次吸取教训，不要再犯了，可每次安婉都将她的话当耳边风，当下是听进去了，过后又原形毕露，林妤觉得自己的耐心就要告罄了。

印象中林妤还没跟自己说过这么重的话，安婉听完之后气得整个人都在发抖，她转身打开车门。

“站住！”林妤喊住她。

“我最后跟你说一句。”林妤对她道，“把你那些不该有的想法全给我收起来，在工作上好好表现，创意部总监这个职位我会帮你跟公司争取，如果你再继续钻牛角尖，不好好做事的话，很抱歉，我想我要重新考虑你还适不适合留在这里工作。”

林妤别开视线，没再看她：“话我就说这么多，你自己回去想清楚！”

她刚说完，就传来“砰”的一声，车门关上的声音。

林妤闭了闭眼，在心底叹了口气。

顾若光是在电梯口遇到的安婉，她刚想开口跟对方打声招呼，让她晚点到自己的办公室来一趟，有些工作上的事情要找她。

结果安婉看都不看她一眼，撞了下她的肩膀，直接跟她擦肩而过。

顾若光捂着自己的肩膀，看着她的背影皱了皱眉头。

顾若光进到部门里，杰米就凑上来跟她说：“Eve，Ann 今天怎么了，刚走进来的时候黑着张脸，像别人欠了她几百万似的。”

顾若光摇头：“不清楚。”

话音刚落，他们就听到安婉的办公室里传来声响，有点像是东西落地的声音，杰米吓了一跳，他看着安婉办公室的方向，“啧啧”了两声：“看来不知道是谁又惹到这位大小姐了。”

安婉回到自己的办公室之后，越想越气，看什么都不顺眼，她把桌面上的文件全部扫到了地上，胡乱地发了一通脾气，然后才坐在位置上。

安婉扶着自己的额头，她长这么大，家里边还从来没有人对她说过这么重的话，林妤的那番话让她心中顿时憋着一团气，怎么也下不去！她也想不明白，林妤怎么就愿意这样忍气吞声！

安婉闭了闭眼，就在这时，电脑里突然传来了收到新邮件的提示音。

她睁开了眼睛，扫了眼电脑屏幕，看到是一封新的工作邮件。

安婉这会儿正心烦意乱，看到这封邮件当下就想关掉，她正准备点关闭的时候，动作倏地一顿。

她想起了自己前不久接到的电话，安婉顿了几秒，拿出自己的手机，找到几天前的电话，一冲动就拨了过去。

手机响了几声，那端的人很快就接通了。

安婉单刀直入说：“喂，你那天说的话还算不算数？”

得到肯定的回答，安婉说：“好，我答应你的要求，你想我怎么做？”

祁言过两天要去趟美国，自从知道他家里的事情之后，顾若光对他这趟行程的目的多少也有些了解，临出发那天，她中午陪他吃了顿饭，下午跟公司请了假送他去机场。

最近的天气越来越冷了，顾若光手里拿了条深色的围巾帮祁言系在脖子上，她看着他笑吟吟的双眼，又问了一遍：“真的不用我陪你去吗？”

她早几天在知道他要去美国的时候，就有问过他需不需要她陪同，但他每次都说不用。

这次也没例外，祁言低头亲了下她的额头，笑道：“现在已经订不到机票了。”

他指的是他这个航班的。

顾若光说：“我可以订晚一点的。”

祁言捏了捏她的脸颊，脸上的笑容不减：“下次吧，下次我带你去66号公路自驾旅行，那里沿途的风景很漂亮。”

知道他不愿意让自己跟着一起去，顾若光只好道：“好吧，你去到那边万事小心，记得要保护和照顾好自己。”

他五年前经历的事情让她现在对他要去美国见他父亲这件事，始终放心不下。

“我会的。”祁言朝她一笑，“我很快就回来。”

他只是过去做个了断。

顾若光目送他进到安检大厅，然后才离开。

今天快下班的时候，林妤在办公室里刚结束跟别人的视频通话，外面的门就被人敲响了。

“请进。”

她的助理从门外走进来：“林总监，我这边刚接到一个通知。”

林妤“嗯”了声，没有抬头，她翻着手头的文件，助理汇报道：“十分钟之前，我接到人事部门的消息，创意部的安婉向他们递交了辞呈。”

林妤动作一顿，她皱起眉梢：“什么时候的事情？”

“就在刚才。”

林妤脸色一沉。

这个安婉又在搞什么花样？！

助理："总监，您要下楼看看吗？人事部的负责人还在等回复。"

林妤抬手压了压自己的眉心："不用了，随她去吧，让人事部门按正常程序处理就行。"

顾若光这天刚下班的时候就收到了安婉离职的消息，这个消息太突然了，她知道之后一时没反应过来，外面的办公区围了好多同事，大家都看着安婉在办公室里收拾着自己的东西。

顾若光走到外面就听到有几个同事在议论。

"哎，你们说安婉为什么这么突然要离职啊？"有人问。

"还能为什么？在公司待了两三年了，上面一直不肯给她升职，所以只好另谋出路吧。"

"不是说林总监是她的表姐吗？怎么安婉要离职，她那边一点动静都没有？"

"谁知道呢，说不定就是因为林总监不肯帮她升职，所以这位大小姐一气之下就走了呢。"

大家你一言我一语地说得正起劲，安婉在办公室里收拾个人物品，她原本以为自己透露了离职的风声之后，林妤会下来找自己服软的，结果她等了两天，她那边一点动静都没有！她最后在办公室里磨蹭了半个多小时，也不见人下来，下班点一到，她气得直接抱着箱子走了。

外面的人一见办公室里的人出来了，纷纷作鸟兽散，回到自己的工位上坐好。

顾若光看着安婉从办公室离开，她想了想，跟了上去。

安婉在电梯间等电梯，下一秒就听见旁边有人说："你今天离职了？"

一听到这个声音，安婉头也没回，她昂着下巴看着电梯显示的楼层，不想搭理她。

“之前怎么没听你提起过？”

安婉冷漠道：“关你什么事？”

她们现在跟进的这个项目已经到收尾阶段了，她现在这时候离职，顾若光觉得有些奇怪，所以想追出来问问，虽然她的性格是骄纵傲慢了点，对她的态度也很恶劣，但这个项目毕竟是大家一起合作完成的，她还是希望她们能一起见证最后的成果。

可显然对方并不领情，电梯“叮”的一声，门开了。

安婉抱着箱子走进去，然后转身面朝她，在电梯门合上之前，安婉对她笑了一下：“顾若光，你好自为之。”

回去的时候，顾若光正好碰到人事部门的负责人，她喊住对方，提出了自己的疑问：“安婉一个月前就递交了辞呈吗？”

人事说：“不是，她是前两天提交的。”

顾若光疑惑地皱了下眉：“不是要提前一个月提出离职吗？”

“正常来说是的。”人事跟她解释了下安婉的情况。

顾若光沉吟道：“林总监知道这件事吗？”

人事点头说：“林总监让我们按程序进行就可以。”

“好，我明白了，谢谢你。”

安婉的工作在她离职前都交接给部门的另外一位同事了，那人下班前过来跟顾若光打了声招呼，等那位同事离开之后，顾若光坐在办公室里，心里依稀感觉到有丝不太对劲的地方，但她自己也说不清楚，只当是自己的错觉，很快就抛之脑后了。

美国加州。

祁言坐在一间光线晦涩的屋子里，他闭着眼睛，脸上神情浅淡，直到听见声响，他才缓缓睁开眼睛，然后就看到他面前的门被狱警打开，一个戴着手铐的男人被人从里面带了出来。

男人看到他之后似乎有些意外，他在门口停了半刻，然后才走过来，拉开他对面的椅子坐下。

祁言看着眼前这个容貌跟自己有几分相似的人，觉得很陌生，他们之间已经有五年没见了，而在五年前那次之前，他们两个已经有十多年没见过面了，他对于父亲这个人，除了陌生和敌意，别的也没剩什么了。

这个男人在祁言的印象中比起五年前老了很多，不知道是不是因为这段时间的经历，让这个原本长相风流儒雅的男人眉眼都多了几道沧桑的皱纹。

祁言在观察他的同时，哈尔斯也在打量着他，这个名义上的亲生儿子。因为从一开始接近他的母亲就是他精心策划的一场阴谋，所以对于这个阴谋产物下的儿子，他自然也没有多大的感情，更何况祁言最近让他狠狠跌了个大跟头，他心里对这个儿子是充满了敌意和恨意的，不过他的面上却不动声色。

屋子里的空气凝滞沉默，哈尔斯率先打破了沉默，他笑了一声："你是专程过来看我笑话的吗？"

这个男人也有一双蓝色的眼睛，他一笑，眼睛微微眯起，目光在这昏暗的环境里变得阴森森的。

祁言很小的时候就很害怕父亲的这双眼睛，每次看到他的时候，他的眼里都会透着诡谲莫测的光，那双蓝色的眼睛就像个深不见底的湖，好像在里面藏着一只神秘恐怖的水怪。

现在看到这样一双眼睛，他已经没有了小时候的感觉，也不觉得畏惧，只是觉得可笑。

这个模样的他，只是在虚张声势罢了，就像是一只被磨掉了爪牙的老虎。

祁言没说话，哈尔斯冷笑了一声，他压低了声音，眼神阴恻恻地看着他："你别以为这样就可以把我扳倒了！我还安排了一场好戏在后面呢。"

祁言神色平静道："你的余党已经被我清理干净了。"他依次念出了几个人名和组织的名号。

哈尔斯听完，脸上的笑意一僵，他望着他，目光骤然发狠，半晌后又忽地大笑："哈哈哈……好，好……不愧是我的儿子。"

“有意义吗？”祁言眼眸半垂，眼神深深地看着前方，几秒后又抬起，看着对面的人，“谋害身边的亲人，甚至不惜一切代价将自己搭进去了，就为了追求名利、地位和财富，这就是你所有的人生意义吗？”

哈尔斯低头笑了几声：“你懂什么？你一出生就生活在富裕的家庭里，吃喝不愁，你体会过什么是穷人的滋味吗？你知道几天没饭吃差点饿死街头的感觉吗？你尝试过为了生存一遍遍像陌生人下跪乞讨的感受吗？！”

哈尔斯猛地抬头看向他，他怒拍了下桌子：“我们信奉上帝，可是上帝从来没有对我们公平过！凭什么你们从小就可以锦衣玉食的，我们这些人就只能被当成垃圾踢来踢去！呵……”他冷笑道，“不过也没关系，既然上帝不愿意怜悯我们，我还可以靠自己，名利、地位、金钱，只要是我下定决心想要的，总有一天都会属于我！”

祁言眉目不动地看着他，平静无澜，沉默不言。

哈尔斯见他西装革履一副贵公子的模样，止住话声之后笑了，随即笑得越来越大声，他的笑声在整个空间回荡，让人头皮发麻，有点阴恻恐怖的感觉。

“塔尔·哈尔斯，我的儿子，说起来你还得感谢我，如果不是我的话，你也不能出生在这么一个高贵有钱的家庭里，如果不是我的话，你以为你能有今天的身份地位，呵呵……你只会跟你的父亲一样，被人当成垃圾，只能靠给所有人下跪乞讨换来一份卑微的怜悯！”

塔尔·哈尔斯是他的本名，闻声，祁言目光一沉。

哈尔斯：“你别以为把我送到这里就胜利了，别忘了，你身上还留着我一半的血……不管怎么说，你也是我们哈尔斯家族的一员，只要你继承了祁家的产业，就相当于哈尔斯也继承了，这么一想，好像最后的胜利也是属于我的，哈哈哈哈哈……”

“我跟你介绍一个人。”祁言打断了他的笑声。

随着他的声音，他身后有一人走上前来。

哈尔斯抬起头来。

“这位是马蒂斯律师，你和母亲当年的离婚手续就是他负责办理的。”祁言的头脑冷静，看上去丝毫没有被他的话影响，他继续道，“我今天委托他来这里，是想让他做一件事。”

说完，马蒂斯就从自己的公文包里拿出了一份文件，放在哈尔斯的面前。

祁言：“签字吧。”这是一封脱离家族关系的协议书，上面罗列了几条相关的信息，意思是在法律程序上他们不被允许解除父子关系，祁言只能通过这样的方法来跟他撇清关系，只要哈尔斯签了名，那他从今往后就不会跟哈尔斯这个家族有任何牵扯。

哈尔斯看到文件内容之后嗤笑了一声，他有些讥讽地看着祁言：“你觉得我会签字？”

他刚说完那番话，下一秒就让他签下这份协议书，哈尔斯觉得有些可笑。

祁言面不改色地回视他：“你不必做出一副胜利者的姿态，我想你应该也没有多想认我这个儿子吧。”

“那又如何？”哈尔斯往后靠在椅背上，笑了两声，“我不会签字的，我等着看我的儿子继承祁家的财产呢。”

祁言没说话，看了他几秒，忽然道：“我听说警方还在搜查艾拉的下落……”

闻声，哈尔斯神情一僵，那副狂傲的姿态瞬间收敛起来，他眯起眼看向祁言。

艾拉是跟哈尔斯从小一起长大的青梅竹马，也是他背着祁言母亲搞婚外情的对象。

哈尔斯身体前倾，他眼神一厉，压低了嗓音：“你想干什么？！”

祁言没有回答他的问题，只是道：“我只有一个要求，签字。”

“你！”哈尔斯眼神发狠地盯着他，祁言默不作声地与他对峙。

哈尔斯沉默了很久，他笑着点了点头：“好好……”他拿起笔在文件末尾签上了自己的名字，签完名之后把笔一甩，用力地拍了下桌子，声音极低，“你不准对艾拉出手！”

马蒂斯把协议书收起来。

祁言看着这个眼神凶狠的男人，忽然就想起了自己的母亲，没有人比他更清楚自己的母亲有多深爱眼前这个男人。对于他做出的种种事情，以及对自己的伤害，到临终前她仍然是不愿意相信的，甚至在决定结束自己生命的前一秒，她都希望这个男人来见自己一面。

可是这个男人为了维护另外一个女人签下了这份协议书。

祁言弯唇，唇边有一丝极浅的笑意，他什么都没说，从位置上站起来，狱警给他开门，但他突然停住脚步。

祁言没有回头，他眼神静默，缓慢开口道：“塔尔·哈尔斯不是我的名字，我姓祁，是祁家人，哈尔斯这个姓氏，从今天开始，跟我一点关系都没有。”

顾若光今天跟祁言视频聊天的时候明显感觉到他的情绪不对，他那边的环境光线很暗，像是房间里没开灯，她现在这边是下午，他那边现在是晚上八九点左右。

祁言在酒店的房间里，他只开了盏桌上的灯，房间的大灯没开，身后的窗帘也是紧闭的。

顾若光问他：“是发生了什么事情吗？”

祁言手撑着脸颊，他一笑，神色如常的模样：“没有，怎么这么问？”

顾若光沉默地看着他，她抬起手轻轻描摹了一下他屏幕上的轮廓，实话实说：“感觉你好像有点不太开心……”

祁言屈起手臂将脑袋枕在臂弯里，他歪头看着她，伸出手来碰了碰她在屏幕上的脸，很轻很淡地应了一声：“嗯，有点……”

顾若光神情温和地弯了弯眉：“可以跟我说一下吗？让你不开心的事情。”

祁言放下自己的手，他说：“我今天去见那个人了。”

祁言大致跟她说了一下今天跟哈尔斯见面时的事情，说完之后他不明意味地笑了：“其实他说得对，无论我再怎么否认，也无法不承认自己是他的血脉。”

他们长得很像，特别是有一双一模一样的蓝眼睛，他照镜子的时候看到这双眼睛，仿佛就看到了那个人在凝视着自己。

“你觉得自己跟他长得很像吗？”顾若光轻声问，但不等他回答，她又接着开口，眉目间的神情像江南烟雨般温和细腻，她温声细语道，“我觉得你长得更像你的母亲。”

祁言一愣。

顾若光说：“我在照片上见过她。”

她的手指划过他的眉眼：“你们的眉目长得很像，特别是这双眼睛，这是我见过的最漂亮的一双眼睛，你的母亲也一样，你跟她很像，你们眼睛里的光很温和，具有神采，也很动人，我在照片里见到她的时候，她抱着还只是婴儿的你，笑得很幸福，很满足，我能猜到，她那一刻一定在想，你是上天赐给她的礼物。”

祁言眼神怔然地望着她。

“我第一次看到这双眼睛的时候就被它吸引了。”顾若光一笑，“你听说过洪都拉斯蓝洞吗？”

他似乎还没从她的话里回过神来，很久才道：“那是什么？”

顾若光：“那是十大地质奇迹之一，是由冰川时代的一个坑洞形成的，因为海平面升高，就呈现了一副深蓝色的景象，那个地方很神秘也很美丽，我第一次看到你的眼睛，就觉得跟这个蓝洞很像。”

“祁言。”顾若光直视着他那双眼睛，笑容明朗恬静，“我现在看到这双眼睛，心里在想，你一定是你母亲和上天赐给我的礼物。”

闻言，祁言彻底怔住了。

许久之后，他缓缓闭上眼睛，唇边弯起一丝笑意：“谢谢你，若光。”

顾若光看到他眉目舒朗的模样，也跟着笑了："所以，祁先生，你打算什么时候回国？"她顿了顿，吐露了自己的心声，"我很想你。"

"很快。"祁言笑了，"不会让你等太久。"

结束了跟他的视频通话之后，顾若光转头看向窗外，外面日光正盛，温暖地笼罩着苏城的冬天，她轻轻一笑，这样的日子，比以往的任何时候都还要美好。

顾若光带领的ISD工作室团队在KM科技的第一项工作任务顺利完成了，后期只要继续协助相关部门的工作就可以了，这款游戏的上线时间按原计划定在明年，在这之前，明年一月份会进行第一次内侧。

由顾若光创作的几个大场景获得了大家的一致认可和好评，有相关的技术部门提议说可以把这些场景做成AR实景，在游戏上线之后推出，让玩家能够全身心地体验游戏里的真实场景。

开会讨论的时候，因为祁言不在，所以由林妤带头认可并通过了这个提议，并安排有关部门的人去执行，散会后，顾若光和杰米他们收拾着自己的东西准备离开。

"Eve。"在顾若光离开会议室之前，林妤喊住了她。

顾若光回过头，林妤从位置上站起来，她说："我有话想跟你说。"

杰米他们见状，跟顾若光打了声招呼，然后就先离开了，会议室里很快就只剩下她们两个人。

林妤走到她面前，她脸上露出温和友善的笑容，朝她伸出一只手来："这次的项目你和你的团队完成得很出色，我代表公司向你表达诚挚的谢意。"

顾若光看着她，能感受到她的真诚，她握住她的手，同样笑容温和："你客气了，这是我应该做的。"

"我已经帮你们申请了，游戏上线之后，公司会给你们部门所有参与项目的人在原有的提成上再发放一点奖励。”林妤说。

这是意料之外的事情，顾若光笑说：“那我先替他们谢谢公司。”

林妤一笑，看了眼手机上时间，问她：“有没有时间一起吃个饭？”

顾若光点头应了，她们去了附近的一家餐厅，在等菜的过程中，林妤跟她说：“你们工作室和我们公司签订的战略合作协议期限是三年，三年之后协议解除，你那之后有什么打算吗？”

正擎集团和ISD工作室签署的协议是三年，三年结束之后，顾若光所带领的团队将会重新回到法国里昂，听到她这么问，顾若光不答反问：“时间还长，怎么突然问起这个问题了？”

林妤一笑，坦白道：“因为我想把你挖过来。”

“挖我？”顾若光愣了一下。

林妤点头：“其实准确来说是帮公司挖人，这段时间，我们都看到了你的工作成效和态度，我认为你很适合担任创意部总监这个职位，如果你愿意留下来的话，这个位置会一直帮你保留。”

顾若光还从来没想过这种事情，下意识地拒绝：“林总监，你太高看我了，以我现在的能力和水平还不足以去担任一个总监的职位。”

林妤也不否认，她道：“还有两三年的时间，我相信以你的能力能够胜任这个岗位的。”

顾若光问：“为什么是我呢？”

林妤：“这个岗位我们其实一直都在招人，但始终找不到合适的人选，大家都一致认为你挺适合的，所以就想来问问看你的想法。”

顾若光一笑说：“我还真的从来没有想过这个。”

原本她是打算三年结束之后就跟ISD工作室提出离职的，她想留在国内做一个自由职业者，打造自己的个人品牌，这是她在回国之前就给自己的设定好的前景和规划，所以才会在刚回来的时候跟唐蓝说留在国内，以后都不走了。

林妤表示理解："明白，不过你也别着急拒绝，我只是先跟你提一下，你还有很长时间可以考虑。"

顾若光沉默了会儿，想了想还是打算先跟她说明："林总监，谢谢你和公司的好意，不过我还是打算按照自己规划的路线去走。"

林妤原本也只是有这么个想法，既然她拒绝了也不再强求，她点头笑道："我明白了，那我就在这里提前预祝你一切顺利。"

"谢谢。"

她们吃完饭走出了餐厅，林妤问她："最近跟祁言怎么样？"

顾若光顿了一下，才道："我们挺好的。"

林妤："那就好。"

随即又开玩笑地问了句："打算什么时候摆喜酒？"

顾若光听她谈论起祁言的事情，心里有点微妙，算不上不舒服，只是有点小小的尴尬，然后又听到她这么说了一句，她顿时一愣，连忙道："还……还没那么快……"

林妤笑了笑，她的视线看向前方，轻声道："祁言是个很好的男人，要好好把握。"

她们刚回到公司，林妤就收到了助理的电话，助理在那端对她道："林总监，出事了。"

林妤听完电话，眉头顿时拧紧。

"怎么了？"顾若光问了句。

林妤看了她一眼说："先上楼再说。"她们还在大堂，这里人多口杂，不方便说话。

林妤带她去了自己的办公室，同时让助理召集各部门的负责人召开紧急会议。

等人都到齐之后，助理才把自己获得的消息展示给大家看："最近网上有款新推出的游戏跟我们的设计风格很像，短短几天在各大商城服务器达到几十万的下载量，现在已经创造了话题登上微博热搜榜了。"

助理给他们演示了这款游戏，发现关于整个游戏的策划，关卡，包括其中很多个场景和人物都跟他们这款项目最终定稿的版本高度重合，但是又不完全一样。

有人没忍住骂了一声：“靠，这不是明摆着抄袭吗？”

有人又道：“你说抄袭别人可能还不认，我们这款游戏是往大方向的趋势去研发制作的，也就是我们想到的别人也可以想到，没办法证明它是抄袭，顶多就只是游戏的画面细节上很像而已。”

林妤皱眉，看向自己的助理问：“这是怎么一回事？”

助理答道：“这是一家名为‘迪尔数字科技’的中小型企业创作研发的一款手游，三天前刚上线，刚上线的时候靠宣传营销创造了不少的话题量，现在各大服务器的下载量还在持续上涨。”

顾若光闻言皱起眉，这是非常严重的事情，在这个行业想要创造最火爆热门的游戏就必须推出比别人更新颖更好玩的点子，一旦被别人领先，就证明已经错失先机了。

“我可以看看这款游戏吗？”顾若光问。

助理将自己的手机递给她。

林妤接过助理另外递给她的资料看了眼：“就算大家都是按照这个趋势去设计游戏，也不可能做到完全一样，这款游戏从策划到原画再到制作研发都跟我们的很像，绝对不会是单纯的巧合。”

顾若光把游戏场景和人物大致都看了一遍，发现有好多内容都跟他们美术组创作的内容相同，包括她自己画的好几个场面，虽然不完全一样，但在细节上有很多地方都是很相似的。

如果真的确定是抄袭，那么奇怪的地方就来了，他们这款游戏还在研发的过程中，连内侧都还没进行，甚至至今还没有一个人见过游戏完成后的全貌，怎么会把内容泄露出去了？

顾若光几乎是立刻就想起了一个人，她抬起头，正好跟林妤的目光对上了。

林妤的目光幽深，她也同样想到了一个人，但这个念头随即就淡下去了，她不太相信安婉能做出这样的事情，她挪开视线对助理说："调查一下这件事情。"然后又看了眼在场的人，"这件事情我让助理去调查一下，现在当务之急是想出应对的办法。"

且不论别人是否抄袭，这款游戏都已经被对方先推出市场了，他们失了先机，不可能再按照原计划推出一款类似的游戏。

可如果放弃这个项目的话，那项目投入的资金以及大家这几个月以来的努力就全部白费了。

有人说："我建议还是从抄袭这个点入手，林总监说得对，我有理由相信对方完全就是抄袭我们的，只要找到证据就可以发律师函告这家公司了，到时候只要发个声明就可以了。"

这人说完，又有人道："但有个问题就是，就算告了这家公司，解决了这次事情，可他们已经把这款游戏推到大众的视野里了，换句话说，我们准备得再充分，消费者都已经没了期待，更何况我们还要等到明年才能推，从这个时间上就已经输给对方了。"

顾若光一直没说话，她思考了一阵，开口道："我不觉得是输给对方了，如果我们找到证据证明对方是抄袭的话，大众会对他们这款游戏的好感度急速下降，如果我们在这个时候找个合适的时机推出新游戏，是不是反而能赢取一部分消费者的心呢？"

林妤点点头："我认同 Eve 的想法，消费者打从心底肯定是更加尊重原创的，至于没有期待这件事，解决的办法很简单，我们把策划方向看能怎么改动一下，让整个游戏主线更加丰满一些，Eve 这边负责调整一下画面和人物，技术研发这边配合一下，我们整体把时间加快。"

"大家如果还有什么别的解决方法和疑问都可以提出来。"

大家集中讨论这件事，等确定了解决方案之后，就各自回去负责自己的工作，顾若光留到了最后，她等大家都离开之后，才走到林妤面前，她犹豫了会儿，说："林总监，这次的事情……"

林妤抬手打断她的话："我知道你想说什么，你怀疑这次的事情跟安婉有关？"

虽然不愿意这么想，但从安婉在这个项目还没完成就提出离职开始，顾若光就觉得她很奇怪。

“我不太相信这件事是她做的，安婉平时虽然骄纵任性了一些，但不至于在这种事情上犯糊涂，事情的真相如何，我会让助理调查清楚的……”林好停顿了一下，她闭了闭眼，接着道，“但如果最后的调查结果显示真的是她，我也不会继续放纵她。”

话已至此，顾若光也没再说什么了，她点头，应了声“好”。

事出突然，顾若光带着负责这个项目的组员一个下午都在跟策划开会，确定了新方向之后，她们有很多内容需要做出调整和修改。

开完会后，杰米哀叹了一声：“原本以为能轻松一阵，没想到又出了这样的事情，天要亡我！”

温蒂拿着自己的文件夹拍了下他的脑袋：“小点声，这还是在办公室呢。”

顾若光回到办公室之后就开始改稿，时间很紧急，这款原定于明年上线的游戏可能要提前到年底就要推出市场了，所以留给他们的时间不多。她忙得一下午都没时间看手机，也忘记了祁言乘坐的航班今天会到达苏城的事情。

祁言从机场出来之后，原本想给顾若光发消息说自己已经到达苏城了，但想了想最后还是没发，他看时间还早，跟王五说先回公司。

到公司楼下的时候正好到下班点，祁言给顾若光打了通电话，原本想给她个惊喜，告诉她自己过来接她下班，结果那端没人听电话。

坐在副驾驶上的陈柒在这时候跟他说：“祁先生，我刚收到消息，公司现在研发的这个项目出事了。”

杰米拿起杯子想去茶水间煮点咖啡，他刚走到门边，就看见有人出了电梯往这边走来，等看清来人之后，他讶异地睁大了眼睛：“祁总？”

祁言朝他点了下头，然后径直往里走进办公区，他的到来对创意部的同事造成了冲击，大家惊讶地面面相觑，引发了一阵不小的轰动，陈柒和王五跟在他身后，两人把手里提着的东西放在一张空桌上，陈柒对众人说：“大家都辛苦了，祁总给各位买了点吃的东西，都过来吃点吧。”

大家围上去吃东西的时候，站在杰米身旁的一女生问：“哎，我看见祁总好像走到 Eve 的办公室去了，他们是不是已经确定关系了？”

这件事情顾若光有叮嘱过他们先不要告诉公司其他人，杰米正啃着炸鸡，闻声差点被鸡肉呛到了，他反问：“你怎么知道的？”

女生扬了扬眉：“我们很多人都看到他们这段时间同进同出的，我估计吧，全公司的人都差不多知道他俩的关系了，就差没直接对外公布了。”

顾若光办公室里的隔音效果很好，又拉着卷帘，所以并不知道外面发生的事情，她坐在小桌子前，旁边放着一台笔记本，还有一杯放置了很长时间的咖啡，她趴在桌子上正全神贯注地画图。

直到有人敲门。

顾若光以为是小木有事找她，她头也没抬，直接就说：“请进。”

外面的人进来后，顾若光好半晌都没听到有人说话，她疑惑地抬起头来：“有什么事……”

她声音一顿，看到面前笑容明朗温和的男人，眼睛顿时亮起了光：“你怎么……什么时候来的？”

顾若光边说着边站起来，走到他面前。

祁言握住她的一只手抬起来，弯腰低头亲吻了下她的手背，随后抬起头来，他举起另一只手提着的东西，朝她一笑：“我来给我女朋友送晚餐。”

顾若光笑了，她接过他手里的东西放下：“抱歉，我都忘了你今天回来。”

“没事，原本我打算给你个惊喜。”祁言说完，伸手抚摸着她的脸庞，认真地端详了她好几秒，“好像瘦了。”

顾若光被他逗笑了，他们才分别了不到两个星期，哪只眼睛看出来她瘦了！

她刚想说话，腰就被跟前的人搂住了，她被带着往前进了一步，祁言低头吻住了她。他们已经分别了许多天，思念的情绪在彼此的亲吻里一触即发，两人越吻越深。

顾若光感受到他的情意，但同时也想到了现在是什么场合，外面指不定什么时候有人过来，她轻轻推了下他的肩膀，结果手却被人握住，祁言像是知道她在顾忌什么似的，他带着她往角落走去，继续低头吻她。

祁言一双蓝色的眼睛带着缱绻的笑意明亮地望着她，顾若光被他盯着脸颊发红，觉得全身上下都被他炽热的目光烧得滚烫，她很快敛眸避开他的视线，然后就听见他极轻地笑了一声。

这声笑像羽毛似的滑过顾若光的耳畔，让她的耳朵有些痒，也敏感得有些发红，她轻轻推了下祁言，祁言这才放开她，抵着她的额头微微平复着呼吸，眼中的笑容那么直白又愉悦。

顾若光看了一眼他这样坦然的目光，脸颊就红得不行，没办法直视他的眼睛。

祁言也不闹她了，等两人的呼吸平缓，他才拉着她坐到桌前：“我在路上给你买了点吃的。”

顾若光把自己的手机拿过来，看到有几通未接来电，他十多分钟前给自己打过电话，祁言解释说：“我在楼下，原本想来接你下班。”

顾若光想起什么，她问：“你知道公司今天发生的事情吗？”

祁言把外套脱了放在一旁，他挽起袖子，点了下头：“陈柒刚和我说了。”

他边说着边把袋子里的餐具取出来，他在路上帮她打包了份热腾腾的汤面，他将盖子揭开，把筷子递给她："趁热吃吧。"

见他一脸漫不经心的表情，顾若光道了声谢，接过筷子，疑惑道："你怎么好像一点都不在意？"

祁言一笑："你们不是已经想好应对方法了吗？"

顾若光顿了顿，她说："万一我们的方法不成功，别人反过来告我们抄袭怎么办？"

这样的抄袭事件在顾若光以往的工作中也有遇见过，也见过很多人反过来咬她们一口。

祁言说："他们不会有这个机会的。"

顾若光说完之后就发现自己多虑了，她说这话时忘了前提，正擎集团是什么企业，会舍得花工夫去抄袭一家小公司，让自己惹一身腥？

她笑了，顾若光发现自己很喜欢这个男人说这话时的自信模样，她凑上前亲了他一口，笑道："谢谢你的晚餐。"

祁言摸了摸自己的唇，低眸笑了，然后转头看到她桌面上画到一半的稿子："这是？"

顾若光看了眼他手里拿着的画稿，将嘴里的面条咽下去之后才道："新人物，下午策划那边讨论出来的，要在原来的基础上加多几条剧情线，这是其中一个关卡的NPC，人物设定是天神。"

祁言扬了扬眉，意味深长地看着她："有点眼熟。"

顾若光神情一窘："你……看出来了？"

祁言挑眉一笑，似乎在等她解释。

顾若光从他手里接过画稿，轻咳了一声，顾左右而言他："这个……我还没画完呢。"

关于这个天神的设定是一个完美人物，从小天资聪颖，拥有无边法力，年纪轻轻就当上了掌控神界的"天神"，但后来因为爱上了一位妖界的女子，被众神讨伐，最后被封印在自己的神殿中。

看到这个人物的设定时，顾若光第一反应就想起了祁言，下笔前还有些犹豫，但最后还是按照他的神态把天神这个角色画出来了，没想到画出来之后效果很好，她已经不打算修改了，就在这个稿子的基础上继续完善。

“帅吗？”顾若光拿着以他为原型画好的天神，笑眯眯地望着他。

祁言挑唇一笑：“我想看看妖女。”

他说的是天神爱上的那位女子，顾若光说：“我还没正式开始画。”

祁言故意问：“你打算怎么创作这个角色？”

顾若光从桌上凌乱的画纸里找了几张草稿出来，摆在他面前，朝他一笑，调侃道：“我已经画了几个草稿了，来，天神，挑挑看你喜欢的女人的样貌。”

祁言接过她递来的稿子，顾若光刚才开玩笑归开玩笑，实际上还是希望他能给自己一些建议。

祁言看完了，他放下手里的稿子，顾若光问他：“怎么样？有喜欢的吗？”

祁言摇头：“挑不出来。”

“嗯？一个都不喜欢吗……”顾若光低头看着稿子，忽然脸颊一暖。

祁言看着她，眼睛里有温暖的笑意：“我爱的人在这里。”

他猝不及防的表白让顾若光愣了一下，反应过来之后轻轻的“哦”了一声，唇角却不由自主地扬起一丝笑意，心里像有明朗的春风拂过，吹起了池面上的涟漪。

这次突发事件的调查结果几天就出来了，助理第一时间跟林妤汇报了调查情况：“林总监，我们查看了安婉办公室里的监控视频和电脑数据记录，发现她在离开公司之前曾经拷贝了一些属于公司的文件到自己的私人云盘里，并且我们还调查到她离开公司之后的第二天就去了‘迪尔数字科技’。”

真的是她。

林妤听完助理的汇报之后心里一震，这个安婉，到底知不知道自己在做些什么？！

她知不知道窃取公司商业机密这件事是犯法的？！

林妤之前还不相信安婉会做出这样的事情，她了解这个表妹，安婉本性不坏，只是为人骄纵傲慢了一些，虽然在工作中经常出纰漏，但到现在为止也没做什么坏事。

现在却闹出了这样的事情！

林妤按了按眉心，有些头痛，恨不得马上把人逮过来质问一番！

“调查清楚了吗？”她问。

助理点头，把调查结果呈上来给她：“已经查清楚了，这是调查报告。”

林妤看完助理递上来的报告，神情越发凝重，她说：“安婉没有人脉资源，不可能会主动把公司的资料给一家普通的中小型公司，肯定有人在从中作梗，可以查到跟安婉接头的这个人吗？”

助理：“我去查一下。”

林妤把报告递给他，同时嘱咐道：“在查清楚之前，没我的吩咐，这件事不要让任何人知道，出现任何后果都由我来承担。”

助理面露迟疑。

林妤：“怎么了？”

助理犹豫了下，说：“林总监，在调查结果出来之后的第一时间，陈特助已经找过我了。”

他口中的陈特助指的是陈柒，林妤心下一沉：“他都知道了？”

“是的。”

林妤沉默了几秒，才道：“好，我知道了，你先出去吧。”

同一时间，陈柒正在跟祁言汇报“迪尔数字科技公司”这起事件的调查结果，祁言听完之后说：“这件事交给林妤去处理吧。”

他刚说完，外面的助理就进来报告：“祁总，林总监在门口有事找您。”

祁言：“让她进来吧。”

林妤进来之后，陈柒朝她点了下头就出去了，祁言看着她："找我有事吗？"

林妤走近之后就看到他桌面上摆着的那份调查报告，她收回视线看向坐在办公位上的人，没有拐弯抹角，直接道："调查结果已经出来了。"

祁言点头："陈柒跟我汇报过了。"

林妤问："你打算怎么处理？"

祁言低头翻开面前的文件："我让陈柒把事情交接给你了，你来解决就好。"

林妤上来之前就已经想好了，她沉默了半晌，接着说："既然你把这件事交给我处置的话，那我希望公司能放过安婉。"

祁言动作一顿，他抬起头来，想了一阵，询问道："理由。"

林妤微微垂下眼眸，声音沉静："这件事情于公来说，安婉之前毕竟是公司的员工，如果曝光了这件事情是由她牵的头，我想对公司的影响不会太好，也会让外界对公司造成不好的看法，于私来说，她是我的表妹，不管怎样，我都不希望看到她出事。"

听完她这番话，祁言没有第一时间开口，他看着她安静了半刻，才道："那照你这么说，每个犯错的人公司都能放过了？"

林妤也知道自己这番话多少有些无理取闹了，但是她没办法，该说的还是得说，如果公司认真追究起来，安婉就是第一个逃脱不了责任的人，可不管怎样，她也不能眼睁睁看着安婉出事。

"我知道自己这个要求有些过分，但安婉会做出这样的事情有很大一部分是我的原因，我责无旁贷，所以，我希望自己能够代替她来承担这个责任。"林妤说。

祁言看着她："你想好了？你知道这意味着什么吗？"

林妤点头。

祁言静了几秒，忽然道："外公一直以来都对你寄予厚望。"

林妤低头一笑："我知道，我可能要让他老人家失望了。"

祁言没说话。

林妤看着他，也默不作声。

片刻后，祁言点了点头："好，我明白了。"

林妤等了会儿见他没有下文，她问："那这件事情……"

祁言浅浅一笑："我从一开始就说了，这件事情全权交由你处理，具体什么意思，应该不需要我再次说明吧。"

他从一开始就不算插手管这件事情。

林妤愣了几秒，神情很快就恢复了平静，她点头道谢："谢谢……"停了半刻，继续道，"如果有合适的人选，我这边随时都可以进行工作交接。"

她的神色认真，这件事情到最后肯定是需要有一个人出来承担，否则无法跟公司其他人交代，林妤愿意承担这个责任，如果公司不追究安婉的过错，她就从这个位置上退下来。

祁言拿起桌上的笔，在手里轻轻旋转着，时不时点一下桌面，他思考了一阵，说："前段时间新成立了岳城分部，那边缺一个能管事的人，你愿意去吗？"

林妤一怔，抬头看他。

祁言没再说话了，神色安静地等着她的回复。

岳城分部的事情林妤也听说了，因为前段时间新成立，有很多人事体系和管理上的细则都还没完善，还有就是地理位置特殊，所以一直没有找到合适的人去管理这家公司。

林妤原本都做好要离开公司的准备了，她沉默了很久，心里浮上了一丝感激，点头应下："随时愿意为公司效劳。"

祁言一笑："希望你这次不要辜负外公的期待。"

林妤眼神一动，余光看见眼前这个男人温和清润的面容，她心头一滞，很快就低下头将心底那丝情绪压下去，让自己的神情看上去从容沉静，她应道："好。"

几天后，KM 科技的官网及各个网络社交平台就抄袭事件发布了一则声明，并向迪尔数字科技有限公司正式发了一封律师函，这个举动引起了网上很多人的关注，也引发了一场很大的轰动，因为公关部的有效手段，让KM科技在最短的时间内获得了很多网友的支持，大家都纷纷表示期待正版游戏的上线。

与此同时，还有另外一则消息也在公司内部引起了轰动——KM科技的副总经理林妤将在明年三月份调往岳城分部。

岳城的位置偏僻，距离苏城有很远的一段距离，公司这个举措等于变相让林妤降职了，消息公布之后，大家都在猜测林妤这个副总当得好好的，为什么突然就调走了，是不是犯了什么错误之类的……

顾若光知道这个消息后，联系上公司发布的那篇声明，大致就能明白前因后果了，这件事就这么揭过，谁都没有再提起。

他们这款游戏的上线时间提前到今年年底，各部门的人这段时间都忙碌起来。

顾若光等手里的工作都结束之后已经是月底了，月底的时候，祁苍让人约她和祁言抽空一起吃个饭，除去上一次，这次已经是她第二次去见家长了。

没有再像上一次那样毫无防备，顾若光这次提前跟祁言打听好老人家的喜好，准备了一份见面礼，当天，顾若光一大早就起来收拾自己，接到祁言的电话之后就下楼了。

他们去了郊外的疗养院，祁苍已经在一楼大厅等他们了，老人家最近的疗养日渐成效，精神比之前要好了许多，身体方面也是，见面之后，顾若光把自己准备的礼物递给了老人。

她准备的是一幅山水国画，来自现代有名的国画大师，听说老人家喜欢收藏这些画作之后，就托人找关系买了这幅画。

祁苍收到礼物之后很高兴，一连说了三个好字，末了还道："丫头有心了。"

说完，转头就跟身旁的高秘书说："去把东西拿来。"

高秘书很快上楼，将祁苍说的东西拿下来后，递给祁苍。是一套金银首饰，有发簪、手镯和耳饰，祁苍跟她说：“这是我们祖辈以前流传下来的东西，既然现在到了祁言这一辈，就交由你来保管吧。”

老人家话里的意思很明白，顾若光听完之后有些受宠若惊，想都没想就拒绝道：“这……太贵重了，我不能收。”

祁苍不甚在意地摆了摆手：“收着吧，反正以后也是要给你的。”

闻言，顾若光转头看了身边的祁言一眼，祁言朝她扬了扬眉，眼底划过一丝笑意。

还没开口，老人家就继续道：“别看他，看他也没用，这东西传女不传男的。”

顾若光无法推拒，最后只能将这份贵重的礼物收下。

中午的时候，他们去了附近的一家饭店用餐，用餐席间，祁苍跟顾若光说：“什么时候有空把你的家人约出来，我们一起吃顿饭？”

这番话在前几天的时候唐蓝也有跟顾若光说过，她说抽空把两家人约出来见个面，毕竟他们两人也发展到现在这个情况了，家里边的人是时候互相见面了解一下了，顾若光当时听完之后含糊地应了下来，她觉得她和祁言还没到谈婚论嫁的时候，双方家长见面这事不着急，她事后就把这件事忘了。

现在听到祁苍提起，顾若光还没回应，就听见老人家说：“我觉得吧，你们这事看看差不多可以定下来了。”

顾若光：“……”

下一秒，她放在腿上的手就被人握住了，顾若光回头，身旁的男人唇边扬起一丝浅笑，祁言看着老人家，笑着应下来：“好，这事我们来安排。”

晚上他们回去的时候，到了小区门口，祁言下车送顾若光回家。

今晚的天空颜色像浓墨一样深，月亮晕着清朗的光，祁言牵着顾若光的手走在小径上，灯光和树影在他们脚底下蔓延。

“今天这事你怎么想的？”祁言走在路上忽然问她。

“什么事？”顾若光抬起头看他。

祁言看着她弯了弯眼，笑说：“今天中午外公说的那件事。”

他没有直接挑明，但顾若光一下就明白过来他指的是什么，她脸颊一红，连忙收回视线，支吾了几声：“嗯……你说的是见家长这事吗？我得先回去问下唐小姐。”

祁言见她回避自己的话，轻轻笑了一声，漫不经心地开口道：“在外公看来，你收了我们祖传的东西，就等于默认这件事了。”

他这么一提醒，顾若光才想起自己今天收了个烫手山芋，她把手里的东西递到他面前：“这东西真的太贵重了，要不先放你那吧，我拿着总感觉不太合适。”

祁言摸了下她的脑袋，笑了笑：“没什么不合适的，早晚都是要给你的。”

见他不肯收回去，顾若光这才作罢。

到她家楼下，顾若光跟他告别，她往回走了两步又停了下来，回头看了他一眼，祁言还停在原地。她想了想，走回到他面前，小声说了句：“这事你没正式求婚我可不答应。”

说完，也不看他的反应，马上就转身走人了。

祁言愣了愣，看着她急匆匆的背影，温柔地笑了。

“好。”

第十章
冬日正暖，故地重游

顾若光早上临走前，唐蓝问她这次要去多久，她说大概半个月左右，唐蓝说：“哦，那我可以清静半个月了。”

顾若光：“……”

她平时很吵吗？

她跟唐蓝告别，就下楼去和祁言汇合了，他们这次去法国是要去参加克拉拉的婚礼，除此之外就是想趁着过年前这段空闲的时间在那边玩几天。

这趟属于私人行程，只有他们两个人，祁言和顾若光到达里昂的时候是当地时间早上八点钟，下了飞机之后，祁言租了辆车先送他们去了酒店。

一月份的里昂天气很寒冷，外面的天空白茫茫的，飘着小雪，路面上也堆积着还没化开的白雪，顾若光伸手抹开了凝结着水汽的车窗，看着外面银装素裹的世界，心里一阵欢欣和雀跃。

这次故地重游心境都不一样了，顾若光很开心能够跟祁言一起再次回到这个他们相遇的国度。

这也是祁言时隔多年之后再次踏上这片故土，这座他生活了十多年的古老城市。

“你回国之后就一次都没有回来过？”顾若光问他。

祁言看着窗外的街景，心情有些微妙，有种既陌生又熟悉的感觉，闻言，他回答道：“两三年前来这边出差的时候有路过里昂。”

那次是过来办事，路过里昂的时候也没有停留，在跟她相遇之前，他总是下意识地回避里昂这座城市，怕自己回忆起过往的事情，忍不住要回来找她。

他面朝窗外，顾若光看不见他的神情，但他语气里有一丝不易察觉的落寞，她沉默了几秒，转移话题道：“你还记得你以前带我去过的一家Bouchon（小酒馆）的老板吗？”

祁言转过头来：“你说萨克？”

顾若光点头，她笑道：“他三年前结婚了，生了个女儿。”

祁言挑了挑眉，想起往事眉目间都变得生动明朗起来，他勾唇笑了：“萨克这家伙可以啊，之前他还骗我说他是不婚主义者。”

顾若光也笑了：“萨克的妻子是个很温柔的女人，女儿也很可爱。”

祁言捕捉到她话里的信息，他问道：“你跟萨克的关系什么时候变得这么熟了？”印象中那家小酒馆他只带她去过一次。

顾若光：“你离开之后我自己去了几次，去多了，聊过几次天，关系就熟了，萨克是个很好的人，说起来我也是沾了你的光。”

祁言眼底掠过一丝笑意，他越过她看向窗外，发现自己比想象中的更加想念这座城市以及在这里认识的每一个人。

司机带他们去酒店办理入住，放完行李之后，他们休息了一会儿，倒了个时差，等到下午才出门去找克拉拉，她跟吉恩的婚礼是在三天后。顾若光跟她联系的时候，克拉拉正在婚纱店里试婚纱，克拉拉在电话里让她过来一趟，要她试一下伴娘服。

祁言出门去联系车了，顾若光在房间里整理了下自己的着装才下楼，她乘电梯到酒店大堂时祁言已经在那里等着了，他今天穿着件黑色的羽绒外套，里面的白色卫衣帽子盖住了头顶，天气冷，他双手插在裤兜里，身姿修长地站在车旁，顾若光注意到大堂里的几个女生往他那边看了好几眼。

他租的车已经到了，祁言抬头见她过来了，从车旁退开一步，拉下了头顶的帽子，帮她拉开了副驾驶座的门，顾若光朝他一笑，上了车。

祁言发动了车子，根据顾若光的手机导航往婚纱店的位置开去。

婚纱店的位置在里昂最繁华的一条街上，他们到的时候克拉拉穿着婚纱正好从试衣间里出来。

“哇哦，好漂亮的新娘。”顾若光走到她跟前笑着打趣道。

克拉拉从镜子里看到顾若光，立马回过身来，眼睛一亮：“Eve，你们来啦！”

顾若光上前跟她拥抱了下，上下打量了眼她的婚纱，微笑说：“你这身婚纱好漂亮。”

克拉拉有些羞涩，她提了提蓬蓬的下摆，说道：“我也这么觉得。”

她们说着话，吉恩从旁边的试衣间穿着一套银色的西装礼服出现，他跟祁言和顾若光分别点了下头：“来了？”

顾若光朝他也点头一笑，然后说：“吉恩，快来看看你未婚妻，漂不漂亮。”说着，她把穿着婚纱的克拉拉从身后亮出来。

“Eve……”克拉拉脸有些红，她伸手扯了扯顾若光的衣袖。

顾若光笑了。

过了片刻，克拉拉说：“对了，Eve，我让店员把伴娘服拿过来，你试穿一下吧。”

说完，等顾若光离开去试礼服的时候，她转头看向祁言：“言，你要不要也去试一下？”

祁言微抬了抬眉：“我？我应该不用吧。”

克拉拉眨了眨眼睛，怂恿道：“反正来都来了，我让店员拿一套给你试试，正好和Eve站在一起看看效果。”

说话间，店员已经拿了两套西装过来了，她对祁言说：“这位先生，这边请。”

祁言只是陪顾若光一起过来而已，他刚想婉拒，克拉拉就在旁边道："去吧，去试一下。"

祁言闻声，挑眉失笑："好吧。"

他跟着店员一起去了试衣间。

顾若光穿着礼服从里面出来的时候瞬间惊艳了克拉拉，她叫了一声："太漂亮了，Eve！"

裸粉色的裙子很贴身，勾勒着她的身材曲线，显得腰肢纤细，皮肤在灯光的照耀下像外面的雪一样细腻纯白，她走过来，裙摆跟着晃动，整个人气质优雅恬静，盈盈动人。

顾若光莞尔道："你太夸张了，我没有你漂亮。"

克拉拉提着她的裙子打量了几眼，有些激动道："不行不行，你这太漂亮了，我要拍下来。"

顾若光哑然失笑，末了，她环顾了眼四周："咦，祁言去哪里了？"

"你说言吗？"克拉拉朝她眨了下眼睛，"被我怂恿去试礼服了。"

嗯？

克拉拉话音刚落，另一边试衣间的门就被人打开了，听闻动静，顾若光抬头看过去。

祁言换了一身白色的西装，他站在试衣间的门口，正抬着手腕整理着袖口，西装很合身，贴合着他的身躯，肩膀宽阔，腰身窄瘦的模样，他的脸庞五官俊秀贵气，像个出身宫廷贵族的王子，长身玉立地站在那里，让人看了第一眼就不想挪开视线了。

整理好穿着，祁言抬起头，看到她们之后微微一笑，眉目瞬间变得明朗生动起来，在灯光底下整个人像明玉似的在发光。

克拉拉捂着自己的小心脏，压抑不住的尖叫声从喉咙溢出，她抓着顾若光的手："Oh，my god！Eve，好帅，天哪，言真的太帅了！"

吉恩在旁边默默地看了她一眼。

顾若光想把自己的手从她的魔爪里抽出来："咳……克制一点克拉拉。"

最后是吉恩看不过眼把她拖走了："走了，过来这边看看衣服有没有需要调整的地方。"

顾若光站在原地，脸上带着温和的笑意，看着祁言往她这边走过来。

"好帅。"她微笑道。

祁言也笑："你也很漂亮。"

刚才出来的时候就注意到她身上的礼服了。

祁言笑了笑，他双手插在西装裤袋里，走上前靠近她，弯腰在她耳边用法语低声说了句："有点想看你穿婚纱的样子。"

顾若光心里一动，脸上却笑吟吟道："想得美。"

店员带着摄影师走了过来，她跟他们说了一声抱歉："不好意思，打扰了，两位方便帮我们店铺做下宣传吗？"

店员看到他们这一对长相特别出众，所以萌生了想帮他们拍组照片放在店铺里作为宣传用途的想法，因此上来询问下当事人的意见。

祁言看向顾若光，询问她的意思，顾若光原本想拒绝的，但店员似乎看穿了她的意图，又劝说了两句，顾若光看着店员殷切期盼的眼神，犹豫了几秒，看着祁言："你的意思呢……"

祁言："拍完之后可以送组照片给我们吗？"

店员连忙点头："当然可以！"

这家婚纱店是新店开张，之前店里的员工已经让克拉拉和吉恩给他们当过回模特了，他们两人把身上的礼服换下来，站在一旁当吃瓜群众看着祁言和顾若光在摄影棚里拍照。

摄影师拿着相机指挥着两人的动作："哎，对，手搂着女生的腰，女生抬起头来看向男生。"

顾若光依言仰起头看着祁言，祁言也同样低头看着她，他们两个挨得很近，顾若光看到他的眼睛里有温和明亮的光芒，她心跳骤然一乱，脸颊有些发烫。

这种感觉……就像在拍婚纱照一样。

顾若光正走着神，祁言忽然欺身下来亲了她的额头，她下意识地闭了下眼睛，等抬起头来，就看到他眉目间浮现的温暖笑意。

帮他们拍照的摄影师是个英国人，拍摄完一组照片之后，他拿着相机给他们看的时候，抄着他那口伦敦腔，一直用惊叹的语气称赞祁言的悟性很高。

祁言笑着跟摄影师说了几句。

顾若光看到有好几张他偷亲自己的照片，在心里默默腹诽，哪里是悟性高，分明就是借着拍照的名义占她的便宜。

拍完照后，店员洗了一组照片送给他们，离开了婚纱店之后，他们和克拉拉吉恩一起去附近吃了顿饭，然后就回酒店了。

酒店房间里，顾若光洗完澡从浴室里出来，祁言脱了外套坐在床上，他正欣赏着下午拍摄的照片，另一只手里拿着手机，脸上挂着浅浅淡淡的笑容。

“在笑什么？”顾若光走过去问。

祁言见她出来了，他道：“没什么。”

他边说着边放下手里的照片，手机也放下。

就这个瞬间，顾若光看到他手机锁屏的壁纸换了他们今天下午拍摄的照片，屏幕里的她双手握着他的西装衣领，踮起脚尖亲吻他的额头，她闭着眼睛，满脸娇羞的神情，脸颊像染了晚霞般上了层绯红的颜色。

这张照片的动作是摄影师指挥她做的，她也不知道拍出来的效果会是这样……

“别用这张照片。”顾若光嘟囔了一声，伸手要去拿他的手机。

祁言眼疾手快地先把手机拿在手里，他双手往后撑在床被上，笑容促狭：“我觉得很好看。”

她那样的神情被人看到怎么得了！顾若光要去拿他藏在身后

的手机："不行，你换一张。"

她洗完澡之后身上的沐浴露味道很香，她一靠近祁言就闻到了这阵香味，他勾唇一笑，将手机藏起来不让她拿到："我喜欢这一张。"

顾若光执着地要去拿他的手机，祁言眼里的光一闪，他腾出一只手搂着顾若光的腰，带着她一起往后倒在床上，顾若光没有防备，她轻呼了一声，就倒在了他的身上。

祁言脸上的笑容加深，他搂着她低低缓缓地笑出了声。

顾若光从他的身上起来，见他一脸得意狡黠的模样，佯装生气地拍了下他的手臂，哼了一声："幼稚！"

祁言神情愉悦，他从床上坐起来，倾身靠近她，讨好似的吻了吻她的唇角，见顾若光不理他，他无奈地扬了扬眉，把手机给她："你换吧。"

顾若光这才肯分给他一个眼神，把手机拿过来。

她在相册里挑选了一下，发现另外几张照片也好不到哪里去，选来选去感觉放哪一张都不合适，她最后妥协了，把手机还给他："算了，不换了。"

祁言从身后搂着她，靠在她耳边，闻声低低笑了："不反悔了？"

顾若光还没说话，祁言又道："我打算把微信头像也换成这个。"

顾若光："……"

隔天，他们去了里昂老城，隔了那么多年，这座老城还是没有什么变化，橙红的房屋沉默地矗立在这片土地上，像个迟暮的老人般守护着这座城市。

今天罕见地出了太阳，路上的积雪逐渐消融，他们走在路上，阳光暖暖地烤着身体，这条街上的行人很少，顾若光余光瞥见身旁的人伸手摸了摸墙壁上的红砖。

祁言收回手，轻轻淡淡地笑了一声："有点怀念这个地方。"

顾若光一笑："你还记得你第一次带我来这里吗？当时毛线

也在。”

五年前距离现在也算很久了，可她现在一闭上眼睛就可以想起祁言第一次带她来这座老城的情景，当时毛线才三个月大，小小的一只，喜欢在他们脚边乱窜。

祁言唇瓣掠过一丝笑意，眉目温和：“记得。”

那段时间是他人生中最无法忘怀的一段日子，那时候他还没经历那么多事，现在回忆起来只觉得那段时间的自己是轻松自由的，特别是遇到顾若光之后，他的生活里就平添了一份惊喜和期待。

萨克的小酒馆还在原来的地方，他们去的时候店门刚刚打开，小酒馆才开始营业。

顾若光站在门口敲了敲门，萨克正在店内收拾桌椅，听到敲门声他转过身来，看到门外站着的人时，高高壮壮的男人眉眼间顿时浮现了惊喜：“Hey！（嗨！）”

顾若光面露笑容跟他打了声招呼，然后说：“萨克，你看我带了谁过来。”

说完，她往旁边挪了一步，将身后的人亮了出来。

祁言站在门边，看着以前的好兄弟，他笑道：“萨克，好久不见。”

萨克愣了愣，随即眼睛整个亮了：“哇……”他走过来，有些难以置信地看着祁言，半晌后才抬起手来拥抱住他，拍了拍他的肩膀，“Hey，guys！（嗨，朋友！）”

萨克上下打量着他，惊讶道：“天哪，你这臭小子这段时间都死哪里去了？”

顾若光站在旁边看他们寒暄，闻声，她跟萨克说：“我们坐下来说吧。”

萨克这才察觉到自己的失礼，连忙招呼他们坐下，然后问他们想喝什么。

祁言扬了扬眉说：“老样子。”

“OK，老样子。”萨克瞬间领会了，他笑了一下，用了点力拍了拍他的肩膀。

"Eve，你喝什么？"

"我要一杯热茶就好，谢谢。"

萨克很快就把他们要的饮品端上来了，他把祁言要的酒放在他面前："你的，斯塔特。"

斯塔特是萨克自己酿造的一款高纯度的葡萄酒，口感非常好，这款酒因为工艺繁琐，且酿造的时间长，所以暂时不对外销售，只有身边亲近的好朋友才知道，祁言以前每次来的时候都会点一杯斯塔特。

祁言抿了口酒，他挑眉道："味道没变啊。"

"那当然！"

这款酒是萨克的骄傲，每个来喝的人都会称赞他一句。

萨克搬了张椅子也坐下："你这臭小子这几年去哪里了？当年怎么一声不响就走了？"

祁言放下酒杯："我有点事回国了，走得比较匆忙，没来得及打招呼，抱歉。"

萨克也没追问他有什么事，只是道："要不是Eve来找我，我都不知道你走了。"他回忆起往事，接着说，"你走了之后，联系不上你，我和Eve一直在打听你的下落，后来没有你的消息，我都差点在酒馆门口贴张寻人启事了。"

说到这，萨克就气不打一处来，他捶了下祁言的胳膊："我就算了，你一声不吭地消失，让人家小姑娘冒着风雪找了你很久，我这里她都跑了好几趟。"

顾若光没想到他会说这个，连忙制止道："萨克，别提这个，事情都过去了……"

萨克不知道内情，她是知道的，顾若光不想听到任何人对祁言有半点苛责。

祁言听完这番话之后沉默了下来，半晌后，他举起面前的酒杯，看向坐在对面的顾若光："对不起，我自罚一杯。"

萨克一开始还没觉得哪里不对，等祁言喝完之后才反应过来，他赶忙道：“臭小子！这酒珍贵着呢！别一口气喝完了！”

祁言挑唇一笑，刚才脸上的愧疚已经消失了，他笑说：“这么多年没见，你怎么还那么抠门。”

萨克隐忍着怒气没发作，他瞪了他一眼：“我不跟你这臭小子计较。”

顾若光看着祁言脸上的笑容，她神色温柔，没有说话。

片刻后，就听到有人在喊：“Papa！（爸爸！）”

萨克听到这个声音脸上的神情瞬间柔和下来，他转头看向从门帘里钻出来的小女孩，他从位置上站起来，一头浅棕色小卷发的女孩子就狂奔到他身边，萨克把她抱起来，笑道：“中午好，我的小公主。”

小女孩笑嘻嘻地趴在萨克的肩膀上，萨克抱着她转过身来：“来，Papa 跟你介绍一下，这位是我的好兄弟，言叔叔。”

然后跟祁言说：“这是我女儿，爱丽莎。”

“我听说了。”祁言笑了笑，从位置上站起来，看着趴在萨克怀里这个软萌软萌的小女孩，他和煦一笑，“初次见面，爱丽莎。”

爱丽莎怕生，闻声，她害羞地把头埋进萨克的怀里。

顾若光也站起来，她看着害羞得把自己藏起来的小姑娘，笑道：“嘿，爱丽莎，还记得我吗？”

听到熟悉的声音，爱丽莎抬起头来，看到顾若光之后她瞬间开朗起来：“Eve 姐姐。”说着，她张开双手想要抱抱。

顾若光把她从萨克手里接过来，她亲了亲小姑娘的脑袋，温声细语道：“姐姐不在的这段时间，爱丽莎乖不乖呀？”

爱丽莎认真地点头：“我很乖的。”

顾若光和祁言准备了礼物带给这个可爱的小姑娘，她带着爱丽莎去旁边拆礼物去了。

祁言看着她们两个，微微一笑，调侃了句身旁一脸慈爱的男人：“可以啊，不婚主义者。”

说起这个，萨克挠了挠头：“呃……这个是个意外，意外。”

因为店里来了客人，萨克把酒馆暂停营业了，他抱着爱丽莎，带着祁言和顾若光穿过巷子往他家的方向走去。

萨克家不远，穿过一条巷子就到了，他们到的时候屋子里的女主人已经准备好午饭了。

萨克跟祁言介绍了下自己的妻子艾米，他们互相认识之后，艾米就招呼他们坐下。

吃完饭之后，顾若光帮艾米收拾碗筷，送去厨房。

“他长得真好看，跟你很般配呢。”艾米正刷着盘子，她笑着对顾若光道。

顾若光帮她把清洗干净的碗盘里的水沥干放在一边，闻声她笑了说：“谢谢。”

“我之前就听萨克说过你们的事情，能重新见面真的太好了，Eve。”艾米由衷道。

“是的。”顾若光眉目温柔，“我很感谢上天让我们重逢。”

收拾好厨房，艾米带她上楼进了卧室，她从衣柜里翻出了两条丝绸的围巾，然后从橱柜上拿出一对陶瓷制品，她递给顾若光：“这些是我自己做的，正好借着这个机会送给你，祝贺你找到自己的爱情，也祝你和言能够白头偕老，永远幸福。”

顾若光有些惊喜，她弯了眉眼：“谢谢你艾米，我很喜欢。”

跟艾米在楼上待了一会儿，下楼的时候客厅已经没人了，艾米笑说：“肯定又带着爱丽莎去后院玩了。”

她们去到后院，果然看到那两个大男人正陪着小姑娘玩得不亦乐乎，祁言不知道怎么突然间跟爱丽莎的关系变得那么好了，他和萨克分别站在两头，爱丽莎想都不想直接就扑进了祁言的怀抱中。

萨克孤零零地站在原地，感觉自己失去了世界的宠爱。

艾米看着陪自家小姑娘玩耍的祁言，掩着唇对顾若光说：“言以后一定会是个好父亲。”

顾若光愣了一下，脸皮一热：“咳……”她嘟囔了一声，“还早着呢。”

艾米朝她一笑。

玩闹了一会儿，他们就看见站在台阶上的顾若光和艾米，祁言抱着爱丽莎走过来，到了下午，外面的太阳很大，顾若光看到他们的额头上都起了层薄薄的汗水，她拿了张纸巾帮他和小姑娘把脑门上的汗水擦掉。

“累不累？”她问爱丽莎。

小女孩摇头：“不累。”她抱着祁言的脖子对顾若光说：“Eve姐姐，我好喜欢言哥哥。”

顾若光笑了，她看着祁言挑了挑眉，这么快就让小女孩改了称呼。

祁言唇角划开一丝笑意，他面容明朗和煦，眼睛里的光芒很耀眼，他在小姑娘的耳边说了句什么，然后把爱丽莎放下来，小姑娘转头就去找妈妈了。

祁言看着顾若光笑了，眼睛亮亮的，他上前一步，在她耳边轻声说道：“我也想生个女儿。”

顾若光：“……”

傍晚的时候，他们跟萨克一家告别，爱丽莎依依不舍地拉着祁言的手，不想让他们离开。

“乖，哥哥姐姐下次再来看你。”艾米蹲下身，在小女孩耳边哄道。

哄了几句，爱丽莎才听话地放开了手。

萨克很不爽，他瞪了眼祁言，祁言无辜地耸了耸肩膀。

走的时候，萨克送他们走到街上，他跟祁言聊道：“打算在这边待几天？”

“半个月左右。”

萨克点点头：“行，有空再来，酒馆随时为你们敞开。”

祁言挑眉笑道：“不怕我把你的斯塔特喝光？”

萨克扬起下巴："有本事就来试试看。"

祁言拍了下他的肩膀，约定下次再过来喝酒。

跟萨克分别之后，祁言和顾若光就沿着这条街道往前走，现在已是黄昏了，整条街道被夕阳映照得颜色更深，像幅浓墨重彩的街头画作。

他们去了索恩河畔，这里的风景如旧，祁言带着顾若光坐在河畔边的长椅上，顾若光靠在他的肩膀上，看着眼前泛着粼粼微光的河面。

"祁言。"顾若光看着河面，忽然开口喊了他的名字。

"嗯？"祁言低头看她。

顾若光想了想，还是说："萨克刚才在小酒馆里说的话你别放在心上。"

闻言，祁言挪开视线看向河对岸一排颜色鲜艳的老房子，眼睛里的光在她看不见的地方微微敛起，他没有回应她的话，只是问："这个地方，你后来来了很多次？"

顾若光从他的肩膀上抬起头来，她坐直了身子："来过几次。"

祁言转头看着她，眉眼带着温淡的笑："来找我？"

顾若光看着他，心里忽而有些酸涩，她摇了摇头："刚开始是，后来就不是了。"

她说的是实话。

祁言握紧了她的手，他沉默了一会儿，准备开口说话的时候，顾若光打断了他："祁言，你不需要觉得抱歉，你没有任何对不起我的地方。"

她已经知道五年前的真相了，他现在每道歉一次，顾若光就觉得有把刀在戳自己的心窝。

她倾身过去抱住他："以后都不要再跟我说抱歉了，你只要答应我以后不要再让自己遭遇这种事，不要再离开我就好了。"

祁言眸光一动，他抬起手抱住她，眼睛里的光温和真挚。

"好，我答应你。"

克拉拉的婚礼如期举行了，顾若光作为伴娘凌晨三点钟就起床赶往克拉拉的家里了，祁言送她过去之后就自己回酒店了，他一个男性不太适合留在那里，顾若光让他准点去参加婚礼就好了。

克拉拉在自己的房间里，有化妆师正在给她梳妆打扮，其他伴娘在另外的房间里，她从镜子里看到房门打开了，顾若光从门外进来，她问了句："言走了？"

顾若光点头："我让他先回去了，到时候直接去酒店就行。"

克拉拉感叹了一声："哎，让言当伴郎多好，我们几个都想好等会怎么刁难他们了，本来我想着言当伴郎的话，就让他抱着你做上下蹲，然后用嘴巴将巧克力喂到你嘴里。"

她双手合十，想到那个画面就觉得兴奋。

顾若光："……"

克拉拉有点惋惜道："可惜了，少了一个这么精彩的游戏。"

顾若光："到底是谁结婚？"

她这么一说，倒是提醒了克拉拉，她眼睛都亮了，拍了下手说："对哦，到时候你结婚的话就可以让他这么做。"

顾若光："……"

说起这件事，克拉拉突然想到什么，她问："对了，Eve，你们在一起都那么长时间了，言跟你求婚没啊？"

顾若光说："我们在一起还不到一年，哪里久了？"

克拉拉："可是你们的爱情可以追溯到五年前呀，这个时间已经够久了。"

顾若光无奈一笑，她边走过去帮克拉拉挑了对耳饰，边道："先管好你自己的事吧，操心那么多，再磨磨蹭蹭下去，吉恩就要来了。"

克拉拉朝她吐了吐舌。

她换好婚纱，梳妆打扮完，时间到了之后，新郎吉恩就带着自己的伴郎团登门了，顾若光陪在克拉拉的旁边，看着其他伴娘们刁难着门口的那群男人。

顾若光这里是最后一关，她看着顺顺畅畅完成了前面几关的男人，挡在克拉拉身前，微笑道：“你只需要回答我几个问题就好了。”

吉恩点头。

顾若光问：“克拉拉最喜欢的食物是什么？”

吉恩没有多想，直接报了几样食物的名字。

顾若光继续问：“她最想做的事情是什么？”

她依次问了几个问题，吉恩都一一回答上来了，可以说对克拉拉了如指掌。

她想，克拉拉这辈子可能都要被吉恩吃得死死的了。

顾若光：“最后一道题，请用中文说出‘我爱克拉拉’这句话。”

这才是最难的一关，吉恩闻言眉头拧了起来，在场的都是外籍人士，大家都对中文一窍不通，无法帮上忙，吉恩想了很久，没办法只能掏出手机查了查发音，然后才缓慢道：“我，爱，克，拉，拉……”

他的发音蹩脚，克拉拉坐在床上笑得前仰后合的。

顾若光也笑了，她退开一步：“恭喜你，新婚快乐。”

吉恩脸上露出笑容，他朝顾若光点了下头：“谢谢。”然后顺利抱得美人归。

接到新娘以后，吉恩抱着克拉拉从楼上下来，直接到门口上了车，顾若光和其他伴娘也跟着下楼，门外已经停了几辆车，是专门用来接送他们去婚礼现场的。

“Eve。”忽然，有人在身后喊了她的名字。

顾若光回过头，就看见其中一个伴郎朝她走过来，有点眼熟，下一秒就想起对方是谁了。

“好久不见。”男人笑说。

这个人是吉恩的大学室友，也是好兄弟。几年前在里昂的时候克拉拉还撮合过他们俩，这个男人也追求过她一段时间，只是后来还是被顾若光拒绝了。

顾若光朝对方点了下头：“好久不见。”

时间比较紧，没多余的工夫给他们聊天，男人邀请她：“要跟我坐同一辆车吗？”

顾若光摇头婉拒：“我跟她们一起就好了。”

男人也没说什么，他点了点头，笑道：“那我们婚礼现场见了。”

顾若光没回话，出于礼貌轻轻颔首之后就走到另一辆车前。

去到酒店，祁言给她发信息说已经到了，顾若光跟克拉拉说了一声，去宴会厅找他，祁言今天穿了套黑色的西装，在人群中难掩清贵的气质，卓尔出众，顾若光很快就找到了他。

顾若光走到了他身后，抬起手蒙住了他的眼睛，然后就听见他笑了。

手被人握住拿下来，顾若光笑吟吟地看着他：“怎么那么早就来了？”离婚礼开场还有一段时间，有很多宾客都还没到场。

她穿着单薄，虽然会场里有暖气，但祁言还是将自己身上的西装外套脱下来，披在她身上，他低头吻了她的额头：“想早点来见你。”

他里面穿着件白衬衫，没有系领带，领口缀着金色的领针，白净俊秀，明眸红唇的模样，帅得仿佛会发光，也顾不得有没有旁人在场，顾若光伸手抱住他，偎在他怀里：“我不想走了。”

祁言笑了：“今天怎么这么粘人？”

顾若光好一会儿才从他的怀里抬起头来，眉开眼笑道：“走吧，我带你去你的位置。”

他们都属于女方这边的亲朋好友，顾若光带他去其中一桌坐下，陪他待了一会儿，见时间差不多了，她把身上的西装取下来还给他，半开玩笑地说了句：“不准跟别的女人说话。”

她要走的时候祁言拉住她的手，笑道：“你也是。”

顾若光“哦”了一声，笑了，然后跟他挥手告别。

等宾客到齐，婚礼仪式正式开始，顾若光跟在一对新人身后上台，等走完红毯之后才跟其他伴娘从舞台两侧下去。

顾若光偷偷溜回了祁言的身边，在他旁边的空位坐下，听到台上的司仪说："无论生老病死，富贵或贫穷，你都愿意始终如一地爱她、呵护她、照顾她一辈子吗？"

顾若光放在桌底下的手被人悄悄握住了，她的视线从台上挪向跟前的男人，祁言的目光一直放在她身上，见她的视线看向自己，他缓缓一笑，仿佛有日光照耀在他的眉间，五官灿然生光。

祁言真诚地说道："我愿意。"

顾若光心里一怔，心间在这一瞬漾开了层层波澜涟漪，也像是骤然间开满了万千花田，心里被油然而生的幸福感填充得满满的，她垂眸笑了，在心里默道——我也愿意。

接下来就是抢捧花的环节了，克拉拉看着一群翘首企盼的女生，没有把手里的捧花扔出去，而是转手递给了顾若光，她朝愣住的人眨了眨眼睛："Eve，你和言要永远幸福呀。"

顾若光手里被塞了一束捧花，她愣了会儿神，她一笑，伸手抱住克拉拉。

"谢谢你，克拉拉。"

克拉拉笑说："不用客气，你和言要加油，早点给我生个干儿子或者干女儿。"

顾若光："……"

感动不超过三秒。

仪式结束之后，酒店开始上菜，顾若光正准备回到祁言的身边时，就被人拦了一下。

是刚才那个男人。

"刚才时间比较匆忙，我都没来得及问你这几年过得怎么样。"男人说。

顾若光其实跟这人不太熟，前几年在克拉拉的撮合下和对方见过几次面而已，说过的话也不多，闻声，她只道："挺好的。"她语气平淡，没有想要跟对方聊下去的意思。

但显然对方并没有想要放她离开的念头，男人继续问："我听说你回中国发展了？”

顾若光刚想跟他说自己有别的事，先不聊了，就听他说：“我近期也有个项目要去中国谈合作，你在哪个地方？看看我到时候方不方便过去找你。”

男人的心思昭然若揭，顾若光眉目淡了下来，不想跟他继续聊下去了，她说了声抱歉，准备绕过他进会场的时候，脚步忽地一顿。

祁言从正前方走过来，他把西装外套挽在手里，身上只穿了件衬衫，他走到顾若光跟前，自然而然地把外套展开披在她身上，笑着问：“怎么这么久？”

顾若光仰头看他：“我刚去化妆间陪克拉拉说了会儿话。”

祁言点头，他看向站在一旁的男人，挑眉：“这位是？”

“吉恩的好朋友。”顾若光简短地介绍道。

男人朝他点了下头示意，然后问：“Eve，这位是？”

“我男朋友，祁言。”

祁言，男人皱了皱眉，忽然觉得这个名字有点耳熟，不知道在哪看到过。

“我们先走了。”顾若光不愿意久留，跟他说了声，就带着祁言离开了。

婚宴结束之后，顾若光把身上的伴娘服换下来，就跟祁言回了酒店，他们先回到了祁言房间，忙碌了一整天下来，腰酸背痛的，也没吃多少东西，祁言点了一份晚餐，让客房服务送上来。

祁言坐在书桌前正看着电脑。他这副模样很让人心动，顾若光悄无声息地走过去。

“在看什么？”顾若光弯腰，从身后搂住了他的脖子。

祁言发现她最近越来越调皮了，不过他也愿意纵容，他笑了笑，握住她的手将她带到身前，他把电脑调亮了一点，指着屏幕里一张简历上的照片问她：“觉不觉得眼熟？”

顾若光看了眼屏幕上的照片，讶异地瞪大了眼睛：“这是……”

这是今天在婚礼上和她搭话的男人。

“你怎么会有他的简历？”

祁言说：“陈柒发来的，说是想和我们合作的一个技术方。”

听言，顾若光只想说这个世界真小。

祁言接着道：“不过我拒绝了他们的合作。”

顾若光闻声想了想，她抬手搂住祁言的脖子，歪了点脑袋，问：“吃醋了？”

祁言修长的手指掠过她的发间，他挑起一缕发丝在指尖捻了捻，轻笑道：“有点。”

“只是有点？”顾若光扬眉。

祁言笑了，凑上前亲了下她的唇，承认道：“是吃醋了。”说着，他又亲了下她的脸颊，然后靠在她肩膀上，歪头看她，促狭地眨了下眼睛，“所以你打算怎么安慰我一下？”

顾若光适时地转移话题，她笑问：“你应该不是因为这个才不跟对方合作的吧？”

“一半一半。”祁言眯了眯眼道。

还真是！？

见她信了，祁言笑说：“骗你的。”

他说：“陈柒去调查了这家公司，发现他们整个技术架构还不够成熟，所以我拒绝了。”

祁言笑眯眯地看着她：“怎么那么好骗？”

顾若光“哼”了一声，不理他了。

克拉拉的婚礼结束了，剩下的行程就是他们自己的了，顾若光转过头来，问他：“明天想去哪里？”

她其实想把他们以前常去的几个景点走一遍之后再去附近几个城市逛逛。

“明天去学校看看吧。”

顾若光正有此意，她对上了他的视线，点头说好。

祁言没说话了，他看了她几秒，下一刻，就寻了她的唇吻了上去。

房间的温度很充足，他的掌心有点热，贴着她的后背，顾若光隔着衣服都能感受到那阵热意。

祁言低头吻住她。

顾若光将双手搭在他的肩膀上，微微睁开眼看着眼前温润俊秀的男人，祁言眼里的笑意明亮动人，一双蓝色的眼睛像能摄人心魄似的，她只能被他牵着走，沉沦在这个温柔热切的吻中。

顾若光觉得自己不能再直视他的眼睛了，在遇见他之前，她从来不知道人的眼睛有这样的魔力，能够将你整个心魂都夺走，让你随着他情绪起伏。

顾若光闭上眼睛，放在他肩膀上的手一紧，觉得自己的脸颊像被火灼烧似的，烫得惊人。

吻毕，顾若光说："我该回我房间休息了，明天还要出去逛。"

两人互道晚安后，顾若光回到了自己房间。

估计是前一天参加婚礼太累了，翌日，顾若光一觉睡到将近中午才醒过来，第一时间拿手机看了眼时间，已经十一点多了，她洗漱完毕，来到祁言房间门口，敲了几下，门很快开了。

祁言已经穿戴整齐了。他书桌前摆着台电脑，似乎刚刚是在工作。

房间里暖气充足，他只穿了件深色的薄毛衣，下身是一条黑色长裤，顾若光一早就看见这样一幅画面，对她而言，真的是种享受啊。

顾若光等待祁言收拾好东西，两人便一起出门了。

路上他们先去吃了点东西，然后祁言开车带她去了以前他们念书的学校，顾若光自从毕业之后就搬到里昂中心区去住了，很少再回到这边，她工作以来，只回去过两三趟，最后一次是在她回国前夕，她过来看望师长。

原本以为辞别之后至少要一年半载才能再回来，没想到时隔了大半年，她又回到了自己念书的学校，祁言停好车后，就跟顾若光在校园内逛起来。

“对了，你退学之后就没再回学校了，那学历怎么办？”顾若光突然想起来这个问题。

祁言：“我回国之后重修了。”

顾若光点头。

她看着眼前熟悉的哥德式建筑，眼睛微亮，她笑说：“我以前听说过很多关于你的传言。”

“什么传言？”祁言挑眉问。

“咦，你没听说过吗？”顾若光笑了，她道，“在我们那个学院里有好多女生崇拜你呀，一天到晚都在打听你的事，说你家里很有钱，在法国哪里的郊外有一栋独立的别墅，还有很多辆价值连城的跑车，还有人看见你曾经开着劳斯莱斯来学校呢。”

明明是很多年前的事了，顾若光也不知道自己为什么还记得那么清楚。

祁言一笑：“我怎么不知道自己那么有钱。”

顾若光莞尔：“在大家心中，你可是神一样的存在。”

祁言唇瓣掠过一丝笑，他问：“这个大家，包括你吗？”

顾若光停了一下，她想起以前听到关于他本人的种种说法，她在没见到面的时候都差点以为他是个完美无缺的人了，她点头说：“算吧……”

祁言脸上的笑意加深，他捏了捏她的脸颊，促狭道：“原来你这么早就开始觊觎我了。”

她才没有。

他们往前走，路过圣格斯广场，顾若光以前读书的时候，她经常会来这里写生，遇见过很多人，也发生过很多事情，但她走到这里，首先想起的却是和他相处的那段时光。

她甚至还记得自己那时候坐在广场的哪一张长椅上，也记得他是从哪个角落冒出来的。

没在这里停留多久，顾若光牵了牵他的手："走吧。"

过了广场，再走上一段路就是礼堂，顾若光走到一棵树下，她指着一个方向跟祁言说："我第一次见你，是在这个地方。"

他跟着一群人朝她们走过来时，她第一眼就注意到了他。

现在想想，他们真的挺有缘分的。

回想起过往，你会发现有很多事情仿佛是冥冥中注定的。

祁言顺着她指的方向看去，他眉开眼笑道："我记得。"

她有一双跟自己不同的黑眼睛，让他第一眼就对她印象深刻。

之后两人路过会议中心大楼时，这回是祁言停住了脚步，想起回国前的那段时间，他还是学生会主席的时候，经常会在这栋大楼里办公。

顾若光见他停下来仰头看着这栋大楼，不知道在想什么，她说："上去看看吧。"

现在是放假期间，没有学生会出现在这个地方，他们往上走的时候，整个楼层都是空荡荡的，祁言在一面活动墙前停下，前不久刚过完圣诞节，这面活动墙的主题没有换，还是以圣诞为主。

"怎么了？"见他突然停下来，顾若光问道。

祁言微笑道："想起了第一次邀请你吃饭的时候。"

被他这么一说，顾若光也想起来了，然后就看见眼前身姿修长的男人往后撤了一步，右手放到身前，左手背到身后，像电影里那些绅士一样，朝她鞠了个躬，直起身后，又朝她温和一笑："这位小姐，有这个荣幸能邀请你一起共用晚餐吗？"

无论看了多少次，他这套标准的绅士礼仪总是能轻易地打动顾若光的心，她敛眸一笑，想了想自己在电影里见过的那些社交场合的女生是怎么回礼的。

她浅浅提起自己的裙子，微微弯曲了下腿，朝他回以一礼："我的荣幸。"

顾若光直起身，和祁言对视了一眼，都从对方的眼睛里看到了笑意。

晚上他们去了以前第一次去的那家中餐厅，顾若光自那次之后就没再去过了，不确定那家店是否还在原地，结果到了之后发现这家餐厅还在开门营业，她惊喜地看着身边人：“还在。”

祁言揉了揉她的头发，带她走了进去。

服务生领着他们在其中一张双人桌上坐下，然后递来了一份菜单。

这里的江浙菜很有名，点菜的任务就交给顾若光，祁言向服务员要了一壶热水和两包茶叶。

顾若光点好菜之后就撑着脸颊欣赏着祁言泡茶的姿势和动作，她之前跟他去到祁苍住的地方，发现了他们家里有很多上好的茶叶和精致的茶具，然后才知道他这套茶艺是师承于谁。

店里用餐的人不多，菜很快就端上桌了，顾若光先尝了一口，然后她舒展了眉目，朝对面的人笑说：“味道没变。”

跟在国内吃到的本帮菜味道相同。

祁言尝了一口，跟顾若光的感觉差不多，他点头道：“这么多年，挺难得的。”

五年了，能改变的事情有很多，但很庆幸这次故地重游，他们发现了其实也有很多事物没有发生变化，顾若光很开心这里并没有物是人非，这座城市承载着他们的过去，永远是他们回忆里的一部分，顾若光希望这里不要发生任何变化，这样无论他们过了多少年再回来，都能在熟悉的场所找到那些停留在岁月里的共同回忆。

那些她和他初遇时所经历的美好时光。

在剩下的日子里，他们挑了一个天气晴朗的日子去了富维耶圣母院，他们第一次约会的地方。

这次他们是白天来的，坐缆车上山的时候可以清晰地看到底下的索恩河和里昂老城。

顾若光想起在公司的展示厅里有几台 AR 设备，里面设置的全都是里昂的真实场景，她记得林妤跟她说正擎集团的CEO对里昂这个地方有着特殊的情怀，那时候她还没见过祁言，现在想起来，什么都能串联起来了。

“我以前第一次来这里的时候听过一个传说。”祁言在她耳边道。

顾若光的视线从缆车外收回来，她转头看向他，祁言的唇边勾起一抹笑意，他看着她眼神明亮，笑容清朗：“只要在圣诞节那天和自己爱的人坐缆车去富维耶山，在神父的祝福下，这对恋人就能生生世世在一起。”

“真的假的？”顾若光看了他一眼，故作恍然状，她接着道，“难怪你以前要骗我来这里。”

祁言愣了下，然后笑出了声，他摸了摸她的脑袋，笑弯了眼睛：“这个传说是住在这里的人编出来的，目的是用来吸引一些外地的游客。”

祁言说：“不过神父的祝福确实挺灵验的，有很多情侣隔了几年都会重新回到这个地方。”

顾若光好奇道：“你怎么知道的？”

祁言：“我很久以前做过一段时间的导游兼职，带过一些游客去参观这些景点。”

“你还做过导游？”顾若光有些讶异。

祁言双手搭在脑后，他舒展了一双长腿，找了个舒服的位置靠着，跟她说起往事：“我上中学的时候，嗯……算是叛逆期吧，惹我外公生气了，他让人停了我的卡，我那段时间没钱用，就只能去找兼职养活自己了。”

以前没有听他说过这些事，顾若光笑了：“你还有叛逆期？”她以为他一直都是这么温润和煦的一个人。

祁言浅浅笑了两下：“那个时候，我听身边的人说外公生病了，我想回国看他，他不让，我坚持要回去，他就生气了。”

长大之后他才明白原因。

顾若光沉默了会儿，将手搭在他的手背上，无声安慰他，祁言朝她弯唇一笑，跳过了这个话题。

他们去到山顶，祁言下了缆车之后，伸手扶着顾若光下来，他们往前走，路上有个卖花的孩子拦住他们，小男孩捧着玫瑰花看着祁言说："先生，买束玫瑰花吧。"

祁言掏钱把男孩手里的玫瑰花都买了下来，他转头把花送给了顾若光。

"这好像是你第一次送我花？"顾若光扬眉看着他。

祁言想了想，好像在一起这么久，确实没给她送过花，他反省了下自己："以后我会记得了。"

顾若光挽着他的手，笑说："我开玩笑的。"

这个时候富维耶圣母院里没什么活动，白天的时候会对外开放供游客参观，祁言和顾若光进去逛了一圈然后就出来了。

祁言带她走到山顶的围栏边，找了一处避风的地方，山顶有点冷，他把外套披在她身上，然后从身后搂住她，低头亲了下她的脸颊，靠在她肩膀上眺望着这座城市："有机会的话，你想生活在这里吗？"

顾若光点头，她一直觉得里昂是座浪漫迷人的城市，她很喜欢这里。

"以后有机会的话我们就来这边定居一段时间。"祁言的手指在底下这座渺小的老城画了个圈，笑说，"在索恩河附近买套房子，白天的时候我陪你在附近写生，晚上还可以去萨克的小酒馆蹭点酒喝，每天我们都可以从河畔散步回家。"

"我们可以在院子里养些花草，再养几条小狗，以后有了孩子，也可以带他们来这边生活……"

他描绘的未来让顾若光心下动容，她似乎能透过他的话语看到那幅温馨的画面，唇边不由自主地扬起一丝恬淡的笑容，突然心生憧憬："好呀。"

回国前一天，祁言接到某个合作方的邀约，要出去一趟，顾若光没跟着去，等他出门之后，她自己在酒店待了一会儿，就去附近的商城逛逛街、买点东西，这次来法国，唐蓝特意给她列了份购物清单，她今天才有空拿出来大致看了眼。

她看到清单上的各种名牌包包鞋子和化妆品。

她心想：唐小姐这是打算花完她的身家财产吧。

她在商城里逛了一下午，临近傍晚，她找了家咖啡厅坐着休息的时候收到了祁言的消息，他说自己一时半会儿抽不开身，让她晚上先去餐厅里等他，然后就给她发了个餐厅的地址，是中心区的一家五星级的西餐厅。顾若光回了消息，就拎着购物袋回酒店了，她把东西都放下，换了身衣服之后就出门了。

这家西餐厅离他们住的地方不远，顾若光打车到的时候还很早，她跟门口的侍者报了祁言的名字之后，对方就领着她上楼了。

这家餐厅的设计挺别致的，一楼是大厅，墙壁上挂着很多壁画，还有各种各样的精美雕塑，像个小型的展览厅，二楼才是顾客用餐的地方，顾若光跟着侍者从一侧上了旋转楼梯。

二楼一个用餐的客人都没有，顾若光觉得奇怪，她看了眼时间，是自己来得太早了吗？但仔细一想，法国人的用餐时间都比较晚，现在没人也不出奇。

侍者领着她在窗边的位置坐下，他拿了瓶香槟往她面前的酒杯里倒了点酒，然后就下去了。

顾若光今晚穿着一条修身的长裙，披着件外套，餐厅的温度适宜，她把外套脱下来披在椅背上，然后就给祁言发了条消息，跟他说自己已经到了，问他现在在哪里。

放下手机后，顾若光拿起香槟抿了一口，耳边是温柔舒缓的乐曲，二楼中央的圆台上有三四名穿着黑色西装的法国人在演奏，顾若光放下酒杯时，就收到了祁言的回复，他说自己快到了。

等了几分钟，圆台上的乐手们演奏完了一首曲子，他们放下手中的乐器，整间餐厅忽然就安静了起来，顾若光往乐手们的方向看了一眼，下一秒，耳边就传来了另一道悠扬的琴声。

顾若光朝声音的方向看去，看清来人之后，她唇边缓缓溢出一丝笑意。

祁言穿着一身黑色的燕尾服，手里拿着一把小提琴，他右手执着琴弓，缓缓从楼梯走上来，他似乎精心装扮了一番，脸庞在灯光的打磨下清润白净，气质优雅贵气，像顾若光刚才看到的中世纪壁画里走出来的王子。

他拉着小提琴边演奏边朝她走过来，顾若光注意到他身后的一名侍者手里捧着束玫瑰花。

祁言在她面前站定，他看着她，灯光在他的眼中跳跃，他眉开眼笑，什么话也没说，微微敛下眼眸，头顶的光线在他的脸上打下一片柔和的阴影，他执着琴弓搭在琴弦上，音乐缓缓流淌而出。

顾若光也没说话，她托着下巴仰头望着他，唇角含笑，欣赏着他的演奏。

祁言总是能给她带来很多惊喜，在今天之前，她还不知道他原来这么擅长乐器。

他弹奏的音乐很好听，舒适又治愈，她的心在他的琴声中渐渐安定下来，像是徜徉在一片温柔乡里，周围是漫天云海，她仰头就能看见明媚清澈的天空。

一曲终了，顾若光才回过神来，她笑容温柔，给他鼓掌。

祁言一笑，他放下手中的小提琴，身后的侍者上前一步将他手里的乐器接过来，同时将一束玫瑰花递到他手中，祁言将花递给了顾若光。

“谢谢。”顾若光接过玫瑰花，她眼睛里的笑意清澈见底，伸手轻轻拨弄了下花瓣，抬头看他，“怎么好端端的又送我花了……”

她的声音戛然而止，眼前身形俊秀的男人已经朝她单膝下跪，她一怔。

祁言的手中多了枚戒指，他神色温柔地望着她，蓝色的眼睛光泽清亮，像漾着流动的水光，也像藏匿着漫天的星河：“以上帝的名义起誓，我愿意将余生的时间都留给你，用来爱你、陪伴你。”

“顾若光，你愿意嫁给我吗？”

顾若光看着他诚挚的眼神，一时间愣住了。

祁言一笑，声色更加柔和：“我为我迟到的这五年向你道歉，既然我们能重逢，我相信这一定是上天的旨意，所以我想请你把从今往后的每一天都交给我，让我来照顾你，好吗？”

顾若光忽然想起了五年前自己独自一人等他来赴约，还有这些与他重逢的日子，她心里一酸，身体前倾抱住了他。

她点头：“好。”

外面不知何时又飘起了小雪，洁白的雪花窣窣地从天边落下。

她在里昂漫长的冬天里等了又等，终于等到她的心上人迎着风雪来找她了。

正文完

番外一 新婚夜

新婚夜，婚宴结束之后，顾若光率先返回了酒店房间，她将身上的礼服换掉，卸完妆之后就去洗了个澡，刚从浴室出来，门外就传来“叩叩叩……”的敲门声。

她走过去开门，祁言就站在门口，他上身就穿了件白衬衫，西装外套被挽在手里，白净的脸庞有点红，顾若光闻到他身上的酒味有些浓郁。

“趁我回来这段时间又去喝酒了？”刚才被顾若光拦着，他没喝太多酒，她回来的时候还特意嘱咐了王五看着他，别让他碰酒，结果她才回来一会儿，他就喝成这样了。

“唔……”祁言开始装蒙，他说，“喝了一点。”

顾若光没好气地瞪了他一眼，让他先进来，她去给他温了一杯解酒茶，知道他肯定是趁着自己不在偷喝了两杯，所以她回来之后就让酒店准备了点解酒的茶水。

祁言接过水杯抿了一口，问她：“洗澡了吗？”

顾若光说：“洗好了。”

她从浴室里拿了条热毛巾出来，在他脸上抹了一下：“客人都送走了吗？”

本来她是跟祁言在楼下送客的，但外面入夜之后气温低，祁言怕她受寒，就让她先回来了。

“我让王五安排了。”祁言点头说。

喝完了解酒茶，祁言放下杯子，他觉得有点热，伸手扯开了衬衫的纽扣，然后就看向站在一旁的顾若光，他从沙发上站起来，握着她的手将她带到身前，抬起手来摸了摸她被房间的暖气烘得热乎乎的脸颊，他俯下身，抵着她的额头，勾唇笑了。

顾若光看着他唇边的笑意，忍不住也笑了，软着声音道：“干吗这样盯着我笑？”

祁言唇边的笑容加深，他低头吻了吻她的红唇，目光坦率：“我很开心。”

从今天开始，她就正式是他的妻子了。

顾若光被他的情绪感染，她心中一动，笑道：“今后多多指教呀，祁先生。”

祁言一笑，低头边亲她边说：“今晚可以先指教一下。”

他意有所指，让顾若光一下子脸红了，她推了推他：“你先去洗澡。”

他身上有一股酒气。

“好吧。”

浴室的门关上之后，顾若光捂了捂自己滚烫的脸颊，想到等会儿会发生的事情，心里就感到一阵紧张，她决定在他出来之前给自己找点事做，转移一下注意力。

酒店的房间里有一些杂志，顾若光拿了张毛毯裹着自己，靠在沙发上翻阅杂志。

祁言没多久就从浴室里出来了，顾若光余光瞥见他往自己这边走过来，心里一紧，但面上却不露声色，他在她身边的空位上坐下，用毛巾擦拭着湿漉漉的头发。

“在看什么？”他问。

顾若光答：“酒店准备的杂志。”

她的心思不在这上面，自然也看不进内容，索性把杂志放下。

“我帮你吹头发吧。”顾若光想给自己找点事情做。

说完，也不等他回应，她掀开了毛毯，穿好酒店的拖鞋就去了浴室，她拿了个吹风机出来。

热风“呼呼”地吹过他的发丝，顾若光低头就看到他乖巧地坐着不动，热风偶尔拂过眼睛，他下意识地眯了下眼睛，表情是放松惬意的，顾若光笑了，觉得他这模样像只温顺的大狗，有点可爱。

帮他把头发吹干后，顾若光刚把吹风机放下，就被他握住了手腕，他轻轻一扯，她就坐在了他的腿上，顾若光和他面对面，距离很近，唇边的笑意还没收起，她的声音温软：“干吗？”

祁言伸手摸了摸她圆润的耳垂，弯起眉，笑说：“我等了很久了。”

顾若光还没反应过来，下一秒，眼前翻天覆地，她被人压在了沙发上，身子底下是她刚才随手丢在一旁的毛毯，顾若光愣了愣，对上他有些灼热的目光时，脸颊忽地烧了起来。

酒店的沙发很宽敞，祁言的手撑在她脸颊两侧，他低头轻轻蹭了蹭她的鼻梁，顾若光被他蹭得鼻尖发痒，刚想笑，他就挪开了，开始亲她的额头。

两人呼吸交缠，顾若光身躯轻颤，双手不由自主地攀上他的脖颈。

她睁着眼睛看着他，他蓝色的眼睛在这夜的暧昧升温中有些深邃，眼里的光却亮得惊人，眉梢眼角都染上了情动，整个人增添了几分魅惑妖冶。

他稍稍撤开唇，伸手把身后的毛毯扯了点过来包住她，将她抱起来放到了床上，他把室内的光线调暗了，然后重新低头继续吻她。

顾若光害羞地缩在他的怀里，身体紧绷着，一动也不敢动。

顾若光觉得指尖很烫，身体也是烫的，这室内的温度让她觉得整个人都要融化了。

这个过程挺漫长的，但像祁言说的，他等了那么久，今天又是他们的新婚夜，两人没有遗憾。

最后，她已经很困倦了，眼睛合上之后，似乎下一秒就能沉沉睡去，她的意识隐约坠入了梦乡，半晌后身旁的人靠了过来从身后搂住了她。

顾若光现在有些敏感，她轻轻颤了一下，耳边传来他低低的笑声，顾若光听到他说："睡吧，晚安。"

祁言看着怀里陷入沉睡中的人，眼神柔和深情得像广阔的海面，他盯着她看了半晌，低头吻了吻她的脸颊："Je t'aime.（我爱你。）"

番外二 愿春风过境，你我还在

顾若光生了一对双胞胎，两个男孩子，多亏了榕姐烹饪的各种营养食物，顾若光生的两个孩子都很健康。

两个孩子生下来眼睛是黑色的，眼部轮廓跟顾若光很像，其余的五官肖似祁言，随着年岁的增长，面容越发精致好看，像两尊粉雕玉琢的瓷娃娃，跟祁言长得很像。

祁言虽然一直期盼着生个女儿，但最后顾若光生的两个儿子他也很喜欢，两个孩子也非常喜欢这个爸爸，平日里经常黏着他。

孩子满月之后，祁苍就给他们起了个名字，老大叫祁怀信，老二叫祁怀瑾。

名字分别取自《九章》，“怀信”一词意指做人要怀抱一颗忠贞诚信之心，“怀瑾”一词意指做人需要具有纯洁优良的品德。

孩子三岁的时候，法国ISD工作室和正擎集团的合作圆满结束，顾若光也正式向工作室那边提出了离职申请，杰米温蒂等派遣人员都回去了，他们临行前顾若光去送他们，大家都表示舍不得她，让她以后带着孩子来里昂找他们玩。

离职之后，顾若光就专心在家里打造属于自己的个人品牌和带孩子，祁言知道她的计划之后，在背地里默默地协助她，顾若光创立的品牌很快就传播开了，今年年初有某个知名品牌找她合作，然后近期在欧洲举办的发布会也邀请她前去参加。

顾若光应邀前去，她临行前还嘱咐祁言要好好照顾孩子们。

因为要照顾小家伙儿们，顾若光离开的这几天，祁言都在家里办公，今天早上他把两个孩子喂得饱饱的，然后交给了佣人照看，他自己去了书房处理工作。

在书房里待了半个多小时，书房门就被人“咚咚咚”地敲响了，祁言打开门，一个软萌萌的小团子就张开小手抱住了他的腿，仰头望着他，眼睛亮亮的：“爸爸……”

佣人手里抱着另外一个宝宝一脸歉意地看着他：“祁先生，不好意思，两孩子吵着要上来。”

祁言笑了笑，弯腰把脚边的小团子抱起来：“没事，我来吧。”他把佣人手里的孩子也接过来。

佣人离开之后，祁言把孩子并排放在书房的地毯上，他自己席地坐在他们对面，老大拿着手里的玩具盯着自己的父亲：“爸爸，玩……游戏。”

祁言揉了揉他的小脑袋瓜，笑容温和：“今天玩拼图好吗？”

两个孩子齐刷刷点头。

祁言去把拼图取过来，父子三人就坐在地毯上研究了一下午的拼图。

晚上的时候，祁言亲自下厨给儿子们做晚餐，两小朋友坐在沙发上，祁言端着碗，一口喂一个，吃完之后，两小朋友就在客厅里跟泰迪们玩，几只泰迪犬在他们身边跑来跑去，客厅里时不时有孩童“咯咯”的笑声传来。

玩得累了，祁言把他们抱起来放在沙发上，他把泰迪们带去了房间，回来的时候就看见两小家伙头靠着头闭着眼睛睡着了，粉嘟嘟的两个小人儿安安静静地靠在一起，场面异常温馨。

祁言在原地看了一会儿，唇边扬起一丝笑意，他抱起了老大，然后让佣人把小的那个也抱起来，他把孩子们送回了房间。

祁言把被子盖在两小朋友的身上，他坐在床沿，静静看了会儿两孩子的睡颜，他伸手轻轻把孩子的额发拨开，就听到最小的那个咂了咂嘴，含糊地喊了一声：“爸爸……”

祁言愣了下，笑了，他低头亲了亲孩子的额头：“晚安。”

我的宝贝们。

隔天下午，精力旺盛的两小朋友又缠着祁言要玩游戏，祁言把他们带去了一间画室，这是顾若光给孩子们准备的，在他们两岁的时候，顾若光就发现了这两孩子有艺术方面的天赋，所以准备了这个房间，四面墙都是白色的，可以用来涂鸦，房间里备了很多颜料和画笔。

顾若光傍晚出差回来的时候听从佣人的指示来到这个房间找他们，打开门就看见父子三人齐刷刷地躺在地毯上睡着了。

祁言躺在中间，两个孩子分别趴在他的左右，三个人脸上和身上都脏兮兮的，沾满了颜料。

窗外的夕阳映入室内，遍地生光。

听到动静，祁言动了动眉，很快从睡梦中醒了过来，他睁开眼睛就看到站在门口的顾若光，下一秒就避开孩子们放轻了动作从地毯上坐起来，他仰头看着门外的人，双手往后一撑，舒展了眉目，笑了。

“回来了。”

顾若光也笑，她点头：“回来了。”

傍晚的红霞漫天，夕阳的余晖透过半敞的窗户淌入室内，两人一站一坐对视着，眉眼含笑。

岁月安然，唯独此景最为美好。

他们一生所盼也不够如此。

愿春风过境，你我还在。